피터 팬, 법정에 서다

피터 팬, 법정에 서다

초판 1쇄 인쇄	2014년 11월 21일		
초판 1쇄 발행	2014년 11월 28일		

지은이	임 재 도		
펴낸이	손 형 국		
펴낸곳	(주)북랩		
편집인	선일영	편집	이소현, 김아름, 이탄석
디자인	이현수, 신혜림, 김루리, 추윤정	제작	박기성, 황동현, 구성우
마케팅	김회란, 이희정		
출판등록	2004. 12. 1(제2012-000051호)		
주소	서울시 금천구 가산디지털 1로 168, 우림라이온스밸리 B동 B113, 114호		
홈페이지	www.book.co.kr		
전화번호	(02)2026-5777	팩스	(02)2026-5747

ISBN   979-11-5585-403-7 03810(종이책) 979-11-5585-404-4 05810(전자책)

이 도서의 국립중앙도서관 출판예정도서목록(CIP)은 서지정보유통지원시스템 홈페이지(http://seoji.nl.go.kr)와
국가자료공동목록시스템(http://www.nl.go.kr/kolisnet)에서 이용하실 수 있습니다.
(CIP제어번호 : CIP2014033662)

피터 팬,
법정에 서다

임재도 장편소설

북랩 book Lab

글은 작가에 의해 탄생하고 작가의 품안에서 생명력을 키운다.

그러나 작가의 품을 떠나 세상에 나온 글은 독자들이 생명의 숨을 불어 넣어 주지 않으면 오래 살 수 없다. 따라서 세상에 나온 모든 글의 진정한 주인은 오로지 독자들이라 할 수 있다.

글은 독자와, 독자는 글과, 서로의 생명력을 소통하면서 더 크게 키운다.

부디 이 소통이 절연되지 않기를!

이 글이 무더운 여름날의 한 줄기 소나기가 되기를 바라지 않습니다. 다만 그 소나기를 내리는 작은 구름 한 조각이라도 될 수 있다면 좋겠습니다.

이 글이 맑은 가을날의 푸른 창공이 되기를 바라지 않습니다. 다만 그 하늘의 어느 한 귀퉁이라도 엷게 물들일 수 있는 한 방울 푸른 물감이라도 될 수 있다면 기쁘겠습니다.

이 글이 꽁꽁 언 겨울 추위를 막아주는 따뜻한 외투가 되기를 바라지 않습니다. 다만 그 외투를 만드는 옷감의 한 올 실이라도 될 수 있다면 감사하겠습니다.

　그리고 이 글 속의 토끼섬 아이들이 선생님의 얘기를 듣는 것처럼,
엄마별의 얘기를 듣다 깜빡 졸아 바다에 떨어진 아기별
그 별을 건져올리는 우리 가슴속 생명의 그물
이 글이 그런 그물의 한 코라도 될 수 있기를 소망합니다.

　그리고 가끔 이렇게 기도합니다.

　내 마음과 영혼이 맑은 바람이게 하소서.
그 바람이 어두운 세상의 하늘에 내리는
소통과 나눔의 비가 되게 하소서.
그리하여 그 비를 맞은 사람들이 눈물 젖은 시선으로
서로의 눈을 바라볼 수 있게 해 주소서.

　이 소설을 구상하고 쓰는 과정에, 저자는 3종의 『피터 팬』 동화
책을 비롯하여 대략 10여 권이 넘는 도서와 기타 존엄사와 관련한
법률논문, 판례평석 등 자료를 참고하였습니다. 그러나 이들 참고문
헌은 그대로 인용된 것이 아니라 소설 속에서 소설의 일부분으로
용해되거나 체화되었기에 따로 소개를 하지는 않습니다. 이들 참고
문헌 중 특히 동아대학교 법학전문대학원 하태영 형법학 교수님의
판례평석 「의사의 치료중단과 형사책임」[*]과 두 편의 시사칼럼

---

[*] 하태영, 2007, 『형사철학과 형사정책』, 제2편 제5장, 서울: 법문사, p.268~277.

「존엄사와 환자의 추정적 승낙」* 및 「자의퇴원과 의사의 치료중단 논쟁」**은 이 소설을 구상하는 중요한 모티브(motive)가 되었음을 밝혀둡니다. 나머지 참고문헌을 정리하지 못한 저자의 나태함과 실수에 대해 양해를 구합니다.

존엄사와 관련하여 진지한 토론을 하고 판례 등 자료 수집에 많은 도움을 주신 하태영 교수님께 특히 감사 드립니다. 이 소설에 함께 공감해 주시고 용기를 주신 남광현 은사님과 글동무 문희숙 시인께도 고마운 마음 전합니다. 아내와 두 아들을 비롯하여 도움을 주신 많은 분들게 절 드립니다. 이 소설의 문장을 다듬고 교정해주신 ㈜북랩의 이소현 님, 수고하셨습니다.

이 소설에 나오는 토끼섬 또는 풀섬은 저자가 창조한 가공의 섬입니다.

거제의 내도內島에 있었던 폐분교廢分校와 그 주변 경관이 착상의 기본틀이 되었습니다.

---

* 하태영, 2009, 『하마의 하품』, 서울: 법문사, p.106~113.
** 같은 책, p.99-105.

차례

시가 되어 돌아온 후크 선장

옛날 옛적 깊은 산골에 토끼 두 마리가 살고 있었습니다. 그 토끼는 서로 사랑했습니다. 어느 화창한 봄날 결혼식을 올린 토끼 부부는 바닷가로 신혼여행을 갔습니다. 생전 처음 보는 가깝고 먼 바다에는 올망졸망 크고 작은 많은 섬들이 마치 그림처럼 떠있었습니다. 그 많은 섬들 중에서 이상하게 생긴 조그만 섬 하나가 토끼 부부의 눈에 쏙 들어왔습니다. 귀를 쫑긋 세운 토끼가 앞발 두 개를 날렵하게 들고 서 있는 모습을 한 그 섬은 금방이라도 물 위에서 깡충 뛰어오를 것 같았습니다.

토끼 부부는 자기들의 모습을 꼭 빼닮은 그 섬의 신기한 모습에 그만 반하고 말았습니다. 토끼처럼 생긴 모습으로 미루어, 그 섬에는 분명 그들이 좋아하는 맛있는 풀도 가득 있을 것 같았습니다. 눈앞에 빤히 보이는 그 섬은 바닷가에서 헤엄을 치더라도 금방 닿을 수 있을 것 같았습니다. 토끼 부부는 그 섬에 가서 새 보금자리를 마련하기로 했습니다.

토끼 부부는 바닷물 속으로 들어가 헤엄을 치기 시작했습니다. 그러나 짧은 앞발을 뻗기만 해도 금방 닿을 것같이 가깝게 보이던 그 섬은 생각보다 훨씬 더 멀리 있었습니다. 하루 종일 헤엄을 쳤는데도 섬은 여전히 멀기만 했습니다.

해가 지고 밤이 왔습니다. 토끼 부부는 별빛과 함께 내리는 이슬을 마시면서 헤엄을 쳤습니다. 날이 밝자 바람이 심하게 불었습니다. 이미 힘이 다 빠져 버린 토끼 부부는 기진맥진해 있었습니다. 이제 더 이상은 물속에서 버티지 못할 것 같았습니다. 그때 토끼 부부 앞으로 부러진 나뭇가지 하나가 떠내려 왔습니다. 토끼 부부는 그 나뭇가지에 매달렸습니다. 무서운 파도가 큰 입을 벌리고 나뭇가지를 삼켜버릴 듯이 달려들었습니다. 사나운 회오리 바람에 나뭇가지가 바람개비처럼 돌기도 했습니다. 그러나 토끼 부부는 그 나뭇가지를 꼭 붙들고 놓지 않았습니다.

다음 날은 비도 내렸습니다. 토끼 부부는 빗물로 목을 축이면서 있는 힘을 다해 나뭇가지를 붙들고 헤엄을 쳤습니다. 다리와 허리가 끊어질 듯 아팠지만 끝까지 포기하지 않았습니다. 오직 섬을 향해 쉬지 않고 나아갔습니다. 너무나 지친 나머지 깜빡 정신을 잃었다가 깨어나기를 몇 번이나 했는지 모릅니다. 그러나 앞발로 잡고 있는 나뭇가지는 놓지 않았습니다.

드디어 토끼 부부는 그 섬에 닿았습니다. 아침 햇살이 축복처럼 환하게 비추고 있었습니다. 토끼 부부는 먼저 섬을 둘러보았습니다. 토끼 부부의 기대는 어긋나지 않았습니다. 토끼 부부의 고생은 헛되지 않았습니다. 그 섬의 산과 들에는 그들이 좋아하는 풀이 지천으로 널려 있었던 것입니다.

토끼 부부는 그 섬에 살면서 새끼 열 마리를 낳았습니다. 그 새끼들이 자라 또 새끼 열 마리씩을 낳았습니다. 그 새끼들이 자라 또 새끼들을 낳고, 또 자라고, 또 낳고, 시간이 흐르고, 또 흐르고, 이제 그 섬은 온통 토끼들이 무리를 지어 사는 토끼들의 낙원이 되었습니다. 이 섬에 사람들이 들어와 살게 되었습니다. 사람들은 이 섬을 '토끼섬'이라고 불렀습니다.

이 토끼섬에 피터 팬이라고 불렸던 어린 아들과 후크 선장이라고 불렸던 그 아버지가 살고 있었습니다.

정오경에 승용차로 서울을 출발하여 토끼섬으로 가는 여객선 선착장이 있는 C시 동남쪽 외곽 해안 마을에 도착했을 때, 시간은 이미 늦은 오후를 달리고 있었다. 7월 중순의 푹푹 찌는 더위는 한풀 꺾여 있었다. 한낮의 뜨거운 태양은 이제 마을 외항 바다에 붉은 노을 그물을 드리울 준비를 하고 있었다. 마을 입구 진입로로 들어서면서 나는 승용차의 에어컨을 끄고 차창을 내렸다. 해안 지방 특유의 갯내를 품은 바람이 훅 끼쳐왔다.

나는 천천히 운전을 하여 선착장이 있는 바닷가로 내려왔다. 마을은 10년 전의 모습과 거의 변함이 없는 것 같았다. 나는 선착장 옆 공터에 주차를 하고 소년의 시집을 들고 차에서 내렸다.

— 아저씨, 싱싱한 자연산입니더. 한잔하고 가이소.

횟감용 생선과 해삼과 멍게 등 해산물을 큼지막한 원형 플라스틱 통에 담아 놓고 즉석에서 썰어 파는 노점상 아주머니 네댓 명이 서로 다투어 나를 불러 세웠다. 나는 그 중의 한 아주머니의 손에 이끌려 그 앞에 펼쳐 놓은 차양 우산 탁자의 플라스틱 간이의자에 앉으며 물었다.

— 오늘 토끼섬으로 가는 배는 끊겼습니까?

— 토끼섬예?

— 예.

— 토끼섬에 가는 배는 인자 없어졌어예.

— 없어졌다니요?

— 그 섬에 사람이 살지 않은 지가 벌써 오래 됐어예. 사람이 살지 않으니 섬에 가는 배도 없어졌지예.

— 그럼 토끼섬에는 어떻게 가지요?

─ 낚시하로 갈라고예?

─ 아닙니다. 그냥 한 번 가볼 일이 있습니다.

─ 꼭 갈라카모 낚싯배로 가야 할 낀데예.

─ 지금 낚싯배를 구할 수 있을까요?

─ 쪼매이 있어 보이소.

아주머니가 휴대전화를 꺼내 어디론가 전화를 했다.

─ 토끼섬에 갈라쿠는 사람이 있는데, 지금 갈 수 있겠능교?

낚싯배 선주에게 전화를 하는 노점상 아주머니의 큰 목소리가 먼저 섬으로 달려갔다.

10년 전, 섬을 오가는 정기 여객선으로 대략 20분 정도 걸리던 토끼섬 바닷길은 빠른 낚싯배로 10분이 채 걸리지 않았다. 나는 낚싯배 선주에게 내 휴대전화 번호를 가르쳐 주면서, 2시간쯤 후에 다시 와 달라고 부탁하고 토끼섬의 옛 여객선 선착장에 내렸다. 나는 소년의 시집과 노점상 아주머니가 장만해 준 간단한 해물과 소주병이 든 비닐봉지를 들고 섬마을 골목길로 들어섰다. 그러나 10년 전 어깨를 나란히 하고 옹기종기 모여 있던 섬마을 민가는 모두 폐가로 변해 있었다. 이미 반은 쓰러져 흉물스럽게 방치되어 있었다. 토끼섬에는 사람이 살지 않는다는 노점상 아주머니의 말이 실감났다.

나는 문득 소년과 마을 아이들이 다녔던 초등학교 분교를 한 번 둘러봐야겠다는 생각이 들었다. 학교는 마을에서 바다를 바라보는 방향에서 봤을 때, 마을 오른쪽 언덕 위에 있었다. 멀리 보이는 학교와 운동장은 무성한 동백나무 울타리로 둘러싸여 평온해 보였다.

그러나 가까이 다가가서 바라보니 학교도 마을의 집들과 마찬가지였다. 달랑 작은 교실 하나뿐인 학교 건물은 이미 지붕 한쪽이 비스듬히 내려앉아 있었고, 그 건물 오른쪽 뒤편에 있던 교사敎師 사택도 서까래가 무너져 내려앉아 있었다. 쓰러져 가는 건물 잔해의 틈새와 작은 운동장에는 마른 이끼와 잡초가 무성하게 자라 있었다.

그 여선생이 지금의 이 모습을 본다면 어떤 생각을 할까? 나는 이 외딴 섬마을 분교에서 혼자 아이들을 가르치던 그 젊은 여선생을 떠올렸다. 호리호리한 몸매와 훤칠한 키에 목 뒤에서 질끈 동여맨 기다란 생머리, 앳된 얼굴에 재기발랄하고 다정다감한 음성, 소년과 그때 이 섬의 아이들처럼 순수하고 맑은 눈, 10년 전 그때, 법정에서 그녀가 절규하며 쏟아 내던 눈물이 어른거리며 새삼 가슴이 저려왔다.

나는 다시 마을 골목길을 되돌아 나와 마을 왼편의 해안 모래사장으로 내려갔다. 후크 선장의 묘소는 이 모래사장이 끝나는 왼편 나지막한 언덕 위에 있었다. 나는 모래사장을 가로질러 후크 선장의 묘소가 있는 언덕길을 잡초를 헤치며 올랐다. 혹시 없어져 버리지는 않았을까 은근히 걱정했으나, 다행히 묘는 그대로 있었다. 그러나 아무도 돌보지 않은 탓에 한눈에 분간할 수 없을 정도로 봉분은 무성한 잡초에 덮여 있었다.

나는 봉분 앞에 놓인 납작한 작은 평판 비석을 덮고 있는 잡초를 손으로 뜯어내기 시작했다. 한낮의 태양에 달구어진 비석과 풀숲에 남아 있는 땅의 열기 때문에 이내 이마에서 땀이 흐르고, 장갑을 끼지 않은 손에 푸른 풀물이 들었다. 나는 드러난 평판 비석 위에 소년의 시집과 노점상 아주머니가 장만해 준 해물과 나무젓가락 한 쌍을 올려놓았다. 그리고는 소주병과 종이컵을 꺼내 술 한 잔을 따라 올려놓았다. 절을 하지는 않았다. 대신 잠시 고개를 숙여 묵념을 하고 돌아서서 눈앞에 펼쳐진 바다를 바라보았다. 섬 주민들이 '토끼머리 바위'라고 불렀던 작은 바위섬이 손에 잡힐 듯 가까이 다가와 있고, 그 바위섬 너머 아스라이 펼쳐진 수평선이 점차 짙어져 가는 노을 속으로 잠겨들고 있었다.

나는 오른쪽으로 눈을 돌려 해안의 모래사장을 바라보았다. 어느새 노을이 모래사장까지 내려와 만灣으로 굽이진 수면 위에 붉은 주단을 깔고 있었다. 소년 피터 팬과 마을 아이들, 후크 선장과 여선생, 해적단 아버지들이 티 없는 어린 동심으로 돌아가 함께 어울려 놀던 곳, 나는 그 모래사장에서 그들이 벌였던 10년 전 그때의 해적놀이 정경을 머릿속으로 그려 보았다.

모래사장 중앙에 장작불 화염이 활활 타오르고 불빛 그림자 속에서 아이들이 깡충깡충 춤을 추면서 노래를 불렀다. 그 노래 소리와 후크 선장과 해적들의 와자지껄한 웃음소리가 웅장한 오케스트라의 합창처럼 가슴에서 울려퍼졌다. 나도 모르는 사이에 울컥 가슴이 메어지며 눈가에 물기가 맺혔다. 지금까지 체한 것처럼 답답하게 옥죄고 있던 가슴속 울혈이 퍼지는 노을처럼 녹아 내렸다. 노을이 자애로운 미소를 띠고 다가와 손길을 내밀어 내 어깨에 걸려 있는 무거운 짐을 풀어 내리고 있었다.

나는 종이컵의 술을 들어 봉분 위에 세 번으로 나누어 뿌리고, 다시 한 잔을 따라 비석 위에 올려놓았다. 그리고는 무덤 앞 풀밭에 빈 음식 비닐봉지를 깔고 앉아 후크 선장에게 말을 걸었다.

— 후크 선장, 이렇게 늦게 찾아와 정말 미안합니다. 그동안 얼마나 외롭고 적적하셨소?

— 의사 양반, 이렇게 찾아 주어 고맙다는 말을 먼저 하고 싶구려. 그러나 외롭다거나 적적하다는 말은 내게는 해당되지 않는 말이라오. 바다가 있고, 바다에 생명이 있고, 하늘이 있고, 하늘에 해와 달과 별이 있는 한 나는 외롭지도 않고 적적하지도 않다오. 지금 내가 누워 있는 이 땅과 이 땅의 모든 물상들이 그렇듯이 말이오.

— 후크 선장, 당신의 말은 마치 초월자의 말 같군요. 당신의 그 말을 들으니 내 마음이 편안해집니다. 삶과 죽음이 모두 하나라는 어느 선승의 말이 생각납니다.

— 그렇지요. 의사 양반, 광대한 우주의 인과법칙에는 시작도 없고 끝도 없는 법이라오. 태어남이 삶의 시작도 아니고, 죽음이 삶의 끝도 아니라오. 삶과 죽음이란 단지 어떤 개체가 어느 순간 어디에 존재하느냐의 문제일 따름이지요. 그러므로 우주의 인과법칙에서 삶과 죽음을 구별하는 것은 아무 의미가 없는 것이라오.

— 그러나 살아 있는 개체는 살아가는 동안의 그 개체 고유의 삶의 의미와 가치를 추구해야 하지 않겠습니까? 그것이 그 개체의 올바른 존재 방식이 아니겠습니까? 그러나 오늘 내가 여기에 온 것은 이런 철학적인 얘기를 하러 온 것이 아닙니다. 나는 당신에게 당신 아들 피터 팬의 소식을 전해 주고 싶었기 때문에 여기에 왔습니다.

— 의사 양반, 죽은 나에게 살아 있는 내 아들의 얘기가 지금 내 존재의 의미를 확장하거나 다른 새로운 의미를 부여하지는 않을 것

이오. 그러나 그렇게 하는 것이 당신이 말하는 개체의 존재론적 삶에 그 고유한 의미와 가치를 부여하는 것이라면 그렇게 하시구려.

— 후크 선장. 당신이 그렇게 양해해 주시니 내가 큰 위안을 받는 것 같습니다. 큰 축복을 받는 것 같습니다.

— 모든 개체의 그 어떠한 삶도 축복받지 않은 삶은 없다오. 단지 그 개체가 그것을 축복으로 받아들이지 못하고 있을 뿐이지요. 물론 전생의 내 삶과 현생의 내 아들의 삶도 더없이 큰 축복을 받았지요. 그럼 어디, 축복받은 내 아들의 얘기를 한 번 들어 봅시다.

— 그래요, 후크 선장. 닷새 전이었습니다. 나는 내 병원에서 전혀 생각지도 못한 등기 우편물 하나를 받았습니다. 서적이 든 우편물이었는데, 놀랍게도 겉봉에 당신 아들 피터 팬의 이름이 적혀 있고, 그 속에 시집 한 권이 들어 있었습니다. 그리고 그 시집 갈피에 특별히 당신 아들이 내게 보낸 편지 한 통이 있었고요. 그 편지에 당신을 생각하며 틈틈이 쓴 시가 문단의 추천을 받아 시인이 되었고, 더불어 첫 시집까지 출판하게 되었다는 내용이 들어 있었습니다. 후크 선장, 이런 아들이 대견하지 않습니까?

— 어느 인간의 독창적인 정신세계와 언어의 미학적 구사 능력에 대한 찬사가 시인이라는 칭호이겠지요. 그러나 그것은 우주적 언어의 관점에서는 하찮은 것이라오. 인간의 성취적 삶의 관점에서는 그것이 어떤 의미를 가질지 모르지만, 우주적 언어의 관점에서 보면 그런 일은 거대한 폭풍우 속의 빗방울 하나에 불과하다오. 그러나 내 아들이 어린 나이로 인간적 존재의 삶에서 그만한 성취라도 했다고 하니, 내 입으로 대견하다고 말하기는 좀 쑥스럽고, 그냥 흐뭇하

게 웃고 말지요.

— 하하, 그렇습니까? 그러고 보니 후크 선장, 당신은 아직 이곳 생의 세계에 대한 미련이 아주 조금은 남아 있는 것 같군요. 보십시오. 이것이 당신 아들이 내게 보내온 시집입니다.

나는 후크 선장과의 무언의 대화를 잠시 멈추고 비석 위에 올려놓았던 소년의 시집을 다시 손에 들고 눈을 들어 멀리 수평선을 바라보았다. 이제 노을은 온 바다를 붉게 물들이고 있었다. 무르익은 노을 속 바다 위에서 작은 어선 하나가 미끄러지듯 멀리 해안 마을의 외항으로 들어가고 있었다.

나는 다시 시집으로 눈을 돌렸다. 그리고 표지를 넘겼다. 표지 다음의 갈피 페이지에 10년 전 그때의 열다섯 살 앳된 중학생이 아닌, 이제는 이십대의 어엿한 청년으로 성장한 소년의 흑백사진이 있었다. 짧게 깎은 머리와 이지적인 눈매가 깊고 잔잔했다. 그 사진 아래에 시인의 간단한 프로필과 시인의 말이 있었다. 나는 그 사진과 시인의 말을 보면서 다시 후크 선장에게 말을 걸었다.

— 후크 선장, 보세요. 시집의 제목이 '해적놀이'입니다. 물론 이 제목은 당신과 마을 아이들이 저 모래사장에서 어울려 놀았던 피터 팬 동화놀이를 말하는 것이겠지요. 여기에 당신 아들이 당신에게 쓴 서문이 있습니다. 시집을 내는 시인의 소감입니다. 시집을 받고 몇 번이나 읽어 보았는데, 이 글은 당신에게 꼭 읽어 주어야 할 것 같습니다. 10년 전 그날 밤, 당신 아들과 한 약속을 상기하면서 한 번 들어 보십시오.

나는 자리에서 일어나 후크 선장의 봉분을 바라보고 섰다. 그리

고 마이크 앞에 서서 시를 낭송하는 낭송가처럼 목소리를 가다듬고
소년의 흑백사진 아래에 적힌 시인의 말을 읽어 나갔다.

> 시리고 푸른 달빛 쏟아지던
> 그날 밤, 목선을 타고 떠나면서
> 아버지는 바람이 불면
> 검은 해적 깃발 나부끼며
> 돌아오겠다고 했습니다.
> 하얀 해골 나팔소리 우렁차게 울리며
> 돌아오겠다고, 눈빛 마주보며 약속했습니다.
> 그러나 아버지는 끝내 돌아오지 않았습니다.
> 하지만, 10년이 지난 오늘
> 아버지는 시가 되어 제게 돌아왔습니다.
> 여기 모은 시들은 모두 아버지와 저와의 약속입니다.
> 이 작은 시집을 토끼머리 바위섬 앞,
> 아버지의 무덤 앞에 바치고,
> 엎드려 절합니다.

피터 팬과의 첫 만남

남해안의 해양관광 도시 C시는 경관이 빼어난 크고 작은 유, 무인 도를 자원으로 한 관광레저 산업과 기계 및 농수산업이 발달된 곳이다. 10년 전 나는 이 C시에 있는 H병원의 부원장으로 근무하고 있었다. 그러나 말이 부원장이었지, 그 직책은 본업인 의사 일보다 이재에 더 밝아 돈벌레로 소문난 그 병원의 원장이 같은 의과대학 후배인 나를 자기 병원으로 데려가기 위해 붙여 준 사탕발림이었다. 대외적 직함은 그럴듯한 부원장이었지만, 나는 병원 운영의 경제적 실권에는 하등의 권한도 없는 월급쟁이 의사였던 것이다.

그때 내가 서울의 병원을 그만두고 그 먼 남도의 외진 병원까지 가게 된 것은 원장이 주겠다고 제시한 보수가 서울 병원보다 파격적으로 많았기 때문이다. 당시 서울 근교의 어느 시립 의료원에서 박봉에 시달리면서도 나름의 직업적 사명감과 긍지를 갖고 근무하던 내가 불행하게도 돈벌레 원장이 제시하는 돈의 유혹에 넘어가 버린 것이었다. 그때 나는 몸까지 혹사하여 심신이 지쳐 있던 상태에서 막연히 어디 공기 좋은 시골 같은 데라도 내려가 좀 쉬고 싶다는 생각을 하고 있던 차였다. 그러던 중에 원장이 파격적인 보수를 제시하며 유혹하는 바람에, 그동안 견지하고 있던 내 신념이 일시적으로 흔들리고 말았다.

그때의 내 사정은 그랬다 하더라도, 그 당시 돈벌레 원장의 입장에서 보면 원장은 나와 같은 경력과 사명감을 가진 의사를 꼭 필요로 하고 있었다. 당시 원장이 운영하던 병원은 의사 본업보다는 이재에 더 밝은 그의 특별한 사업 수완에 의해 서울의 부유한 환자들까지 일부러 찾아오는 호황을 누리고 있었다. 이런 상황에서 은근히 지방 정치 입문까지 모색하던 원장은 서울의 돈 많은 고급 환자(?)를 보다 더 많이 유치하면서도 오로지 돈만 밝힌다는 자신의 부정적 이미지는 지우고 싶어 했다. 이 두 마리 토끼를 한꺼번에 잡기 위해서는 대도시의 시립 의료원에서 근무한 경력과 지명도 및 나름의 직업적 사명감까지 가진 내가 가장 적임자라고 판단했던 것이다. 물론 돈벌레 원장의 이런 파격적인 제안에는 내게 투자하는 비용보다 내 경력과 지명도를 이용하여 훨씬 더 많은 수익을 올릴 수 있다는 약삭빠른 계산이 밑바탕에 깔려 있었다.

이렇게 서로의 이해관계가 맞아떨어져 내가 C시의 그 병원에서 근무한 지 5개월여가 지난 그해 7월 하순, 장마가 막 끝난 뒤 햇볕이 쨍쨍 내려쬐는 어느 무더운 여름날 금요일 오후였다.

— 서울에 본사를 둔 KC 건설의 회장님이십니다. 대단한 재력가이십니다.

— 그래요? 그런데 보호자는 어디 있어요?

— 사모님께서는 자가용으로 따로 오실 겁니다. 오는 도중에 시장에 들러 준비물을 새로 챙겨 가지고 오겠다고 하셨습니다. 어쩌면 저녁을 드시고 올지도 모르겠습니다.

— 알겠습니다.

— 저희 병원이 불편하다고 해서, 특별히 김 과장님께서 이곳을 추천하셨습니다. 사모님께서는 이곳 특별 병동 VIP실을 꼭 부탁한

다고 하셨습니다. 일단 병실로 올려 보내면, 나중에 사모님이 와서 입원 수속을 하실 겁니다.

— 마침 VIP실 한 곳이 비어 있는데, 잘됐군요.

당시 C시에서 유일한 종합병원인 S병원 구급차에 실려 전원을 온 그 환자는 얼핏 보기만 해도 죽음을 목전에 둔 중환자임을 알 수 있었다. 이따금씩 눈만 떴다 감았다 하는 것 외에는 의식도 없었고, 몸도 전혀 움직이지 못했다. 비록 자가호흡은 하고 있어 산소호흡기에 전적으로 의존할 필요는 없었지만, 환자는 심한 뇌출혈과 척수를 다쳐 전신마비가 된 식물인간이었다. 이미 등과 엉덩이에는 욕창이나 진물이 흐르고, 뼈만 앙상하게 남은 팔다리를 피부라고 표현하기 무색한 메마른 가죽이 붕대처럼 감싸고 있었다. 2년 전 C시에서 조성 중인 KC 건설의 아파트 단지 토목건설 현장에 왔다가, 마침 크레인에서 떨어지는 철제 빔에 깔리는 사고를 당한 직후, S병원에서 뇌수술을 받았으나 깨어나지 못했다고 했다. 그렇게 말하는 사람은 환자와 함께 구급차를 타고 온 S병원의 인턴이었다.

— 나중에 김 과장님께서 별도로 전화를 드리겠다고 하셨습니다.

말을 마친 인턴이 쫓기듯 구급차를 타고 떠났다.

서울에 본사를 둔 건설회사의 회장이라는 재력가가 왜 그동안 서울의 좋은 병원으로 가지 않고 2년간이나 지방의 작은 병원에 그대로 있었을까 하는 의문이 든 데다, 그렇게 말하는 인턴이 어딘지 모르게 허둥거린다는 인상을 받고 꺼림칙하기는 했다. 그러나 종합병원인 S병원에서 인턴까지 딸려 환자를 후송해 왔고, 같은 의대 동기로 절친한 친구이기도 한 그 병원의 신경외과 과장인 김 과장이 특별히 추천하여 보냈다는 말을 그대로 믿고, 마침 비어 있던 VIP실에 환자를 수용하도록 조치했던 것이다.

그때 내가 근무했던 H병원은 돈벌레 원장의 특별한 경영 방침에 따라 병동의 위치나 시설, 서비스, 비용 등 모든 점에서 전혀 다른 두 개의 체계로 운영되고 있었다. 그것은 특별 병동과 일반 병동 운영 체계였다.

먼저 병동의 위치였다. C시 외곽 국도를 따라 동남쪽으로 약 30분 정도 가면, 병원으로 진입하는 아스팔트 도로가 좌측으로 갈라지고 곧이어 길은 다시 두 갈래로 갈라지는데, 이 길의 갈라지는 중간 지점에 병원의 대형 입간판이 서 있었다. 이 간판의 아래쪽에 화살표로 표시된 왼쪽 숲 속 완만한 오르막길이 특별 병동으로 가는 길이고, 오른쪽으로 나 있는 해안가 도로가 일반 병동으로 가는 길이었다. 그러니까 특별 병동과 일반 병동은 병동의 입구부터가 서로 달라, 같은 병원이면서도 전혀 다른 별개의 병원처럼 보였다.

특별 병동은 입구 도로에서 왼쪽 숲 속 길을 따라 동쪽 능선을 타고 차로 약 5분 정도 올라간 오목한 산중턱 숲 속에 있었다. 하얀 대리석으로 깔끔하게 외벽을 단장한 지하 1층, 지상 4층 건물로, 멀리서 보면 병원이라기보다는 마치 지중해의 여행안내 책자에서나 볼 수 있는 휴양지 별장 같았다.

병동에 이르는 숲길에는 중간 중간에 나무벤치도 설치해 놓았고, 시야가 확 트인 능선 두 곳에는 원목으로 제작한 팔각정 전망대도 세워 놓았다. 병동으로 올라오는 도로 자체가 공원 산책길이라고 해도 손색이 없을 정도였다. 건물 옥상에는 주변 숲과 어울리게 각종 나무와 식물, 분수대와 인공 연못이 조성되어 있고, 그 사이사이에 원목 탁자와 의자를 설치하여 야외에서도 시원한 바람을 쐬며 휴식을 취할 수 있도록 해놓았다. 이곳에서 바다를 굽어보면 멀리 다도해의 올망졸망한 섬들과 그 사이를 오가는 작은 배들이 마치 그림처럼 펼쳐졌다.

병동의 모든 병실은 보호자와 함께 지내도 불편함이 없도록 병실과 보호자실이 따로 분리되어 있었고, 실내장식도 어느 고급 오피스텔 못지않게 세련된 장식으로 꾸며져 있었다. 특히 이 병실 중 세 개뿐인 VIP실은 병원 시설이라는 무늬만 입힌 최고급의 휴양 시설이라고 할 수 있었다. 서울의 고급 호텔 수준을 능가했다. 보호자를 위한 별도의 침실은 물론이고 간단한 요리를 할 수 있는 주방과 회의실 겸 사무실, 다용도실까지 갖춰져 있었다. 물론 이 특별 병동의 병실 사용료에는 일체 의료보험이 적용되지 않았다. 따라서 웬만한 재력가가 아니면 이 병실을 사용할 엄두조차 내지 못했다.

남도의 따뜻한 관광휴양 도시라는 입지적 조건과 이러한 호화 시설 때문에 이 특별 병동은 부유한 특권 계층의 사람들 사이에서 암암리에 소문이 나 있었다. 그래서 외국으로 나갈 수 없거나 대도시의 번잡한 종합병원에 입원할 수 없는 특별한(?) 사정이 있는 무늬만 환자들인 사람들이 은밀하게 이곳을 찾았다.

결국 이 특별 병동은 고객의 입장에서 보면 병원이라는 눈가림용 보호막 뒤에서 탈선행위를 할 수 있는 그들만의 은밀한 공간이었고, 병원의 입장에서 보면 병원 시설을 가장하여 탈법 행위로 운영되는 돈벌레 원장의 특별한 현금벌이 수단이었던 것이다. 그러나 실제로 그때 S병원에서 전원을 온 그 환자처럼 식물인간 상태에서 죽음을 기다리거나 또는 다른 질병이나 장애로 장기長期 치료를 요하는 진짜 환자도 전혀 없지는 않았다.

반면, 입구에서 오른쪽 도로 동쪽 해안가로 7, 8분 정도 들어간 일반 병동은 돈벌레 원장의 이중적 직업관을 철저히 대변하고 있었다. 건물 외벽은 오랫동안 도색을 하지 않아 우중충하게 변색되거나 칠이 벗겨져서 아예 시멘트가 생살처럼 드러나 있는 곳도 있었다. 지하 1층 지상 5층의 건물로, 지하층은 구내식당과 물품창고, 1층은 진료실과 응급실, 2층은 각종 검사실, 물리치료실, 수술실로 이용되고 있었고, 그 위층들은 입원실이었다. 4, 5층은 그나마 병실이라고 할 수 있으나, 3층은 군데군데 칸막이로 간이침대만 갖다 놓은 야전병원 같았다. 당연히 이 병실에는 대부분 가난한 저소득층 환자들이나 장기長期 요양이 필요한 노인 환자들이 입원해 있었다.

이처럼 두 병동은 같은 소유자의 같은 병원 건물인데도 외관부터 달랐다. 아래쪽 해안가의 일반 병동에서 위쪽 숲 속 특별 병동까지 직선거리로 나 있는 약간 경사진 지름길 도로를 이용하면 두 병동을 오가는 데는 천천히 걸어도 약 10분, 차로는 3, 4분 정도면 충분했고, 이 도로는 입원 환자나 병원 직원들의 숲 속 산책로로도 이용되었다.

김 과장이 추천하여 보냈다는 그 환자가 서울에서 건설업을 하는 대단한 재력가라고 하니, 행여 병원비를 못 받을 염려는 전혀 없었고, 그것도 너무 비싸 어지간한 사람은 엄두도 못 내는 VIP실을 사용한다고 하니, 병원으로서는 수지맞는 장사가 틀림없었다. 그 환자는 돈벌레로 소문난 원장이 흡족해 할 만한, 분명 돈이 되는 고급 환자였다. 그래서 나는 그런 환자를 보내준 김 과장에게 은근히 고마움까지 느끼며, 그 환자를 마침 비어 있는 VIP실에 입원시키고 전담 간호사까지 배치했던 것이다. 소생의 가능성이 전연 없어 보이는 그 환자가 제발 오래 생존하여 병원 살림을 두둑하게 해주기를 바라면서.

그러나 퇴근 시간이 지나도록 S병원의 인턴이 사모님이라고 말한 환자의 보호자는 나타나지 않았다. 무슨 사정이 있겠지. 나는 대수롭지 않게 생각하고 그대로 퇴근했다. 김 과장에게 확인 전화를 해보지도 않았다. 다음 날 토요일, 오전 진료만 하고 퇴근할 때까지도 환자의 보호자는 나타나지 않았다. 뭔가 불길한 생각이 얼핏 들었다. 그러나 김 과장이 애써 추천하여 보낸 환자인데 설마 무슨 문제가 생길까. 나는 그대로 퇴근했다.

월요일, 집을 나서면서부터 어쩐지 불길한 생각이 들었다. 나는 병원에 도착하자마자 가운도 입지 않은 채 제일 먼저 그 VIP실로 갔다. 그런데 그곳에는 재력가의 고상한 사모님 대신 중학교 청색 반소매 하복을 입은 한 소년이 침대 옆 간이의자에 앉아 환자 머리맡에 얼굴을 파묻고 엎드려 있었다. 꼬박 그렇게 엎드려 밤을 샌 모양이었다. 내가 병실에 들어온 기척을 느낀 소년이 고개를 들고 일어섰다. 제대로 씻지 못하고 햇볕에 까맣게 그을린 얼굴에 촌티가 줄줄 흐르는 꾀죄죄한 모습이었다. 눈동자의 흰자위만 크게 번들거리는 모습이 마치 아프리카 난민 어린이 같았다.

— 넌 누구야?

나의 위압적인 태도에 소년은 처음에는 잔뜩 겁을 집어먹은 표정으로 멀뚱멀뚱 눈을 굴리며 나를 쳐다보았다. 그러더니 어린 제 생각에도 뭔가 잘못된 것이 아닌가 하는 걱정스런 표정을 지으며 고개를 갸웃거렸다.

— 이 환자 분의 아들이래요. 토요일 저녁에 김 과장님께서 직접 데리고 오셨다고 합니다.

회진 시간도 아닌 이른 아침 시간에 내가 병실에 온 것을 알고 그 VIP실의 전담 간호사로 지정한 이 간호사가 허겁지겁 달려와 말했다.

— 그래? 이것 참 이상한데?

소년의 차림새나 외모로 보아 분명 서울의 재력가 집안에서 자란 아이는 아니었다.

— 어머니가 올 거라고 했는데? 네 어머니는 어디 있어?

— 어머니 대신 왔다고 합니다. 저도 무슨 일인지 도무지 종잡을 수가 없어요.

소년이 대답하기도 전에 이 간호사가 마치 자기의 잘못을 변명하는 것처럼 대신 말했다. 나는 그때서야 번쩍 의아한 생각이 들었다. 그래서 부리나케 병실을 나와 진료실로 가서 S병원에서 환자를 이송하면서 함께 보낸 환자의 신상 명세를 살펴보았다. 그런데 환자의 주소가 서울이 아니었다. 주소는 엉뚱하게도 C시에 부속된 어느 섬이었다. 그때 구급차를 타고 온 인턴의 말만 믿고 자세하게 살펴보지 않았던 것이다. 나는 곧바로 S병원으로 전화를 걸었다.

— 김 과장님 좀 바꿔 주세요.

— 지금 회진 중이라 전화를 받을 수 없습니다. 죄송합니다.

이런 제길! 화가 난 나머지 나는 책상 위 송수화기를 쾅 하고 내려

놓았다. 김 과장의 전화는 점심시간이 다 되어서야 비로소 연결되었다. 아마도 김 과장은 일부러 내 부아를 돋우기 위해 전화를 받지 않는 것 같았다.

— 야, 이게 도대체 어떻게 된 일이야? 네가 보낸 환자 말이야?

— 왜 무슨 일이 있었어?

시치미를 뚝 떼는 김 과장의 첫 마디였다.

— 보호자는 왜 나타나지 않는 거야?

— 뭐라고? 보호자가 여태 오지 않았어?

— 왔어. 그런데 꾀죄죄한 중학생 한 녀석이 와 있어. 그애, 네가 데려다 놓았다며? 너, 장난쳤지?

— 하하하, 이제야 감을 잡았냐? 그래, 그 돈벌레 원장 정신 좀 차리라고 보냈다. 돈벌레 원장이 그렇게 좋아하는 돈 많은 고급 환자님이시니, 그 으리으리한 VIP실에 모셔 놓고 각별히 모시거라잉.

자칭 21C 최후의 슈바이처라고 자부하는 김 과장은 같은 대학 선배인 원장을 의료인으로서의 최소한의 기본 소양조차 갖추지 못한, 위화감만 조성하는 호텔 같은 병원을 지어 오직 돈만 밝힌다고, 아예 대놓고 '돈벌레 원장'이라고 불렀다.

— 야, 이 친구야. 그 양반 정신 차리게 하려다가 내 모가지 잘리게 생겼다.

— 그 모가지 잘리면 우리 공장으로 와라. 여기 진료실 하나 비어 있다. 아, 속이 다 시원하구나. 십년 묵은 체증이 쑥 내려앉는구면. 자, 그럼 끊는다. 지성이면 감천이니라. 부디부디 잘 모셔야 한데이……

김 과장이 억지 사투리를 섞어 말하고는 껄껄 웃으며 전화를 끊었다. 황당했다. 그렇다고 김 과장에게 화를 낼 수도 없는 일이고, 그런 환자를 VIP실에 그대로 둘 수도 없었다. 김 과장의 호칭처럼 돈벌레 원장이 아는 날이면 날벼락이 떨어질 일이었다.

점심시간을 넘기고 오후가 되었다. 나는 그 환자를 우선 입원비가 제일 싼 일반 병동 3층 입원실로 옮기려고 했다. 당장 퇴원시켜 아예 쫓아내 버리고 싶었지만, 보호자도 없이 어린 중학생 하나만 있는 의식불명 환자를 아무런 대책도 없이 내보낼 수는 없었다. 그랬다가는 생명이 경각에 달린 중환자를 일방적으로 유기한 의사가 되어 법적 문제가 발생할 여지도 있었다.

그런데 일이 터지고 말았다. 이 간호사에게 환자를 일반 병동 3층으로 보내라는 지시를 하고 막 일반 병동의 오후 진료를 시작하려는데, 급히 VIP실로 오라는 전화가 온 것이다. 그 사이 혹시 환자에게 무슨 일이 생긴 것일까? 환자의 예후가 워낙 좋지 않아 그동안에 무슨 문제가 생길 수도 있었다.

나는 서둘러 특별 병동으로 올라갔다. 그리고 그 VIP실의 문을 열고 들어서자마자 그만 어안이 벙벙해지고 말았다. 언제 왔는지 병실은 하나같이 소년처럼 땟국이 줄줄 흐르는 다섯 명의 어린 병정들에 의해 점령되어 있었고, 이들과 대치하고 있는 간호사들은 오히려 안절부절 손발을 떨면서 출입문 입구를 등지고 선 채 발만 동동 구르고 있었다.

기막힌 것은 이들의 모습이었다. 제일 앞줄에 1차 방어선을 친 어린 꼬마병정 둘은 기껏해야 초등학교 2, 3학년쯤 되어 보였다. 오른쪽에 선 녀석 하나는 만화에서나 나옴직한 괴상하게 생긴 검정색 삼각 모자를 비뚜름하게 쓰고 빨랫줄 같은 노끈으로 질끈 동여맨 허리에 짧은 장난감 나무칼을 차고 있었다. 그리고 그 왼쪽에 선 작은 녀석도 역시 우스꽝스러운 너저분한 밤색 중절모자를 쓰고 허리에 두른 낡은 검정색 가죽벨트 안에 조잡하게 깎은 나무칼을 차고 있었다. 이 두 꼬마병정은 당장이라도 허리의 칼을 빼들 것처럼 간호사들을 빤히 올려다보며 허리를 비스듬히 굽히고, 오른쪽의 녀석은 왼손으로, 왼쪽의 녀석은 오른손으로 각자 허리에 꽂은 나무칼의 손잡이를 잡고 있었다.

1차 방어선을 친 이 두 꼬마병정의 모습은 그나마 우스꽝스럽고 애교가 있어 보였다. 그러나 그 뒷줄에 2차 방어선을 치고 있는 초등학교 5, 6학년쯤으로 보이는 사내병정 둘과 6학년이나 사복 입은 중학생으로 보이는 제법 소녀티가 나는 여군병정 하나의 손에 들린 물건들을 보고, 나는 그만 바짝 얼어붙고 말았다. 간호사들이 입구에 서서 벌벌 떨기만 하는 이유를 알 것 같았다.

다섯 중에서 키와 덩치가 제일 큰 중간에 선 한 녀석은 생선을 찍어 올리거나 생선 상자를 끌고 운반할 때 쓰는 날카로운 갈고리 요구를 오른손에 들고, 누구라도 가까이 다가오기만 하면 여지없이 갈고리를 휘두를 것처럼 허리를 약간 구부린 웅크린 자세로 서 있었다. 그리고 그 녀석의 왼쪽에 선 뚱뚱한 또 한 녀석과 오른쪽에 선 여자애는 눈을 부릅뜨고, 각자 왼손에는 헝겊 심지가 달린 작은 페트병을, 오른손에는 일회용 라이터를 들고 있었다. 페트병에 담긴 주황색 액체는 분명 휘발유인 것 같았다. 이 둘은 언제라도 찰칵하고 라이터를 켜서 페트 화염병의 헝겊 심지에 불을 붙일 것처럼 엄지손가락을 곧추 세워들고 있었다. 그리고 이들의 뒤 환자가 누워 있는 침대 앞에서 마지막 3차 방어선을 치고 서 있는 소년은 화염병과 라이터뿐만 아니라 오른손에 날카로운 커트 칼까지 빼어들고 서 있었다. 소년의 뒤 환자가 누운 침대 아래 바닥에도 이들의 손에 들린 것과 같은, 열 개가 넘는 심지 달린 페트 화염병이 가지런히 세워져 있었다. 그 때문에 병실 안에는 휘발유 냄새가 확 풍기는 것 같았다.

소년은 적의가 가득 찬 형형한 눈빛으로 나를 쏘아보았다. 오전에 잔뜩 겁을 집어먹고 눈만 껌벅거리던 순진하고 꾀죄죄한 어린 중학생의 모습이 아니었다. 이런 사태와 소년의 눈빛에 오히려 간호사들이 겁을 집어먹고 안절부절 벌벌 떨고 서 있었던 것이다.

— 이놈들, 너희들은 누구야? 대체 이게 무슨 짓이야?

내가 용기를 내어 앞으로 나서며 호통을 쳤다. 순간 앞에 선 꼬마 녀석 둘이 동시에 나무칼을 빼들고 나를 향해 겨누며 소리쳤다.

— 가까이 오지 마!

호기롭게 외치는 그 모습이 한편으로는 우습기도 하고 한편으로는 앙증스러워 실소를 머금다가, 나는 그 두 녀석 뒤의 사내아이 둘과 여자애의 단호한 동작에 그만 바짝 얼어붙고 말았다. 중간에 선 덩치 큰 녀석이 요구를 치켜들자, 화염병을 든 나머지 애들이 헝겊 불심지로 라이터를 가져가고 있었다. 정말 여차하는 순간 곧바로 찰칵하고 불을 붙일 태세였다. 이때 소년이 소리쳤다.

— 아빠를 데려가면 정말 불을 지르고 죽어 버릴 거야.

소년이 오른손에 라이터와 함께 모아 쥔 커트 칼을 제 목에 들이대며 외쳤다. 소년의 눈빛은 섬뜩했다. 햇볕에 까맣게 그을린 얼굴의 눈빛이 야생 상태에서 길들여지지 않은 '정글북' 아이의 눈빛 같았다. 이제 겁을 집어먹은 사람은 나였다.

— 자, 자, 애들아. 그러면 안 돼. 그래, 그래, 아빠를 데려가지 않으마.

내가 더듬거리며 손을 아래위로 흔들어 아이들을 진정시키며 말했다.

— 저엉말?

제일 앞에 선 꼬마 녀석이 나무칼을 내리며 말간 눈으로 나를 올려다보고 말했다.

— 약속하세요.

그 옆에 선 작은 꼬마 녀석이 여전히 나무칼을 겨눈 채 눈에 힘을 주고 말했다.

— 그래, 약속하마. 의사 선생님이 분명히 약속한다. 이제 됐니? 자, 우리는 병실에서 나가겠다. 이제 그 라이터와 화염병은 치워라. 그 칼도 치우고. 잘못하면 큰일 난다.

이런 난리에 일반 병동으로 병실을 옮기지도 못하고 오후 늦게야 겨우 김 과장과 통화를 하게 된 나는 더욱 기막힌 사실을 알게 되었다.

그 환자는 토끼섬이라 불리는 작은 섬에서 고기를 잡아 연명하는 어부로 2년 전에 S병원에 입원을 했고, 수술비 등 1년 치가 넘는 병원비가 밀렸으나 자기 병원에서는 이미 포기했다고 했다. 더구나 그때부터 의료 보험료조차 내지 않아 보험 혜택도 제대로 받지 못한다는 것이었다. 그동안 소년과 그 어머니가 번갈아 가며 환자를 간호했는데, 아무리 퇴원을 종용해도 막무가내로 눌러 앉아 있었다고 했다. 한 번은 강제로 퇴원시키려 하자, 언제 병실 안으로 가져다 놓았는지 두 사람이 함께 휘발유 통을 끌어안고 라이터를 켜며 저항하는 바람에 병원에서도 어쩔 수 없이 그대로 당하고 있었다는 것이었다. 그래서 김 과장이 묘안을 짜낸 것이, 이들을 이용하여 그가 백안시하는 돈벌레 원장을 한 번 골탕 먹이자는 것이었고, 이후 무려 일주일 동안이나 그 어머니를 설득하여 더 좋은 병원으로 보내준다는 각서를 쓰고 그 환자를 우리 병원으로 이송했다는 것이었다. 환자를 싣고 온 S병원의 인턴이 정말 우리 병원에 환자를 이송했는지 확인하기까지, 그 어머니는 여전히 휘발유 통을 끌어안고 병실에서 농성을 했다고 한다. 이런 말끝에 김 과장이 덜컥 으름장을 놓았다.

— 애와 어머니가 어찌나 독하고 영악한지, 정말 사생결단이야. 조심해라. 그애나 어머니는 언제라도 휘발유 통에다 불을 지를 사람들이야.

그애의 어머니가 아니라 악다구니 또래 녀석들의 휘발유 화염병 난동 사건은 이미 경험한 터였다.

— 그런데 그 악다구니 같은 녀석들은 또 뭐야?

— 악다구니라니?

— 양아치 같은 또래 녀석들이 몰려와 화염병을 들고 설쳤어.

— 아, 그놈들, 거기에도 전교생이 몰려왔던 모양이구나.

— 전교생이라니?

— 그애가 사는 토끼섬에 초등학교 분교가 하나 있어. 전교생이 모두 다섯 명이야. 여자애 하나랑 모두 다섯 명이었지?

정말 기가 찰 노릇이었다. 나는 하도 어이가 없어 김 과장에게 소리쳤다.

— 야, 그때 경찰이라도 불러서 어떻게 해결하지 그랬냐?

— 야, 경찰을 불러 봐라, 기자가 따라 붙을 것이고, 목숨이 위태로운 환자를 돈 몇 푼 때문에 강제로 내보낸다고 오두방정을 떨 거 아냐? 그것도 그렇지만, 그 영악한 아이나 어머니가 정말 휘발유 통에 불이라도 지르면 어떻게 해. 휘발유 통을 끌어안고 사생결단으로 덤벼드는 판에, 경찰이라고 해서 뭐 별 수 있겠어? 오히려 병원 이미지만 나빠지지. 그리고 너도 이미 겪어 봤겠지만, 학교의 전교생 모두를 어떻게 감당해. 전교생이 한꺼번에 몰려와 화염병을 들고 날뛸 판인데 어떻게 감당하냐고? 아이고야, 나는 마, 간이 떨려 못 하겠더라, 으하하, 재미있다.

— 야, 이게 웃을 일이야? 아이고, 골치야. 그런데 애 어머니는 왜 오지 않아?

— 몰라. 너희 병원에 환자가 간 것을 확인하고 우리 병원에서 나갔는데, 정말 오지 않았어? 그건 좀 이상한데?

— 그애는 네가 데려왔다며?

— 그래, 애 어머니를 겨우겨우 설득하여 애가 학교에 간 틈을 타서 환자를 이송했는데, 지난 금요일, 네 병원에 환자를 보낸 그날 말이야, 마침 방학하는 날이었지. 방학이 되면 애와 전교생 모두가 병실에 죽치고 앉아 꼼짝도 하지 않을 것 같아서 그날을 디데이로 잡았

어. 애가 학교에서 돌아온 뒤 다시 한 번 난리가 났지. 아무리 네 병원으로 보냈다고 해도 믿지를 않더라. 그런데 토요일 저녁에 어떻게 알아냈는지, 그애가 우리 아파트까지 떡 찾아온 거야. 정말 귀신이 곡할 노릇이데. 아빠를 돌려달라고 울고, 빌고, 소란을 떨고, 집에서까지 또 한바탕 난리가 났냐. 왜, 내가 마음이 좀 여리냐. 이 이십일 세기 최후의 슈바이처가 말이야. 얼마나 아버지를 생각했으면 어린 것이 저럴까 싶어 한편으론 불쌍한 거야. 그래서 할 수 없이 내 차에 태워 네 병원으로 데려갔어. 내가 그애에게 싹싹 빌었다 정말.

— 야, 이거 정말 미치겠네. 퇴원은 하지 않더라도 보호자가 있으면 병실이라도 바꾸자고 해볼 텐데, 막무가내로 하나 남은 VIP실에 딱 버티고 있으니……. 그렇다고 강제로 하자니 정말 네 말처럼 휘발유 화염병에 불이라도 붙일 태세고……. 설사 화염병이야 강제로 수거한다 하더라도, 정말 녀석이 커트 칼로 제 목에 자해라도 해버리면, 그거야말로 더 큰일이 아니겠어?

— 그동안 많이 벌었으니 적선 좀 하라고 해라. 그 돈벌레 원장한테.

— 나 지금 농담할 기분 아냐.

— 다 너와 그 잘난 돈벌레 원장의 욕심이 빚어낸 인과응보이니라.

— 야, 거기에 왜 내가 들어가?

— 넌 돈벌레 원장한테 돈 실어다 나르는 개미 일꾼이잖아. 둘이 뭐가 달라? 지성이면 감천이니라. 부디부디 잘 모셔야 한데이. 개미 일꾼님, 그럼 소인은 이만 물러갑니다.

김 과장이 다시 한 번 역장을 지르고는 딸깍 전화를 끊었다.

인디언 공주 타이거 릴리 선생님

비록 우리들보다 수는 적었지만 그들 점령군은 신식 무기와 가공할 살상 무기로 무장하고 있었고, 이들의 전광석화 같은 기습 공격에 우리 군대는 제대로 된 전투 한 번 변변히 치르지 못하고 꼼짝없이 성채를 점령당하고 말았으니, 오호 통재라, 우리는 속절없이 위대한 정복자, 이제 우리들이 감히 우러러 마지않는 대왕님과 그 친위부대의 노예가 되고 말았구나 그날 이후 우리들은 혹시나 지체 만강하신 정복자 대왕님의 노여움을 살까봐 시종들을 붙여 밤낮을 가리지 않고 시중을 들게 하였더라 우리 시종들은 대왕님께서 특별히 모셔 오신 와병 중에 계신 상왕 폐하를 지극정성으로 치료하고 간호하는 한편으로, 대왕님의 낡은 갑옷 어의와 친위부대 군사들의 군복은 별도로 보관하여 두고 새 어의와 새 군복으로 교체하게 하였으며, 대왕님의 옥체 만강과 식성까지 고려한 엄선된 하루 세 끼 수라는 물론이고 친위부대 군사들에게도 싱싱한 식재료로 정성을 다하여 음식 보급을 하였더라 다행히 대왕님의 음식에 대한 기호는 그리 까다롭지 않았으나, 그 중 한 친위부대 어린 병사의 입성이 워낙 유별나 그 비위를 맞추느라 특별 음식까지 조달해야 하는 시종의 노고가 참으로 가상하더라 보름이 지나도록 대비마마께서 왕림하시지를 않아 우리는 어린 시절 대왕님께서 성장하신 예전 행궁으로 시종감독관을 보내 찾아 모셔오도록 하였더라 그러나 행궁을 다녀온 그 시종감독관은 행궁 근처 백성들을 상대로 탐문해 보니, 대비마마께서는 그 행궁에도 왕림하시지 않으셨고 황송스럽게도 그 행궁 터에는 잡초만 무성하게 자라 있었다고 몸 둘 바를 몰라 하더라 이러는 동안에도 우리는 한때 반역을 도모하여 성채를 다시 탈환하고자 시도하였는데, 대왕님과 친위부대 병사들이 주야 교대로 번을 서며 성채를 사수하면서 상왕 폐하를 결사 옹위하는 바람에 종내에는 실패하고 말았더라 우리에게는 비록 가혹한 점령군이었지만 이러한 정복자 대왕님의 효성은 참으로 지극했으니, 그동안 대왕님은 상왕 폐하의 와병에 너무도 상심한 나머지 때로는 식음까지 전폐하면서 오직 내실에서 지엄한 상왕 폐하의 용체만 안타깝게 지켜보고 계시더라

— 정말 신기한 아이들이에요.

— 뭐가 말이요?

— 어린 애들이라 말썽을 부릴까 봐 걱정했는데, 모두 병실에 얌전히 앉아 꼼짝도 하지 않아요.

— 그것 참 불행 중 다행이군.

— 그 여자애가 애들을 씻기고 어르며 돌보는 게 꼭 애들 엄마 같아요.

며칠이 지나서 이 간호사가 말했다. 아이들이 병실을 점령한 이후 나는 행여 그애들이 사고라도 칠까봐 노심초사하면서 간호사들과 직원들을 하루 3교대로 배치하여 한시도 감시를 소홀히 하지 않도록 했다. 그러나 이 간호사의 보고에 의하면 그것은 기우였다. 다른 간호사들의 말도 다르지 않았다. 오히려 간호사들은 아이들을 칭찬하기까지 했다. 다만 아이들은 우리가 그들을 감시하며 기회를 엿보고 있는 것처럼 자기들도 주야 2교대로 번을 서면서 우리를 경계하

고 있다는 것이었다. 애들이 장난을 쳐 병실의 가구나 기물들을 손상하지나 않을까 걱정했으나, 그것도 기우였다.

분명 아이들만의 생각으로 병실 안에 화염병을 몰래 반입하지는 않았을 것이다. 김 과장은 소년과 그 어머니가 휘발유 통을 끌어안고 끝까지 병실에서 저항했었다고 했다. 그렇다면 지금의 상황은 분명 소년의 어머니가 사전에 아이들을 교육시켜 배후에서 조종하고 있는 것이다. 아이들의 이러한 행동은 철저하게 계산된 그 어머니의 음모일 것이었다. 그런데 도대체 이 여자가 나타나야 어떤 조치나 흥정이라도 해볼 수 있을 텐데, 어찌된 셈인지 그림자도 얼씬 않고, 더구나 연락할 방법조차 없으니 정말 기가 찰 노릇이었다. 아이들을 앞세우고 교묘하게 뒤에서 이들을 조종하고 있는 영악하고 독한 여자, 이런 생각이 들자 나는 머리가 지끈지끈 아파 오기 시작했다. 일도 손에 잡히지 않았다.

여전히 환자의 침대 밑에는 휘발유 화염병이 쌓여 있어 행여 이것으로 사고라도 날까봐 단 한시도 마음을 놓을 수가 없었다. 궁여지책으로 나는 우선 이 화염병이라도 치워 보려고 시도했다. 그러나 그것도 여의치 않았다. 며칠 뒤 자정이 넘은 시간에 나는 힘센 직원 몇 명을 데리고 불시에 병실로 쳐들어갔다. 그런데 어찌된 셈인지 병실 문이 잘 열리지 않았다. 문틈으로 보니 소파 같은 집기를 밀쳐 문을 막아 놓은 것이었다. 직원들이 힘껏 문을 밀었다. 문이 겨우 반쯤 열리고 우리가 억지로 방안으로 들어섰을 때, 우리는 그때처럼 다시 얼어붙고 말았다. 어떻게 눈치를 챘는지 불이 환히 켜져 있는 방 한가운데 소년과 덩치가 큰 아이, 그리고 여자아이 셋이서 발치에 화염병들을 가지런히 세워 놓고, 양손에는 각자 화염병 하나와 라이터를 들고 우리를 노려보고 서 있었다. 제일 어린 두 아이는 바닥에 모로 누워 웅크린 채 자고 있었다.

— 나가요. 안 나가면…….

소년이 오른손을 천장을 향하여 치켜들고 라이터와 함께 모아 쥔 커트 칼의 칼날을 빼어들고는 찰칵 하고 불을 켰다. 두 아이도 소년을 따라 동시에 불을 켰다. 우리가 한 발짝이라도 다가가면 가차 없이 화염병에 불을 붙일 태세였다.

— 애들아, 그러면 안 돼. 그러면 너희들은 물론이고 자고 있는 저 아이들도 다친다.

내가 당황하여 더듬거리며 말했다.

— 상관없어요. 건드리기만 해봐. 정말 불을 지르고 죽어 버릴 거야.

소년의 목소리는 단호했다. 아이 같지 않았다. 눈에는 불길이 이글이글 타오르고 있었다. 다시 한 번 찰칵하고 라이터의 불을 켜더니 천천히 화염병으로 옮겨갔다. 다른 아이들도 소년을 따랐다.

— 그래, 그래, 알았다. 나가마. 우리가 나가마. 우선 그 불부터 꺼라. 우리가 잘못했다.

완전 실패였다. 직원들도 혀를 내둘렀다.

원장에게 이런 상황을 계속 감추고 있을 수만은 없었다. 원장은 돈벌레라는 별명처럼 돈에 대하여 지독한 욕심을 갖고 있었으나 의외로 겁도 많아서, 김 과장으로부터 들은 얘기와 이제까지 병실에서 있었던 일을 얘기하자 처음에는 손까지 덜덜 떨었다. 물론 김 과장이 환자를 보냈다는 것은 숨겼다. 원장이 그런 사실까지 알게 되면 김 과장의 입장이 난처해질 것이었다.

그러나 평소 손익계산에 철저하고 민감하게 반응하는 원장은 이내 냉정을 회복하고, VIP실 하나는 기왕에 이렇게 된 마당에 어쩔 수 없이 손해를 감수한다 하더라도, 혹시 아이들의 화염병 사건이 외부에 알려져 특별 병동의 다른 환자들이 무더기로 퇴원하지나 않을까 전전긍긍했다. 이 병동에 입원(?)해 있는 환자 아닌 유한 족속들이 그들과 전혀 상종조차 할 수 없는 양아치 같은 아이들이 그들의 옆방에 화염병을 쌓아 두고 있다는 사실을 알게 되면 누구라도 퇴원하고자 할 것이었다. 원장의 우려대로 그것은 충분히 가능한 일이었다.

처음 원장의 관심은 오직 이것뿐이었다. 돈벌레라는 별명답게 병원과 아이들의 안전은 아예 뒷전이었다. 경찰이라고 뭐 별 수가 있겠느냐는 김 과장의 말을 들은 탓인지, 처음부터 경찰을 부를 생각은 아예 하지도 않았다. 원장은 전 직원에게 이 일을 철저하게 비밀로 하라는 엄명을 내렸다. 간호사와 병원 직원을 한 사람도 빠짐없이 일일이 원장실로 불러, 만약 이 일이 외부로 새나가는 일이 발생하기만 하면 그 어느 누구라도 그냥 두지 않겠다고 침을 튀겨 가며 으름장을 놓았다.

원장의 엄명 때문이기도 했지만, 사실 섣불리 경찰을 부를 수도 없었다. 사리분별력이 없는 아이들이 휘발유 화염병을 쌓아 두고 있는 병실이었다. 경찰의 강제진압 과정에서 겁에 질린 아이들이 무슨 짓을 할지 알 수 없었고, 만에 하나 경찰도 예상치 못한 화염병으로 인한 불상사가 일어나지 말라는 보장도 없었다. 또한 이 경우 소년이 언제라도 커트 칼로 제 목에 자해를 해버릴 수도 있었고, 이것은 실제로 일어날 가능성이 충분한 구체적인 위험이었다.

나도 원장도 이러지도 저러지도 못하는 와중에 한 달여가 지났다. 그동안 병원에서는 소년은 물론이고 아이들의 식사도 꼬박꼬박 챙겨 주었다. 또 아이들 각자가 입고 왔던 하나뿐인 옷이 더러워져 각자의 몸에 맞는 환자복을 골라 주어 갈아입게 했다.

— 이보게 박 과장, 도대체 언제까지 이러고 있을 거요?

처음 자기 병원에 왔을 때는 마치 간이라도 빼어 줄 것처럼 싹싹거리며 부원장이라고 부르더니, 차츰 시간이 지나자 원장은 언제 그랬냐는 듯 슬며시 나를 과장으로 낮춰 불렀다. 그래야 원장이라는 자기의 체면이 더 살아나는 모양이었다. 원장이 그렇게 부르자 간호사나 직원들도 덩달아 그렇게 불렀다. 아마 원장이 그렇게 부르도록 지시했을 것이다.

원장은 매일같이 나를 불러 닦달하기 시작했고, 하루하루 시간이 지날수록 그 정도도 심해졌다. 이제 원장은 노이로제 증세까지 보였다. 원장이 아는 지인을 통해 은밀하게 법률사무소에 알아보니, 병실을 점령한 아이들이 너무 어려 처벌도 할 수 없고, 그렇다고 아이들의 부모를 상대로 손해배상 청구를 하는 것도 마땅치 않다고 하더라면서, 이들에 대한 법적인 조치는 아예 체념한 듯이 고개를 절레절레 흔들었다. 그러면서 돈벌레답게 이 일로 인한 병원의 모든 손해는 전적으로 내가 배상해야 한다고 손바닥으로 책상을 탁탁 두드리며 엄포를 놓았다. 결코 손해를 보지 않는 원장의 성격에 비추어 보면, 정말 이것도 저것도 안 될 경우, 원장은 나를 상대로 손해배상 청구 소송을 걸어 올지도 몰랐다.

궁리 끝에 지푸라기라도 잡는 심정으로, 원무과장을 환자의 주소지로 등재되어 있는 섬으로 보내 그 어머니나 다른 보호자를 찾아보라고 했지만, 그것도 매번 허사였다. 마을 사람들도 소년의 어머니가 어디로 갔는지 모른다고 했고, 다른 친척도 없다고 했다. 어찌된 셈인지 그들은 하나같이 쉬쉬하며 원무과장을 피해 버리더라고 했다. 섬에 있는 아이들의 부모들을 찾아보았지만, 그들은 아예 얼굴조차 내밀지 않더라고 했다. 뭔가 잘못되어도 단단히 잘못되고 있었다. 영악한 그 여자가 아이들뿐만 아니라 마을 사람들까지 조종하고 있는 것이 분명했다. 원장의 주장대로 법적인 손해배상 책임이 내게 있을 수도 있었다. 법률사무소에 상담까지 했고, 손익계산에 철저한 원장이 아무 근거 없는 소리를 하지는 않았을 것이었다. 소년과 아이들이 저항하고 있어 강제로 어떻게 해볼 도리도 없었지만, 그러나 설사 이들의 저항이 없다고 하더라도, 담당 의사인 내가 단지 손해배상 책임을 모면하기 위하여 보호자도 없이 목숨이 경각에 달린 입원 환자를 임의로 내보낼 수는 없었다. 최소한의 내 양심이 그것을 허락하지도 않았거니와, 경우에 따라서는 환자를 보호자 몰래 유기했다는 의료법 위반 문제가 제기될 수도 있고, 이 과정에서 만약 환자가 사망이라도 하는 경우에는 형사상의 문제로 비화될 수도 있는 어렵고 복잡한 문제였다. 김 과장의 말처럼 그 영악하고 독한 여자가 나중에 나타나 이 일을 빌미로 까탈을 부릴 것이라는 게 훤히 내다보였다. 휘발유 통을 끌어안고 버티던 여자가 무슨 짓을 못 할까. 오히려 그 여자는 꼬투리를 잡기 위해 은연중 내가 그렇게 하기를 기다리고 있을 것이었다. 이것은 원장의 손해배상 청구보다 더 골치 아픈 일이었다. 원장의 지시처럼 이 일은 외부에 드러나지 않게 조용히 처리해야 했다. 김 과장이 나에게 속임수를 썼던 것처럼 그렇게 해보려 했으나, 이미 의심을 품고 있는 소년을 설득할 수 없을 것 같았고 다른 병원에서 나처럼 속아 주지도 않을 것이었다. VIP실을 찾는 환자의 예약이 계속 밀려드는데, 하나 남은 병실을 병원비도 내지 못하는 원수 같은 환자가 딱 차지하고 있으니, 찰거머리란 바로 이런 것을 두고 하는 말일 터였다. 원장의 말마따나 정말 기가 찰 노릇이 아닐 수 없었다.

그렇게 한 달여가 지나는 동안 원장과 나의 조바심과는 달리 아이들은 천하태평이었다. 환자에게 주사를 놓고 링거액을 갈아 주려 병실을 드나들면서 어느새 아이들과 친해진 간호사들도 마치 먼 나라의 일인 양 무사태평이기는 마찬가지였다. 오히려 아이들은 간호사들을 보고 누나, 언니하며 스스럼없이 따랐고, 어떤 간호사들은 일부러 과자 등 간식거리를 갖다 주면서 아이들과 함께 어울리기도 했다.

나도 근본적으로 생각을 바꾸기로 했다. 우선 대장인 소년의 마음을 열기로 하고, 회진 시간은 물론 틈날 때마다 소년과 대화를 시도했다.

첫째 날.

— 내 분명히 약속하마. 아버지는 어디에도 보내지 않는다. 내가 여기에서 치료해 주마.

— ……?

둘째 날.

— 좀 도와주겠니? 아버지의 몸을 돌려 뉘어야 등과 엉덩이 욕창을 치료할 수 있다.

— ……?

셋째 날, 개학 이틀 전이었다.

— 내일 모레면 개학인데, 너희들 학교는 어떡할 거니?

적의를 품은 소년의 눈빛이 불을 뿜었다. 아차, 너무 서둘렀구나. 이제 방학이 끝나고 개학이 되면 아이들이 학교에 가기 위해 스스로 물러나지 않을까 하고 기대했던 것이다.

— 우리는 학교에 안 가요.

옆에 있던 여자아이가 매섭게 눈을 뜨고 쏘아붙였다.

— 내가 약속했지? 아버지는 여기서 내가 치료한다고. 아버지는 어디에도 보내지 않는다. 나는 약속을 지키는 사람이다. 어젯밤에는 아버지가 좀 어땠니?

— ……?

소년이 고개를 떨어뜨렸다. 이제 조금 가능성이 있다.

넷째 날, 개학 하루 전.

— 오늘은 아버지 안색이 좀 좋아진 것 같구나.

— ……?

잠시 적의가 풀린 것 같았다. 마음이 열릴 것인가?

다섯째 날, 개학날.

혹시 어제 내가 퇴근한 이후 녀석들이 학교에 갔을지도 모른다. 그러나 그것은 나만의 기대였다. 출근하자마자 들른 병실에는 여전히 아이들이 오글오글 모여 있었다.

그런데 그날 오후, 뜻밖의 사람이 나를 찾아왔다. 꺽다리처럼 큰 키에 목 뒤에서 끈으로 질끈 동여맨 검은 생머리, 무릎이 훌렁 까진 청바지를 입은, 그러나 아직 앳돼 보이는 미모의 아가씨였다. 햇볕에 다소 탄 화장기 없는 신선한 얼굴에 건강한 야성미가 넘쳐났다.

　그녀는 아이들이 사는 섬마을 분교의 담임선생이라고 했다. 개학이 되었는데도 아이들이 하나도 학교에 오지 않아 마을에 알아보니, 이곳 병원에 있다고 해서 찾아왔다는 것이다. 내가 그동안 병원에서 있었던 일들을 간추려 말하면서 화염병 얘기를 하자, 그녀는 깜짝 놀랐다. 설마? 농성을 하는 시위대도 아니고, 그녀가 직접 가르치는 그 순진한 어린 아이들이 병실에 화염병을 가득 쌓아 놓고 있다니? 믿을 수가 없다고 했다. 우리는 곧바로 병실로 갔다. 나는 그녀가 병실에 들어서자마자 곧바로 아이들을 혼내며 화염병부터 치울 것으로 생각했다. 그러나 그게 아니었다.

　— 얘들아.

　병실의 문을 열자마자 그녀가 두 팔을 활짝 펼치며 아이들을 불렀다. 병실의 소파와 바닥에 옹기종기 모여 있던 아이들이 고개를 들고 믿기지 않는다는 듯 토끼눈을 하고 그녀를 바라보았다.

　— 선생님, 선생님!

　아이들이 저마다 외치며 우르르 그녀에게 달려들었다. 그녀는 쪼그려 앉아 먼저 제일 어린 꼬마 녀석의 볼에 뺨을 비볐다. 아이들과 그녀는 한참 동안 서로 돌아가며 얼싸안고 차례차례 뺨을 비비며 만남의 기쁨을 나눴다. 마지막으로 그녀가 그때까지 환자의 머리맡에 멀찌감치 서 있는 소년에게로 다가가 팔을 활짝 벌렸다. 그리고 명랑하고 기운 찬 목소리로 말했다.

— 야, 피터 팬.

소년의 눈이 글썽이더니, 기어이 눈물이 흘렀다. 그녀가 다가가 소년의 머리를 가슴에 꼭 안았다.

— 피터 팬은 울지 않아. 마이클, 그렇지?

그녀가 소년의 머리를 안은 채로 제일 어린 꼬마 녀석을 보고 말했다.

— 그래요. 피터 팬은 울지 않아. 존 형아, 그렇지?

꼬마 녀석이 저보다 조금 더 큰 꼬마를 돌아보며 말했다.

— 그래, 피터 팬은 울지 않아. 투틀즈 형아, 그렇지?

그 꼬마 녀석이 다시 저보다 큰 뚱뚱한 아이를 바라보며 말했다.

— 그래, 피터 팬은 울지 않아. 슬라이틀리, 그렇지?

뚱뚱한 아이가 또래의 키 큰 아이에게 말했다.

— 그래, 피터 팬은 울지 않아. 웬디 누나, 그렇지?

키 큰 아이가 여자애에게 말했다.

— 그래, 피터 팬은 울지 않아. 피터 팬은 언제나 용감해.

여자애가 소년을 바라보며 말했다.

— 에이 씨이~, 그래, 피터 팬은 울지 않아.

그녀의 품에서 벗어난 소년이 주먹 쥔 손등으로 눈물을 쓱 문지르고는 멋쩍게 씩 웃으며 말했다.

— 그런데 방학 동안 마이클은 뭐 했어?

그녀가 다시 꼬마에게 물었다. 꼬마가 병실 응접탁자로 쪼르르 달려가 탁자 위에 놓아 둔 짧은 나무칼을 집어 들고 허공을 후려치며 말했다.

─ 얍, 얍, 후크 선장을 지키고 있었어요. 여기에서요. 우리 모두 다요.

─ 그랬구나. 그래, 모두 잘했다. 이런 줄 알았다면 선생님도 함께 있었을 텐데.

─ 이제 왔잖아요. 우리 함께 후크 선장을 지켜요.

투틀즈라는 뚱뚱한 아이가 앞으로 나서며 말했다.

─ 자, 자, 잠깐만……

그녀가 재잘거리는 아이들에게 손짓을 하며 말했다.

─ 인어 호수 귀양살이 바위에서 피터 팬은 어떻게 했지요?

─ 아이들을 구하고 혼자 남았어요.

아이들이 약속이나 한 듯이 동시에 말했다.

─ 그래, 그래. 자, 그럼 모두 눈을 감아 봐요.

그녀가 말하자 신기하게도 아이들이 선 채로 두 팔을 늘어뜨리고 모두 눈을 감았다.

─ 지금 여기는 인어 호수예요. 인어들이 모여서 재잘대며 얘기하고 있어요. 자, 재잘거리는 인어들 얘기 소리가 들리는 친구는 고개를 끄덕여 봐요.

아이들은 눈을 감은 채로 모두 고개를 끄덕였다.

─ 지금 피터 팬은 물이 차오르는 귀양살이 바위에 혼자 서 있어요. 어머머, 정말 큰일 났어요. 물이 점점 더 차올라 피터 팬이 물에 잠기려고 해요. 아이 참, 이를 어떡해, 어떡해. 아, 저쪽 물 위를 봐요. 어머머, 새가 있어요. 하얀 날개를 가진 아름다운 환상의 새가 있어요. 새가 자기 둥지를 피터 팬에게 밀어 주고 있어요. 어서 제

둥지에 타라고. 아유, 이제 안심이네요. 지금 피터 팬이 환상의 새 둥지를 타고 다시 땅 밑 집 친구들에게 돌아왔어요. 자, 이제 모두 눈을 떠요.

그녀가 말하면서 짝짝 박수를 두 번 쳤다. 아이들이 눈을 떴다. 모두가 초롱초롱한 눈빛이었다. 그녀가 다시 말을 이었다.

— 애들아, 지금 이 병원은 귀양살이 바위야. 피터 팬이 환상의 새 둥지를 타고 돌아오려면 우리 친구들이 먼저 이 바위를 떠나야 해. 그렇지?

— 그래요.

제일 어린 꼬마가 나무칼로 손뼉을 딱하고 치며 말했다.

— 그럼 우리는 이제 학교로 가자. 먼저 돌아가 피터 팬이 환상의 새 둥지를 타고 돌아오기를 기다려야지.

그녀가 손짓으로 다시 아이들을 불러 모아 두 팔을 벌려 한꺼번에 안으며 말했다.

— 그렇지만 이곳에는 환상의 새가 없는 걸요.

슬라이틀리라는 키 큰 아이가 걱정스럽게 말했다.

— 아니야, 있어. 선생님이 보여줄게. 다시 한 번 모두 눈을 감아 봐.

아이들이 한 무리가 되어 그녀의 품에 안긴 채 모두 눈을 감았다.

— 지금 환상의 새가 깜깜한 하늘을 날고 있어. 깜깜한 하늘에 하얀 빛 하나가 보이지? 보이는 친구는 눈을 감은 채 고개를 끄덕여 봐.

아이들이 다시 고개를 끄덕였는지는 모른다. 왜냐하면 그때 나도 그녀의 말에 따라 눈을 감고 깜깜한 하늘을 나는 하얀 빛을 보고 있었기 때문이다. 물론 나는 고개를 끄덕였다.

― 어머머, 하얀 빛이 여기로 오고 있어. 이 병원으로 날아왔어. 하얀 빛이 다시 하얀 날개를 파닥이는 환상의 새로 변신했어. 어머머, 그런데 이건 또 웬일일까? 환상의 새 날개가 변신하고 있어. 하얀 날개가 의사 선생님의 하얀 가운으로 변신하고 있어. 어, 환상의 새가 의사 선생님으로 변신했어. 하얀 가운 주머니에 청진기를 넣은 의사 선생님으로 변신했어.

나는 그때 여전히 눈을 감은 채로 손으로 내 가운 주머니에 청진기가 있는지 확인하고 있었다.

― 자, 이제 눈을 떠봐. 바로 여기에 환상의 새가 있잖아. 여기 의사 선생님이 바로 환상의 새야. 존, 그렇지? 방금 너도 보았지?

― 그래요, 보았어요. 환상의 새가 의사 선생님으로 변신했어요.

― 투틀즈, 너는?

― 저도 보았어요.

― 슬라이틀리는?

― 예, 맞아요.

슬라이틀리가 말했다.

― 저도 보았어요.

― 저도 보았어요.

마이클과 웬디가 동시에 말했다.

― 자, 그럼 이제 우리는 학교로 가자. 환상의 새가 변신한 여기 의사 선생님께서 후크 선장의 병을 반드시 치료하실 거야. 그러면 피터 팬은 건강한 후크 선장과 함께 환상의 새 둥지를 타고 돌아오겠지? 안 그래?

그 순간 내가 나서야 할 때라고 생각했다.

— 그래, 너희들은 지금까지 몰랐겠지만, 내가 바로 그 환상의 새란 다. 너희들의 후크 선장은 내가 반드시 치료할 거야. 후크 선장을 어 디로 옮기지 않고 이곳, 이 병실에서 말이야. 치료를 받고 건강해진 후크 선장은 내가 만든 환상의 새 둥지를 타고 너희들에게 돌아갈 거야. 반드시 그렇게 될 거야. 그런데 후크 선장이 왜 이렇게 되었지?

나는 소년을 바라보며 물었다. 나는 그때까지도 소년의 아버지가 왜 그렇게 되었는지 모르고 있었다. 그동안 소년의 마음을 열고자 일부러 물어보지 않았고, 소년도 말하지 않았다. 소년은 이제 적의 를 풀었다.

— 해애적노오리 하다가……

소년이 고개를 숙이고 우물우물 중얼거렸다.

나는 제대로 알아듣지 못했다.

— 뭐? 해애적노오리?

— 해적놀이요.

여자애가 옆에서 똑똑하게 말했다.

— 나는 마이클.

제일 어린 꼬마 녀석이 눈을 반짝이며 가슴을 쑥 내밀고 자랑스럽 게 말했다.

— 나는 존요.

그보다 조금 큰 꼬마의 말. 오른손에 나무칼을 들고 허공을 후려 치며 말했다.

— 히히히, 나는 곰 가죽 투틀즈.

덩치가 큰 뚱뚱한 아이의 말. 아이가 일부러 우스꽝스럽게 뒤뚱거리며 한 바퀴 맴을 돌며 말했다.

— 나는 피리 부는 슬라이틀리요.

또 다른 키 큰 아이의 말. 입에 피리를 물고 손가락을 오르내리며 구멍을 열고 닫는 흉내를 내며 말했다.

— 저는 웬디요. 아이들의 엄마예요. 그리고 선생님은 인디언 공주 타이거 릴리고요.

여자애가 자기의 가슴에 손바닥을 대고 말한 후 다시 손을 내밀어 그녀를 가리키며 말했다.

— 나는 피터 팬요.

소년이 여전히 풀 죽은 목소리로 고개를 숙인 채 말했다. 그런 소년의 눈에서 갑자기 닭똥 같은 눈물이 뚝뚝 떨어졌다. 소년의 어깨가 들썩였다. 그녀가 소년의 머리를 다시 한 번 꼭 껴안았다.

— 선생님, 애들 옷을 갈아입힐게요.

웬디라는 여자애가 원래 아이들이 입고 왔던 옷을 꺼내 놓았다. 환자복을 벗고 옷을 갈아입은 마이클이 다시 빨래줄 벨트에 나무칼을 찼다. 아이들이 옷을 모두 갈아입자 그녀가 말했다.

— 자, 그런데 집으로 가기 전에 먼저 할 일이 있지? 침대 밑에 감춰 둔 휘발유 통은 치우고 가야지.

아이들이 한꺼번에 그녀를 바라보며 와아, 하고 웃었다. 아하하, 투틀즈라는 뚱뚱한 아이는 너무 우스웠던지, 배를 잡고 그만 바닥을 뒹굴었다.

— 너희들 왜 그러니? 내 얼굴에 뭐가 묻었어?

그녀가 영문을 몰라 눈을 동그랗게 뜨고 말했다. 히히히, 여전히 웃으면서 의젓하게 나무칼을 찬 마이클이 쪼르르 달려가더니 엉덩이 골을 반쯤 드러낸 채 침대 밑으로 기어들어가 페트 화염병을 꺼내기 시작했다.

— 선생님, 이거 기름 아니에요. 그냥 물이에요. 제가 물감을 탔어요. 심지 끝에만 살짝 기름을 묻혔어요.

유일하게 웃지 않고 있던 소년, 피터 팬이 고개를 숙인 채 화염병 하나를 그녀에게 내밀며 말했다.

— 뭐라고? 하하하.

나는 너무도 어이가 없어 그만 실소를 터트리고 말았다. 병원 전용 승합차로 그녀와 아이들을 해안 마을 선착장까지 태워 주도록 했다. 아이들이 모두 차에 탄 후 제일 마지막으로 차에 오르는 그녀에게 내가 말했다.

— 서울에 사는 선생님이 무엇 땜에 그런 외딴 섬에서 혼자 고생을 해요?

아이들이 있는 병실로 오기 전 진료실에서 얘기를 나눌 때, 그녀가 서울에서 대학을 나왔고 집은 서울이라는 말을 했기 때문에, 별다른 생각 없이 불쑥 물어본 말이었다. 그녀가 눈을 동그랗게 뜨고 나를 빤히 바라보았다. 그리고는 내 물음에는 아랑곳하지 않고 입술을 삐쭉 내밀어 피식 웃고는 차의 문을 쾅, 하고 닫고 말았다. 그녀의 피식 웃은 그 표정과 쾅, 하고 문을 닫는 다소 거친 행동이 속물근성에 찌든 그런 바보 같은 질문은 하지 말라고 따끔하게 질책하는 것 같아 나는 그만 가슴이 뜨끔했다.

토끼섬 아이들,
네버랜드 요새를 구축하다

　당시 소년과 아이들이 살았던 섬마을은 행정 구역상 C시에 속한 초도草島라는 작은 섬이었다. 그러나 그 섬의 주민들이나 인근 해안 마을 사람들은 오히려 이 섬을 '토끼섬' 또는 '풀섬'이라고 불렀다. 초도라는 행정 명칭은 '풀섬'이라는 이 섬의 한글 이름을 일제강점기 때 한자명으로 바꾼 것이라고 했다.

　'토끼섬'이라는 이름은 이 섬의 형태가 귀를 쫑긋 세운 토끼가 두 발을 들고 서 있는 특이한 형상이기 때문에 붙여진 이름이고, '풀섬'이라는 또 다른 이름은 옛날부터 이 섬에는 섬 주민들이 '토끼풀'이라고 불렀던 한국 춘란이 군락을 이루어 자생했기 때문이라고 했다. 야생 토끼의 먹잇감인 이 토끼풀 춘란이 섬의 곳곳에 군락을 이루어 지천으로 널려 있었기 때문에, 정확한 과학적 근거는 없지만, 이 섬에는 유독 야생 토끼가 많이 서식하게 되었고, 그에 따라 사람들은 이 섬을 '(토끼)풀섬'이라고 부르게 되었다는 것이다. 물론 이 섬의 해안가 절벽이나 산에는 이 토끼풀 춘란뿐 아니라, 풍란이나 석곡 등 해안 지방 특유의 토착 자생 난도 많이 있었다. 그런데 지금은 일부 몰지각한 난 애호가들의 무분별한 채취와 난개발로 거의 멸종되고 말았다고 했다.

　이 섬마을은 원래 40호가 넘는 제법 큰 마을이었다. 그러나 대부분의 농어촌 마을처럼 이 섬마을 사람들도 도시화의 물결에 밀려한 집 두 집 육지로 떠나 버리고, 내가 병원에서 소년을 처음 만난 10년 전 당시에는 겨우 10여 가구만 이 섬에 남아 있었다. 그나마 젊은 부부와 아이들이 있는 집이라고는 소년과 유일한 여자애 웬디, 그리고 투틀즈, 슬라이틀리라고 한 아이, 단 네 집뿐이었다. 존과 마이클은 '피터 팬' 동화에서처럼 실제로 웬디의 남동생이었다. 이 섬에 초등학교 분교가 하나 있었는데, 소년을 제외한 이들이 이 분교의 전교생이었다. 소년은 그해 2월 이 분교를 졸업하고, 면 소재지에 있는 중학교에 진학해 있었다. 소년의 중학교는 선착장이 있는 해안 마을에서 버스로 20분을 더 가야 했다.

서쪽 산을 등진 마을에서 바다를 굽어보며 바라볼 때, 소년의 집은 마을 왼쪽 바닷가 언덕 위에 외따로 떨어져 있었다. 빨간 벽돌로 외벽을 두른 시멘트 슬래브 지붕 위에까지 담쟁이덩굴이 기어 올라가 있었다. 본채는 중앙의 거실 겸 주방 왼쪽에 아빠와 엄마가 잠을 자는 안방이 있고, 오른쪽에 작은 방 두 개와 그 사이에 화장실이 있는 구조였다. 오른쪽의 작은 방 2개 중 바깥에 있는 방 하나를 소년이 제 방으로 쓰고, 안쪽에 있는 방을 아버지가 서재로 썼다. 아버지의 방에는 책이 많았다. 이 본채 왼편에 역기역자 형태로 창고와 방 하나와 외부 화장실 겸 샤워 시설이 있는 별채가 있고, 이 두 채의 집과 마당을 소년의 턱 높이쯤 되는, 그리 높지 않은 돌담이 빙 둘러싸고 있었다. 마을 대부분의 집들이 오래된 슬레이트나 양철 지붕이었으나, 소년의 집은 그래도 현대식의 단독 벽돌 주택이었다. 특히 꽤 넓은 마당 오른쪽에는 소년의 아버지가 이 섬의 산과 해안가 숲에서 직접 채집한 희귀 춘란이나 풍란, 석곡 등 토착 자생 난을 재배하는 150평방미터 정도의 비닐하우스 난실이 있었다. 이런 특별 난실까지 갖추고 있었던 점으로 보아 소년의 아버지는 한국의 자생 난에 상당한 조예가 있었던 것 같았다.

그 여선생이 병원을 다녀가고 난 뒤부터 마음을 열게 된 소년으로부터 직접 들어 알게 된 사실은 다른 아이들과는 달리 소년은 서울에서 태어나 초등학교 2학년 때 이 섬으로 이사를 왔다는 것이었다. 이 섬은 소년의 아버지의 고향이었다. 이 섬에서 태어나서 자란 아버지는 C시 시내의 고등학교를 나왔고, 서울에서 법과대학을 나왔다고 했다. 소년의 어머니도 서울에서 미술대학을 졸업한 화가라고 했다. 어머니는 아버지처럼 바다일도 농사일도 하지 않았다. 창고 옆에 있는 별채의 방은 어머니의 화실이었다. 어머니는 섬에 온 이후에도 자주 서울을 왕래했고, 때로는 서울에 있는 외할머니 댁에 가서 한 달 동안이나 돌아오지 않는 경우도 있었다.

소년의 아버지가 무엇 때문에 서울의 직장 생활을 접고 고향인 이 섬으로 귀향하게 되었는지 그 구체적인 사정을 소년은 잘 모르고 있었다. 소년이 어렴풋이나마 알고 있는 것은 당시 수년 동안 와병 중에 있던 소년의 할아버지가 그때쯤 돌아가셨고, 외동아들이었던 아버지가 홀로 남은 할머니를 모셔야 한다면서 서울의 직장을 그만두고 섬으로 왔다는 정도였다. 그 이듬해에 할머니도 돌아가셨다고 한다. 소년도 외동아들이었다.

소년의 할아버지는 돌아가시기 전까지 가두리 어류 양식장 하나와 집 주위와 산기슭 비탈에 상당한 규모의 밭을 일구어 놓았다. 그 밭 위로 아직 개간하지 않은 산도 할아버지의 산이라고 했다. 할아버지는 이 산에서 흘러내리는 계곡물을 따라 이 섬에서는 유일한 세 마지기 가량의 돌층계 천수답 논도 가꾸어 놓고 있었다. 할아버지가 아프기 전에는 큰 발동선도 한 척 있었다고 하는데, 소년은 보지 못했다. 마을 주민 대부분이 가난했지만, 가두리 어류 양식장을 가진 웬디 네와 할아버지의 재산을 물려받은 소년의 집은 그래도 부자라고 할 만했다.

소년의 집에서 빤히 내려다보이는 바닷가에는 자갈이 듬성듬성 섞인 작은 해수욕장 같은 모래사장이 있었다. 이 모래사장 오른쪽 끝에는 시멘트로 블록을 쌓은 방파제가 있고, 이 방파제 앞바다에는 웬디 아버지의 가두리 양식장이 있었다. 투틀즈라는 아이의 부모는 C시 시내의 어느 중학교 앞에서 장난감 문구점을 하고 있고, 슬라이틀리의 부모 또한 시내에서 횟집을 운영하고 있었다. 두 아이의 부모 모두 장사를 쉬는 날이나 공휴일에만 섬으로 왔다. 두 아이는 섬에 남아 물일과 농사일을 병행하는 할머니 할아버지가 돌보았다. 그러나 아이들이 초등학교를 졸업하기만 하면 C시 시내로 이사를 갈 거라고 했다.

마을 앞 방파제에서 2, 3백 미터 정도 길이의 반원형으로 굴곡진 만灣을 왼쪽으로 빙 돌아 모래사장이 끝나는 왼편 끝 지점에는 귀를 쫑긋 세운 토끼머리처럼 생긴 바위 하나가 바다로 툭 돌출해 있었다. 마을 사람들은 이 바위를 '토끼머리 바위'라고 불렀다. 이 바위는 물이 차오른 밀물 때는 바다로 돌출된 중간 부분이 바닷물에 잠겨 실제로 작은 바위섬이 되었다가, 물이 빠진 썰물 때는 바닥이 드러나 모래벌판과 그 위쪽의 언덕 능선으로 이어졌다. 모래벌판과 바위섬 사이 중간중간에는 올망졸망 크고 작은 여러 개의 바위가 징검다리 역할을 해서, 어지간히 큰 밀물 때가 아니면 소년은 물에 발을 담그지 않고도 바위섬에 올라갈 수 있었다. 썰물이 되어 바닥을 드러낸 징검다리 돌 사이사이는 작은 바다 웅덩이가 되었다.

　이 바위섬 오른쪽 끝 토끼의 귀처럼 뾰족 튀어나온 바위 절벽에 해송 두 그루가 우아한 낙락장송의 자태를 뽐내며 서 있었다. 멀리서 보면 그것은 오랜 기간 정성들여 가꾸고 다듬어 놓은 운치 있는 소나무 석부 분재石趺盆栽 같았다. 그 소나무는 흙 한줌 없는 바위 절벽 중간 틈에 뿌리를 박고 서로 의지하듯 나란히 서서, 절벽 아래 수면 위에 부채꼴로 퍼진 잔가지와 잎을 드리우고 있었다. 이 섬마을이 생기기 전부터 있었다고 하는데, 밑동이 있는 바위틈을 자세히 살펴보면 안에서 뿌리가 서로 엉겨 붙어 있어, 실제 두 그루인지 한 그루에서 갈라진 두 몸체인지 정확하지 않았다.

　그 바위섬 오른쪽 해안부터는 모래사장이 끝나고 크고 작은 바위들이 울퉁불퉁 튀어나온 갯바위였고, 이 갯바위 앞 해상에 할아버지로부터 물려받은 가두리 양식장이 있었다. 돌출해 있는 토끼머리 바위섬은 사나운 태풍이 불 때도 먼 바다에서 밀려오는 큰 파도를 막아 주는 방파제 역할을 하고, 또한 갯바위 아래라 수심이 깊어 어지간한 적조赤潮도 비켜가는 바다의 문전옥답이라 할 만했다.

　소년의 집에서는 조금 먼 거리였지만, 모래사장 오른쪽 방파제 끝에 할아버지 때부터 탔다는 아버지의 낡은 목선이 옹벽 쇠고리에 묶여 있었다. 토끼머리나 갯바위 해안에는 배를 정박해 두기가 마땅치 않았기 때문이었다. 오래된 낡은 목선이지만 부지런한 할아버지가 꼼꼼히 수리를 했던 탓에 여전히 탈 만했다. 아버지는 이 목선으로 갯바위 아래의 어류 양식장에 사료를 주고 양식장 근해에 그물을 놓아 고기를 잡기도 했다. 아버지가 그물로 잡은 고기는 양식장의 고기와는 달리 자연산이라 하여 비싼 값으로 횟집에 팔려나갔다.

동트는 새벽, 소년은 아버지의 손을 잡고 방파제 끝에 매어 둔 목선으로 갔다. 목선에 오른 아버지가 모래사장 앞 바다를 가로질러 왼쪽 바위섬 쪽으로 노를 저어 가면, 소년도 굴곡진 해변을 빙 돌아 달려가 새벽 밀물 징검다리를 건너 바위섬으로 올라갔다. 이윽고 목선이 바위섬 아래를 지나면 소년은 아버지에게 손을 흔들며 소리쳤다.

— 아빠. 오늘도 고기 많이 잡아오세요.

소년의 목소리가 이른 새벽 갈매기 나래를 타고 먼 바다로 퍼져나갔다.

— 그래, 그래. 이제 돌아가서 학교에 가.

힘차게 노를 젓는 아버지의 입에서 뿜어져 나온 더운 입김이 해풍에 실려 소년의 가슴으로 밀려오고, 일렁이는 물결을 따라 아버지의 검게 그을린 얼굴과 구릿빛 팔뚝에서 밝아 오는 여명이 그물에 걸린 싱싱한 활어처럼 번뜩였다. 아버지에게 인사를 하고 바위섬을 내려오면 징검다리 바다 웅덩이에는 물빛 머금은 해초가 하늘거리고, 떼를 지어 유영하는 알에서 갓 깨어난 작은 물고기들이 투명한 햇살에 반짝였다. 그럴 때면 소년의 가슴에도 밝은 햇살이 활짝 피어나며 푸른 바다 물결이 넘실댔다.

소년이 초등학교 4학년이 된 어느 늦은 봄날 저녁 무렵, 그날 아침 오랜만에 선착장의 여객선을 타고 읍내로 나갔던 아버지가 거나하게 술에 취해 돌아왔다. 아버지의 손에는 소년이 학교에서 쓸 몇 가지 학용품과 책 한 권이 들려 있었다. '피터 팬'이라는 제목의 제법 두꺼운 동화책이었다. 그해 여름방학이 끝나기까지 소년은 그 책을 아마 스무 번도 더 읽었을 것이다. 책을 읽다 잠든 꿈속에서 소년은 '피터 팬'이 되었고, 아버지는 '후크 선장'이 되었다. 요정 '팅크 벨'의 금가루를 옷에 묻히고 하늘을 나는 꿈을 꾸기도 했다. 2학기 개학을 며칠 앞둔 어느 날, 소년은 아버지가 쓰는 공구함에 들어 있는 톱을 꺼내어 집 뒤 울타리의 동백나무 가지 하나를 베어서 적당한 길이로 잘랐다. 그리고는 손잡이 부분을 남겨 두고 낫과 부엌칼로 납작하게 깎아 나무칼 하나를 만들었다. 동화 속 피터 팬이 후크 선장을 무찌르던 칼을 만든 것이었다.

— 아빠, 해적놀이 하자. 얍, 후크 선장, 이 피터 팬의 칼을 받아라.

아버지가 바다에서 돌아오는 해질 무렵, 소년은 아버지와 함께 집 앞 모래사장에서 칼싸움을 하고 놀았다. 소년은 피터 팬이었고, 아버지는 후크 선장이었다. 모래사장에 피터 팬이 몸을 숨길 만한 나지막한 모래 둔덕을 쌓고, 그 아래에 동화 속 네버랜드 땅 밑 집을 팠다. 그 모래 둔덕 위에다 해안가로 떠내려온 빨간색 헝겊으로 깃발 하나를 만들어 꽂아 두고 작은 돌을 동그랗게 늘어놓아 경계를 만들었다. 그곳은 피터 팬과 아이들이 살았던 '네버랜드'였다. 놀이는 후크 선장이 쳐들어와 네버랜드의 깃발을 빼앗는 놀이였다.

먼저 해적선(목선)에서 내린 아버지 후크 선장이 물가에서 모래를 다져 만든 주먹 대포알을 던지며 네버랜드를 공격해 온다. 피터 팬은 둔덕 뒤 땅 밑 집 바닥에 납작 엎드려 모래 대포알을 피한다. 함포 사격으로 먼저 기선을 제압한 후크 선장 아버지는 진짜 후크 선장의 갈고리 손처럼 오른손의 옷소매 끝을 묶어 엄지손가락 하나만을 내밀어 구부리고, 왼손으로 나무막대 칼을 휘두르며 네버랜드로 쳐들어온다. 소년 피터 팬 역시 미리 만들어 놓은 모래 대포알을 던지며 후크 선장에게 대항한다. 그러나 후크 선장은 모래 대포알을 피하며 끝까지 네버랜드로 달려든다. 모래 대포알 몇 발을 맞고서도 끄떡없이 달려든다. 마침내 후크 선장이 네버랜드 경계선까지 쳐들어오고, 이때 피터 팬은 드디어 나무칼을 빼어든다.

— 얍, 어디로 쳐들어오느냐. 후크 선장, 내 칼을 받아라.

— 요 꼬맹이 피터 팬, 오늘이 너의 마지막이 될 것이다. 이 후크 선장의 칼을 받아라.

탁탁, 탁탁, 피터 팬과 후크 선장의 막대기 나무칼이 서로 부딪힌다.

— 얍, 이 피터 팬의 마지막 일격이다.

후크 선장이 뒤로 주춤주춤 물러선다. 그러다가 그만 뒤로 벌렁 자빠지고 만다. 배를 위로 향하고 넘어져 있는 후크 선장의 목에 피터 팬이 칼을 겨눈다.

— 후크 선장, 오늘만은 살려 준다. 다시는 네버랜드로 쳐들어올 생각을 말아라.

— 아, 분하다. 오늘도 지고 말다니. 피터 팬, 오늘은 물러간다만 기다리고 있어라. 내일 다시 찾아와 꼭 네버랜드를 차지하고 말 테다.

— 야, 이겼다. 후크 선장이 도망간다.

이제까지 아버지 후크 선장은 한 번도 깃발을 빼앗지 못했다. 동화 속에서 끝까지 이기는 쪽은 언제나 피터 팬이었기 때문이다. 해적놀이가 끝나면 마을 뒷산에서 시작된 노을이 먼 바다 위에 물감을 풀어 놓은 것처럼 빨갛게 번져났다. 아버지가 모래사장에 앉아 바다를 바라본다. 소년이 아버지의 곁에 앉는다.

— 아빠, 오늘도 고기 많이 잡았어?

— 그래, 한 배 가득 잡았다.

— 아빠는 어떻게 그렇게 고기를 잘 잡아?

— 바다가 고기 있는 곳을 가르쳐 줘.

— 바다가 어떻게 가르쳐 주는데?

— 바다가 하는 말에 가만히 귀를 기울이고 있으면 들려. 그 소리를 따라가면 고기가 보여. 아빠는 깊은 물속 캄캄한 곳에 있는 물고기도 볼 수 있어.

— 에이, 거짓말. 바다가 어떻게 말을 해? 캄캄한 물속을 어떻게 봐?

— 귀로 듣는 게 아니란다. 마음으로 듣는단다. 눈으로 보는 게 아니란다. 마음을 모으면 눈이 열려.

— 치, 거짓말.

— 거짓말이 아니야. 네가 좀 더 크면 저절로 알게 될 거야. 이제 그만 집으로 가자. 엄마가 기다리겠다.

처음 이렇게 시작된 해적놀이는 마을의 다른 아이들이 소년이 빌려준 『피터 팬』 동화책을 읽은 후, 더 큰 전쟁놀이로 변했다. 제일 나이가 많은 소년이 주인공 '피터 팬', 한 살 아래 여자애가 동화 속 아이들의 어머니 '웬디', 그보다 또 한 살 아래 두 소년이 동화 속 네버랜드 땅 밑 집 아이들인 '투틀즈'와 '슬라이틀리'가 되었다. 특히 슬라이틀리가 된 아이는, 동화 속 슬라이틀리가 피리를 불면서 신나게 춤을 추는 것처럼, 시내에서 문구점을 하는 아버지가 갖다 준 리코더를 잘 불었기 때문에 슬라이틀리가 되었다. 그리고 동화 속의 투틀즈가 곰 가죽 옷을 입어 뚱뚱했던 것처럼, 몸이 뚱뚱한 한 아이가 그 역할을 맡았다. 그리고 이 두 아이보다 또 한 살 아래인 여자애의 남동생이 존, 이제 겨우 여섯 살짜리 같은 남동생이 마이클이 되었다. 소년이 마이클에게 맞게 짧은 나무칼 하나를 만들어 주었다. 존과 투틀즈 및 슬라이틀리도 각자 나무칼 하나씩을 만들었다. 슬라이틀리의 집에서 키우는 개 누렁이는 동화 속 유모 '나나'가 되었다. 이즈음 아버지는 동화 속 후크 선장처럼 콧수염을 기르기 시작했다.

해질 무렵 아버지 후크 선장의 목선이 해안으로 다가오면, 피터 팬과 아이들은 그동안 더 깊고 견고하게 만든 네버랜드 땅 밑 집에서 숨 죽이고 기다렸다. 아버지 후크 선장이 방파제 쇠고리에 목선을 끌어매고 허리를 구부린 채 주위를 두리번거리며 모래사장을 가로질러 어슬렁어슬렁 걸어온다. 왼손에 나무막대 칼을 든 후크 선장은 오른쪽 갈고리 손을 뒤로 감추고 있다. 이때 네버랜드 오른쪽 동백나무 울타리 숲에 숨어 망을 보던 슬라이틀리의 리코더 소리가 들린다. 후크 선장이 나타났다는 신호다. 그러면 아이들은 미리 준비한 모래 대포알을 하나씩 들고 후크 선장이 더 가까이 다가오기를 기다린다. 먼저 공격하는 쪽은 후크 선장이다. 후크 선장이 해적선 대포 '롱 톰'을 발사한다. 후크 선장은 비겁하게 뒤로 감춘 오른손에 모래 대포알 하나를 숨겨 쥐고 있었던 것이다. 아이들 역시 주먹 대포알을 던지며 반격한다. 이윽고 후크 선장이 아이들의 모래 대포알을 뚫고 네버랜드 경계선까지 진격한다.

— 와, 와, 와.

피터 팬과 아이들이 함성을 지르며 땅 밑 집에서 쏟아져 나와 후크 선장을 포위한다. 숲에 숨어 있던 슬라이틀리도 아이들과 합류한다. 아이들과 후크 선장의 칼싸움이 시작된다. 탁탁, 탁탁, 나무칼이 서로 부딪힌다. 아, 그런데 큰일 났다. 오늘은 후크 선장의 칼에 존이 먼저 팔에 부상을 입고 말았다.

— 웬디 누나!

존이 외친다.

— 알았어!

아이들의 뒤에서 전투를 지켜보고 있던 웬디가 달려 나와 존을 땅 밑 집으로 데려가 팔에 손수건 붕대를 감아 준다. 붕대를 감은 존이 다시 용감하게 싸움터로 달려간다. 존이 합류하자 후크 선장이 도망간다.

— 와, 이겼다.

아이들이 모두 함성을 지르며 두 손을 하늘 높이 들고 나무칼을 흔들며 펄쩍펄쩍 뛰어오른다. 누렁이 나나도 아이들을 따라 깡충깡충 뛰어오른다.

어떤 날은 어린 마이클이 그만 후크 선장의 갈고리 손을 피하지 못하고 포로가 되고 말았다.

— 모두 칼을 버려라. 그렇지 않으면 마이클은 살아남지 못할 것이다.

후크 선장이 소리친다.

— 후크 선장, 비겁하다. 어린 마이클을 풀어 주고 나와 일대일로 당당하게 겨루자.

뚱뚱이 투틀즈가 배를 두드리며 호기롭게 나선다.

— 그럴 수 없다. 하늘을 날 수 있는 팅크 벨의 금가루를 가져오지 않으면 마이클의 목숨은 없다.

— 그것은 할 수 없다. 지금 여기에 팅크 벨이 없기 때문에.

피터 팬이 나선다.

— 그렇다면 나도 할 수 없다. 마이클의 목숨을 가져가겠다.

후크 선장이 억지를 쓰며 어린 마이클의 목에 나무막대 칼을 갖다 댄다.

— 안 돼. 웬디 누나, 살려 줘.

마이클이 비명을 지른다.

— 안 돼요. 여기 있어요.

웬디가 나서서 후크 선장에게 손수건으로 묶어 싼 모래주머니 하나를 건넨다.

— 정말 팅크 벨의 금가루지? 거짓말이면 용서하지 않겠다.

— 정말예요, 후크 선장. 팅크 벨이 뻐꾸기시계 속에 숨겨 둔 것이에요.

— 뻐꾸기시계라……? 그럼 진짜가 맞구나.

후크 선장이 주머니를 열어 모래 금가루를 몸 위에 뿌린다. 그리고는 마이클을 안은 채로 날기 위해 풀쩍 뛰어오른다. 그러나 후크 선장은 그만 뒤로 벌렁 넘어진다.

— 하하하.

아이들이 모두 배를 움켜잡고 웃음을 터뜨린다. 이때 후크 선장의 손에서 빠져 나온 마이클이 쪼르르 도망쳐 나온다. 아이들이 쓰러진 후크 선장에게로 몰려가 각자의 칼을 겨눈다.

— 후크 선장, 이제 항복하겠느냐?

피터 팬이 목소리를 가다듬고 위엄 있게 소리친다.

— 분하다. 꼬마들에게 또 다시 속고 말았구나.

그렇게 한 해가 지났다. 이제 소년은 5학년, 웬디가 4학년, 투틀즈와 슬라이틀리가 3학년, 존이 2학년, 마이클이 일곱 살이 되었다. 새 학년이 되면서 그동안 분교를 지키던 무뚝뚝한 할아버지 선생님이 떠나시고, 젊은 여선생님이 새로 부임해 왔다. 웬디에게는 언니 같은, 다른 아이들에게는 누나 같은 예쁜 여선생님이었다. 선생님은 아이들이 알고 있는 '피터 팬' 이야기 외에도 다른 많은 이야기를 해주었다. '신데렐라', '보물섬', '소공녀', '소공자', '로빈슨 크루소', '십오 소년 표류기', '이솝 우화', '콩쥐팥쥐' 등등, 선생님은 모르는 얘기가 없는 것 같았다. 선생님은 한 달에 한두 번씩 집에 가서 이런 얘기책도 가져왔다. 선생님이 집에 갔다 온 월요일은 아이들이 서로 먼저 책을 보겠다고 실랑이를 벌이기도 했다.

그러나 선생님이 해주는 많은 얘기들 중에서 역시 제일 재미있는 얘기는 '피터 팬' 얘기였다. 존과 마이클을 제외한 다른 아이들도 책을 읽었지만, 원래 책의 내용을 매일 조금씩 다르게 바꾸어 하는 선생님의 '피터 팬' 얘기는 같은 얘기인데도 듣고 또 들어도 싫증이 나지 않았다. 선생님이 해주는 얘기를 듣고 있으면 팅크 벨의 요술 금가루를 묻히고 진짜로 하늘을 나는 것 같았다. 실제로 존은 웬디가 주는 팅크 벨의 금가루 모래를 몸에 뿌리고 교탁 위에 올라가 뛰어내렸는데도 다치지 않았다. 선생님은 '피터 팬' 동화에서 웬디와 아이들에게 얘기를 해주는 '달링 부인'이었다.

이제 분교는 아이들이 제 집처럼 드나드는 놀이터가 되었다. 하나뿐인 교실은 물론이고 선생님이 숙식을 하는 교실 옆의 사택도 아이들의 놀이터가 되었다. 아직 학교에 가지 않는 어린 마이클도 누나와 형을 따라 학교에 와서 함께 놀았다. 가끔씩 선생님도 후크 선장과 아이들의 해적놀이에 끼어들어 모래사장에서 함께 놀기도 했다. 아이들은 더욱 신이 났다.

그해 유월, 아버지 후크 선장이 발동선 한 척을 샀다. 아버지가 처음 발동선을 몰고 마을로 오던 날, 소년과 아이들은 물론 마을 사람들과 선생님도 발동선을 구경하기 위해 방파제에 나와 기다렸다. 저 멀리 새로 산 아버지의 발동선이 통통거리며 바다를 헤쳐 오고 있었다. 뱃머리에 빨간색 페인트로 '일성호'라고 쓰인 배 이름이 햇볕에 반짝이고 있었다. 동화책에 삽화로 그려져 있는 후크 선장의 배처럼 돛이 주렁주렁 달린 큰 배는 아니었지만. 아버지가 노를 젓던 낡고 작은 목선과는 비교되지 않을 정도로 큰 배였다. 이윽고 발동선이 부릉부릉거리며 방파제에 닿고, 아버지가 먼저 배에서 내렸다. 아버지의 모습은 동화 속 후크 선장보다 더 크고 듬직해 보였다. 아버지를 따라 또 한 사람이 내렸다. 그 아저씨는 처음 분교에 부임해 왔을 때의 선생님처럼 하얀 얼굴 피부에 아버지보다는 조금 키가 작고 통통한 체격이었다. 옛날 아버지가 서울에서 대학에 다니고 있을 때 알게 된 대학 후배라고 했다.

그날, 아버지와 함께 구경나온 마을 사람들 모두가 모래사장에 모였다. 유일하게 빠진 사람은 엄마 혼자였다. 모닥불을 피워 놓고 아버지가 목선 어창에 잡아 놓은 물고기와 조개, 읍내에서 사온 돼지고기를 석쇠 불판에 구워 먹으면서 밤늦도록 함께 떠들며 놀았다. 아버지는 후배 아저씨와 함께 소주도 마셨다. 늦은 밤 집으로 돌아온 소년은 제 방에 누워 가물거리는 잠 속에서 아버지와 엄마가 안방에서 나누는 대화를 들었다. 더운 날씨 때문에 안방의 문은 열려 있었다.

— 후배가 도와주기로 했어. 자금도 보태기로 했고. 이젠 아무 걱정 마. 다 잘될 거야. 이제 자재와 인부들을 운송할 배도 마련했고. 이제는 정말 이 섬과 바다가 모두 내 것 같아.

약간 술에 취한 아버지의 목소리였다.

— 그러지 말고 모두 정리하고 다시 서울로 가요.

— 무슨 소리를 하는 거야? 이제 겨우 내 꿈을 이룰 발판을 마련했는데. 당신 예전에 함께 거제도의 외도에 간 적이 있었지. 기다려 봐. 나는 이 섬을 그렇게 만들 거야. 아니, 외도보다 훨씬 더 아름다운 섬으로 만들 거야. 도시 생활에 지친 사람들이 쉽게 찾아와서 몸과 마음을 치유할 수 있는 관광과 명상의 성지, 나는 이 섬을 그런 섬으로 만들 거야.

— 이곳을 아무리 좋게 꾸미더라도 나는 싫어요. 처음엔 소녀 같은 마음에 들떠 잘 몰랐지만, 이젠 정말 이 섬이 지긋지긋해요. 질식할 것만 같아요.

— 아직 당신이 적응을 못 해서 그래. 저 넓은 바다와 복작거리는 서울을 비교해 봐. 숨조차 제대로 쉴 수 없는 곳은 오히려 서울이야.

— 그건 당신 생각이고요. 어쨌든 난 싫어요. 나도 그렇지만, 우리 애를 이 작은 섬에서 키우고 싶지도 않아요. 애의 교육과 장래도 생각해야 되지 않겠어요?

— 서울에서 나고 자란 당신 마음 잘 알아. 그러나 조금만 더 견뎌 봅시다. 당신도 적응이 되면 이곳에 정이 붙을 테니까. 그때 가서 정 안 되면 다른 방도를 찾아봅시다.

— 몰라요. 어쨌든 난 싫어요. 서울 친구들 보기도 너무 창피해요.

— 친구들에게 보이려고 사는 게 아니잖아. 그만합시다. 애가 듣겠어.

— 이 외딴 섬에서 농사일이나 하고 고기나 잡는 당신 모습을 보려고……, 내가 그런 당신 모습을 보려고 결혼한 줄 아세요. 아아!

평소답지 않게 갈라진 엄마의 목소리였다. 엄마가 종내에는 울음을 터트린 것 같았다. 소년은 잠든 채 누워 있었다. 토닥토닥, 아버지가 엄마의 등을 가볍게 두드리는 소리가 들렸다. 소년은 일부러 등을 돌리고 모로 누운 채 생각했다. 저 넓은 바다가 어떻다고? 엄마는 왜 이곳이 질식할 것 같다고 할까? 왜 자꾸 서울 생각만 할까? 소년은 엄마의 마음을 이해할 수 없었다.

다음날 아침, 창고 옆 엄마의 화실 방이 치워지고 아버지와 함께 온 대학 후배 아저씨가 그 방에 가져온 짐을 풀었다. 그 아저씨는 당분간 소년의 집에서 함께 생활할 것이라고 했다. 화가 난 엄마는 일어나자마자 선착장으로 나가서 첫 여객선을 타고 서울 외갓집으로 가버렸다. 엄마는 거의 한 달이 지나서야 돌아왔다. 그러나 돌아온 후에도 여전히 어두운 표정으로 말도 잘 하지 않고 소년의 방 옆 아버지의 서재에 새로 마련한 화실에서 잘 나오지도 않았다.

이제 아버지와 후배 아저씨는 새로 산 발동선을 타고 거의 매일 먼 바다로 나갔다. 소년은 바위섬 위에 서서 발동선이 가물거릴 때까지 피터 팬 나무칼을 힘차게 흔들었다. 아버지의 발동선을 배웅하고 바위섬을 내려오면, 썰물이 빠져나간 바위섬 징검다리 바다 웅덩이에는 여전히 물빛 해초가 하늘거리고, 그 사이에서 유영하는 작은 물고기들의 큰 눈과 등줄기가 햇볕에 반짝이고 있었다.

해적놀이도 더욱 신이 났다. 아버지와 함께 온 후배 아저씨는 '피터 팬' 동화 속의 해적선 갑판장 '스미'가 되었다. 그래서 아이들은 자연스럽게 아저씨를 '스미 갑판장'이라고 부르게 되었다. 이제 아버지는 정말 큰 해적선을 타고 부하 해적을 지휘하는 동화 속의 후크 선장처럼 보였다.

소년과 아이들은 모래 둔덕 땅 밑 집을 더욱 깊게 파고 나뭇가지를 꺾어다가 그 위에 얼기설기 지붕도 만들었다. 스미 갑판장을 부하로 거느린 후크 선장은 이제 아이들이 감당하기에 벅찼다. 그래서 아이들은 매번 선생님에게 구원을 요청해야 했다. 그러는 동안 모래 사장 곳곳에 흩어져 있는 제법 큰 돌들을 날라 경계선 안 네버랜드 요새를 한층 더 견고하게 만들었다. 스미 갑판장이 가세한 후크 선장의 모래알 대포도 더욱 위력을 발휘했다. 땅 밑 집에 바짝 엎드려 있는데도 모래 대포알이 얼기설기 엮은 지붕을 뚫고 우박처럼 쏟아졌다. 어떤 때는 존과 마이클의 눈에 모래알 대포 파편이 들어가, 선생님이 새로 만들어 주신 하얀 깃발을 흔들어 휴전을 요청하기도 했다. 선생님이 존과 마이클의 눈을 씻겨 주었다.

어떤 날은 후크 선장과 스미 갑판장이 날이 어두워진 후에야 바다에서 돌아와 쳐들어오는 바람에 모래사장에 모닥불을 피워 놓고 해적놀이를 했다. 슬라이틀리가 그만 후크 선장 해적단의 포로가 되고 말았다.

— 이 꼬맹이들아. 이 고상한 후크 선장을 위해 음악을 울리고 춤을 추어라. 그러면 살려 주겠다.

후크 선장이 모래사장 위 제법 큼직한 돌 위에 앉아 왼손으로 수염을 문지르며 허연 이빨을 드러낸 채 얼굴 근육을 찡그리고 말했다.

— 꼬마들아. 어서 춤을 추고 노래를 불러라. 그렇지 않으면 이 꼬마를 묶어 해적선으로 데려가겠다.

스미 갑판장이 정말 호주머니에서 밧줄을 꺼내 슬라이틀리를 꽁꽁 묶었다.

— 안돼요, 안 돼.

선생님과 아이들이 함께 소리쳤다.

— 음, 할 수 없다. 슬라이틀리, 리코더를 불어라.

소년 피터 팬이 나서서 제법 심각한 표정으로 말했다. 스미 갑판장이 노끈을 풀고, 슬라이틀리가 허리춤에 차고 있던 리코더를 꺼내 삘리리 불기 시작했다. 후크 선장과 스미 갑판장, 그 앞에 서서 리코더를 부는 슬라이틀리를 제외한 선생님과 아이들 모두가 모닥불을 돌며 춤을 추었다. 존이 선생님이 사가지고 온 탬버린을 흔들었다. 누렁이 나나가 컹컹 짖으며 이리저리 아이들 사이를 누비며 돌아다녔다. 꼬리를 흔들며 깡충거리는 나나의 모습이 모닥불 불빛에 일렁였다. 덩실덩실 느리게 춤을 추는 아이는 뚱보 투틀즈. 선생님이 웬디의 손을 잡는다. 웬디가 피터 팬, 피터 팬이 투틀즈, 투틀즈가 존, 존이 마이클, 마이클이 다시 선생님, 모두가 손을 잡고 원을 그린다. 선생님이 외쳤다.

— 후크 선장은 착한 해적.

아이들이 따라 외쳤다.

— 후크 선장은 착한 해적.

— 스미 갑판장은 나쁜 해적.

— 스미 갑판장은 나쁜 해적.

— 착한 후크 선장님, 슬라이틀리를 살려 주세요.

— 착한 후크 선장님, 슬라이틀리를 살려 주세요.

후크 선장이 위엄 있게 말했다. .

— 안 돼. 이 후크 선장은 이 꼬마를 노예로 삼아 해적선으로 데려가 피리를 불게 해야겠다.

— 후크 선장, 그것은 약속 위반이에요.

웬디가 나섰다.

— 웬디, 너는 그런 말 할 자격이 없다. 너는 지난 번 가짜 팅크벨 금가루로 나를 속이지 않았느냐?

— 그것은 마이클을 구하기 위해 어쩔 수 없었어요.

— 그래도 안 된다. 나는 이 꼬마를 데려가야겠다. 스미 갑판장, 그애를 다시 묶어라.

― 예.

스미 갑판장이 다시 노끈을 꺼내 슬라이틀리를 묶었다. 슬라이틀리가 외쳤다.

― 피터 대장, 나나, 살려 줘.

― 나나, 지금이다.

피터 팬이 나무칼을 빼들고 외치며 후크 선장에게 달려들고, 나나가 스미 갑판장의 바짓가랑이를 물고 늘어졌다.

― 착한 후크 선장 살려.

― 나쁜 스미 갑판장 살려.

피터 팬과 나나의 기습에 후크 선장과 스미 갑판장이 어두운 모래사장을 가로질러 도망갔다. 나나가 컹컹 짖으며 두 사람의 뒤를 쫓아갔다. 하하하, 까르르르, 모두가 웃었다. 웃음소리가 까만 밤하늘로 울려 퍼졌다. 하늘의 별들도 따라 웃고 있는지, 밤바다 물결 위에 하얀 웃음 같은 무수한 은가루 별빛을 쏟아내고 있었다. 해적놀이가 끝나 아버지의 손을 잡고 집으로 돌아오면서 소년은 생각했다. 선생님도 함께 노는데, 엄마는 왜? 소년은 그것이 슬펐다.

후크 해적단, 토끼섬에 쳐들어오다

여름방학이 시작되는 하루 전날이었다. 아이들은 여름 한낮의 햇볕이 채 수그러들기도 전부터 모래사장에 나와 있었다. 오늘 저녁에 모래사장에서 함께 해적놀이를 하자고 선생님이 미리 말해 두었기 때문이었다. 선생님과 함께하는 해적놀이는 아이들끼리 하는 해적놀이보다 훨씬 재미있었다. 선생님은 아직 나오지 않았다.

해질 무렵이 되자 여느 때와는 달리 마을의 할아버지와 할머니들도 하나둘 모여 모래사장으로 나왔다. 모래사장 중간에는 그보다 더 일찍 나온 웬디 삼형제, 투틀즈, 슬라이틀리 세 엄마가 바닷가의 돌을 쌓아 만든 아궁이 두 개에 커다란 밥솥을 걸어 놓고 불을 때서 저녁밥 지을 준비를 하고 있었다.

평소와는 달리 섬 건너편 해안 마을 선착장 쪽 바다에서 나타난 후크 선장의 발동선이 방파제 선착장에 정박했다. 후크 선장과 스미 갑판장이 배의 갑판에 실려 있던 커다란 아이스박스 두 개를 내리더니, 각자 하나씩 모래사장으로 가져왔다. 아이들이 아이스박스로 달려들었다. 박스 하나에는 모닥불에 구워 먹을 돼지고기와 생선, 조개 등 반찬거리가 들어 있고, 다른 하나에는 수박, 참외 등 과일과 아이들이 먹을 과자, 아이스크림 등이 들어 있었다. 스미 갑판장이 박스에 있는 과자와 아이스크림을 아이들에게 나눠주었다.

그때 마을 쪽으로 시선을 돌린 소년은 깜짝 놀랐다. 지금까지 아이들끼리만, 때로는 선생님도 함께 어울려 여러 번 해적놀이를 했지만, 엄마는 한 번도 어울리지 않았었다. 스미 갑판장이 온 다음날 아침 일찍 첫 배를 타고 나가 서울의 외갓집에 다녀온 이후로는 아빠와 얘기도 잘 하지 않았었다. 그동안 소년의 방 옆에 새로 마련한 화실에서 잘 나오지도 않고 오직 그림만 그리던 엄마였다. 그랬던 엄마였다. 그런 엄마가 마을 쪽 모래사장 끝에서 선생님과 함께 얘기를 하며 걸어오고 있었던 것이다. 와, 엄마가 온다, 소년은 평소 때보다 더 신이 났다. 아이스크림을 먹고 있던 아이들이 "선생님!" 하고 일제히 외치면서 두 사람 쪽으로 달려 나갔다.

한낮의 햇볕이 서서히 고개를 숙이고, 서쪽 하늘에서 노을이 내려와 모래사장과 바다에 자주색 주단을 깔기 시작하고 있었다. 선생님과 어머니들, 아이들이 함께 어울려 바닷가에 버려진 종이와 작은 나무막대, 송판 등을 한 곳에 주워 모아 모닥불을 피울 준비를 했다. 스미 갑판장이 아이들은 들지도 못할 큰 나무둥치 여러 개와 모래사장 어귀 잎사귀가 무성한 잡목을 톱으로 베어 날라 모닥불 불쏘시개 위에 세워 쌓고 캠프파이어 준비를 했다. 그 중 길고 굵은 통나무 원목 하나는 캠프파이어 나무더미에서 멀찌감치 떨어진 오른쪽 모래사장에 삽으로 구멍을 깊게 파고 한쪽 끝을 묻어 튼튼한 기둥 하나를 세웠다.

이제 노을은 더욱 짙게 깔리고 있었다. 웬디 어머니가 불을 지핀 아궁이에서 피어오른 연기가 빨갛게 물들어 하늘로 퍼져 갔다. 바다도, 모래사장도, 그곳에 모인 사람들의 뺨도 모두 빨갛게 물들어 갔다. 그때 스미 갑판장이 쌓아 두었던 캠프파이어 나무에서 뭉실뭉실 하얀 연기가 피어오르더니 이내 불길이 확 피어올랐다. 아궁이에 불을 지피던 웬디 어머니가 캠프파이어 나무 아래 모닥불 불쏘시개에 불을 붙였던 것이다. 치솟는 불길을 바라보며 아이들이 와, 함성을 지르며 박수를 치고, 할아버지와 할머니, 어머니들도 덩달아 박수를 쳤다. 그 중에서 마을의 또복이 할아버지는 언제 집에서 가지고 나왔는지 꽹과리를 치면서 덩실덩실 춤을 추었다.

― 얘들아, 저기를 봐.

그때 선생님이 손으로 바다를 가리키며 큰소리로 외쳤다. 아이들이 일제히 선생님이 가리키는 손끝으로 시선을 돌렸다. 와, 아이들이 함성을 질렀다. 방파제 끝에 정박해 있던 후크 선장의 발동선이 어느 새 만灣으로 굽이진 모래사장 앞 바다에 다가와 닻을 내리고 정박해 있었던 것이다. 그런데 더 놀라운 일이 벌어지고 있었다. 배의 갑판 위에는 '피터 팬' 동화책에 그려진 삽화처럼 삼각형의 검은 해적모자를 삐뚜름하게 쓰고 엉덩이까지 내려오는 검은 천을 망토처럼 두른 진짜 후크 선장이 서 있었다. 배배 꼬아 말아 올린 콧수염을 올려붙이고, 오른손 소매는 노끈으로 질끈 묶어 갈고리만 밖으로 드러나 있었다. 조금 전까지만 해도 모래사장에서 일하던 스미 갑판장도 어느 새 배를 탔는지, 후크 선장과 함께 갑판에 서 있었다. 스미 갑판장은 챙이 뭉텅한 괴상한 검은 모자를 뒤로 돌려쓰고 검은 안경을 코끝에 걸고서, 무언가 긴 장대 같은 것을 휘둘러 돌리고 있었다. 장대 끝에 둘둘 말려 있던 검은 깃발이 펼쳐졌다. 깃발 중앙에 무슨 하얀 문양이 그려져 있었다. 스미 갑판장이 그 장대를 들고 조타실 지붕 위로 올라가 깃대처럼 세웠다. 장대 끝에 매달린 검은 깃발이 바람에 펄럭이며 바탕에 그려진 하얀 문양이 나타났다.

― 와, 해적 깃발이다.

웬디가 제일 먼저 깃발에 그려져 있는 문양을 알아채고 박수를 쳤다. 하얀 해골 문양이 그려진 검은 해적 깃발이었다.

― 야, 진짜 해적선이다.

아이들이 하나같이 손뼉을 치며 소리를 질렀다. 소년도 그 깃발을 바라보았다. 깃발은 마지막 정염을 불사르는 붉은 노을 속 하늘을 배경으로 해적선 돛대 끝에 매달려 힘차게 펄럭였다. 깃발에 그려진 하얀 해골의 눈에서 눈부신 붉은 광채가 쏟아지고 있었다. 소년은 눈이 부셨다. 벌어진 해골의 입에서 갈채 같은 웃음소리가 쏟아졌다. 소년은 가슴이 벅차올랐다. 소년의 가슴에 해일 같은 파도가 밀려왔다. 해적의 검은 깃발은 소년의 가슴에서 힘차게 펄럭이기 시작했다. 그때 선생님이 다시 소리쳤다.

― 얘들아, 후크 선장 해적선 이름이 무엇이었지?

― '졸리 로저호'요.

소년과 웬디가 동시에 외쳤다.

― 그래, 졸리 로저호! 선생님이 셋을 세면 함께 부르자, '졸리 로저호'라고. 자, 그럼 모두, 하나, 둘, 셋.

선생님과 아이들이 모두 두 손으로 손나팔을 만들어 큰소리로 구호를 외쳤다.

― 졸리 로저호!

동시에 외치는 아이들의 손나팔 외침이 모래사장과 바다에 힘차게 울려 퍼졌다. 그때 갑판 위에 서 있던 후크 선장이 갈고리 손을 들어 줄 하나를 휙 잡아당겼다. 순간 줄에 매달려 있던 장막이 확 걷히면서 놀라운 일이 벌어졌다. 뱃머리 외판에 한글로 '일성호'라고 쓰여 있던 배이름이 '졸리 로저호'로 바뀐 것이다.

— 야, 졸리 로저호, 진짜 후크 해적선이다!

아이들이 모두 손뼉을 치고 발을 구르며 소리쳤다. 그때 또다시 놀라운 일이 벌어졌다. 해적선 조타실에서 검은 해적모자를 쓴 세 사람이 갑판으로 나오고 있었던 것이다. 그 중 한 사람은 '피터 팬' 동화 속의 이탈리아인 '쎄코'처럼 일부러 팔뚝을 드러내고 있었다. 또 한 사람은 마치 문신을 한 것처럼 벗어 젖힌 웃통에 얼룩덜룩 물감이 칠해져 있었다. 동화 속 '빌 주크스'처럼 보였다. 또 한 사람은 몸에 꽉 끼는 양복 윗도리를 입고 있었다. 공립학교의 수위처럼 생긴 동화 속 신사 '스타키'였다.

— 앗, 아빠다!

세 사람을 자세히 바라보던 존이 먼저 외쳤다.

— 우리 아빠다.

슬라이틀리가 말했다.

— 우리 아빠야.

일렁이는 불길 그늘을 타고 덩실덩실 춤을 추던 투틀즈가 소리쳤다.

— 아니야. 무서운 해적들이 진짜로 쳐들어 왔어. 쎄코, 빌 주크스, 스타키야. 빨리 네버랜드 땅 밑 집으로 피신을 해야 해.

선생님이 다급한 목소리로 외쳤다.

— 헤헤헤, 쎄코, 빌 주크스, 스타키? 그래, 진짜 해적들이구나. 어

디 쳐들어올 테면 오너라.

소년 피터 팬이 먼저 땅 밑 집을 향해 뛰었다. 아이들도 피터 팬을 따라 모두 뛰기 시작했다.

— 앙, 내 칼이 없어.

모두가 피터 팬을 따라 뛰는데도 마이클만이 허리춤을 더듬으며 울음을 터트렸다.

— 이거 말이니?

모닥불 근처에 있던 마을 할머니 한 분이 나와 마이클의 작은 나무칼을 내밀었다.

— 앙, 불에 탔잖아. 싫어.

노는 동안 모래사장에 떨어뜨린 마이클의 칼을 주운 할머니가 그 칼을 부지깽이 삼아 웬디 어머니를 도와서 아궁이의 불을 지핀 모양이었다.

— 괜찮아. 이제 마이클의 칼은 뜨거운 불칼이 되었어. 해적들이 더 겁낼 거야.

선생님이 달려와 마이클을 다독거렸다. 마이클이 금방 눈을 반짝이며 끝이 시꺼멓게 타버린 나무칼을 받아들고 땅 밑 집으로 쪼르르 달려갔다.

— 어머니, 할머니, 할아버지, 빨리 대포알을 만들어요. 해적들이 몰려왔어요.

선생님이 먼저 물가로 달려가 젖은 모래를 손으로 다져 모래 대포알을 만들기 시작했다. 할아버지, 할머니들도 연신 웃으면서 모두 물가로 나와 선생님을 따라했다. 그렇게 만들어진 모래 대포알을 선생님과 어머니들이 플라스틱 바구니에 담아 아이들이 숨어 있는 땅 밑 집 참호로 서둘러 날랐다.

그 사이에 졸리 로저호 해적선에서 하선한 후크 선장 해적단이 드디어 물가에 상륙했다. 이제 땅거미도 물러나고, 바다 멀리 수평선에는 엊그제 보름을 갓 넘긴 둥근 하현달이 곧이어 벌어질 해적놀이를 구경하기 위해 빙긋 웃으며 고개를 내밀고 있었다. 후크 선장이 소리쳤다.

— 우리는 무서울 것 없는 후크 해적단이다. 저 대포알부터 먼저 빼앗아라.

스미 갑판장을 비롯한 부하 해적 넷이 물가에서 모래 대포알을 만들던 할아버지와 할머니들을 둘러싸고 서로 눈을 찡긋거리며 나무 막대 칼로 위협했다.

— 허허허.

— 아이고 무시라(무서워라).

— 이눔들아. 어디루 와.

할머니와 할아버지들이 제각기 한 마디씩 하며 만들고 있던 모래 대포알 몇 개를 해적단을 향해 던지고 웃으면서 물가에서 도망쳤다. 대포알을 빼앗은 후크 선장이 일렁이는 캠프파이어 불길 너머 땅 밑 네버랜드 참호를 바라보며 크게 외쳤다.

— 피터 팬, 꼬마들아. 빨리 항복해라. 그렇지 않으면 네버랜드는 무사하지 못할 것이다.

— 후크 선장, 감히 네버랜드로 쳐들어오겠다고? 올 테면 와라. 이 피터 팬이 절대로 용서하지 않을 것이다.

참호에서 나온 피터 팬이 모래 둔덕 위에 올라서서 맞받아 고함쳤다.

— 이놈, 피터 팬. 오늘이 마지막인 줄 알아라. 해적들아, '롱 톰'대포를 발사하라.

후크 선장이 왼손에 든 막대 칼로 네버랜드 둔덕을 가리키며 명령했다. 해적단이 먼저 '롱 톰' 대포알을 발사했다. 네버랜드 참호에서도 대응 발사가 시작되었다. 타오르는 캠프파이어 불길을 중간에 두고 한동안 어지럽게 모래 대포알 공방이 계속되었다. 그 사이에서 나나가 컹컹 짖으며 불길 가장자리를 뱅뱅 맴돌았다. 그러나 땅 밑집 참호에서 날아오는 대포알은 대부분 불길을 넘지 못했다. 아이들의 팔매 힘으로 불길 너머까지 대포알을 넘기기에는 너무 멀었다. 그러나 해적들이 던진 대포알은 '롱 톰'이라는 대포 이름처럼 나뭇가지와 잎으로 얼기설기 엮어 놓은 네버랜드 참호 천장을 뚫고 쏟아져 내렸다.

— 에고, 에고, 이눔들아. 진짜루 아아들 잡겠다.

그것을 본 해적들 뒤에 있던 할머니들이 소리치며 모래사장의 작은 조약돌을 주워 해적들에게 던지기 시작했다.

— 할매, 살살 던져요. 진짜 아파요.

웃통을 벗고 연신 히히거리며 모래 대포알을 발사하던 투틀즈의 아버지 빌 주크스가 머리에 조약돌 하나를 맞고 헐헐 웃으면서 소리쳤다.

— 용감한 해적들아, 진격하라.

후크 선장이 네버랜드 참호를 향하여 칼끝을 겨누며 소리쳤다. 그

때 먼 수평선 위에 둥근 달이 둥실 떠올랐다. 후크 선장의 우렁찬
목소리에 깜짝 놀라 서둘러 솟아오른 것 같았다. 달빛을 받은 모래
사장은 대낮처럼 환했다. 곧이어 벌어질 해적단과 네버랜드 아이들
과의 백병전을 밝힐 조명등 같았다.

　해적단이 가로로 쭉 늘어서서 네버랜드 참호를 향하여 성큼성큼
진격했다. 다가오는 해적들을 향해 참호에 엎드린 아이들이 모래 대
포알을 계속 발사했다. 참호 가까이까지 진격했을 때, 소년 피터 팬
이 발사한 모래 대포알 하나가 슬라이틀리의 아버지 스타키의 눈에
정통으로 맞고 말았다. 스타키가 한동안 눈을 부비며 멈칫거리자,
다른 해적들도 머뭇거렸다. 그러나 해적단은 이내 다시 대오를 갖추
고 진격하기 시작했다. 드디어 해적들이 참호 앞 돌 경계까지 진격
했다.

　소년 피터 팬이 먼저 칼을 휘두르며 참호에서 뛰쳐나왔다. 그 뒤
를 이어 슬라이틀리, 투틀즈, 존, 마이클이 뛰쳐나왔다. 웬디만이 참
호 안에 그대로 쪼그려 앉아 있었다. 해적단과 네버랜드 아이들의
막대기 칼싸움이 한동안 벌어졌다. 탁탁탁탁, 탁탁탁탁. 존과 맞서
던 스미 갑판장이 칼싸움 도중에 먼저 슬그머니 빠져나와 참호 안
에 앉아서 고개만 빠끔 내밀고 있는 웬디를 가볍게 들어올려서 사
로잡아 캠프파이어 불길 너머로 돌아갔다. 그동안 투틀즈의 아버지
빌 주크스가 제일 어린 마이클과 존을 한꺼번에 상대하고 있었다.
스미 갑판장이 모래사장에 미리 세워 두었던 통나무 기둥 아래로
웬디를 데려가 선 채로 기둥에 결박했다. 그리고는 다시 싸움터로
달려가 존을 상대했다. 그러자 이제는 제일 어린 마이클 하나만을

상대하게 된 빌 주크스가 마이클을 답삭 안아 사로잡고 말았다. 빌 주크스가 캠프파이어 불길 너머로 돌아와 선 채로 결박되어 있는 웬디의 발치에 마이클을 앉혀 결박했다. 스미 갑판장이 다시 존의 어깨를 답삭 안아 사로잡고 말았다. 다시 불길 너머로 돌아온 스미 갑판장이 마이클 옆에 존을 앉혀 결박했다. 이번에는 웬디 삼형제의 아버지, 이탈리아인 쎄코에게 슬라이틀리가 사로잡혔다. 이제 남은 사람은 투틀즈와 피터 팬뿐이었다. 그러나 투틀즈도 이내 슬라이틀리의 아버지 스타키에게 사로잡히고 말았다. 이제 마지막 남은 후크 선장과 피터 팬이 맞붙었다. 탁탁탁탁, 피터 팬과 후크 선장의 결투는 오랫동안 계속되었다. 그동안 포로들을 모두 나무기둥에 묶은 해적들은 그 사이 잦아드는 캠프파이어 불길 위에 널찍한 석쇠 불판을 얹어 놓고, 아이스박스에 담긴 돼지고기와 생선, 조개 등을 올려 놓고 있었다. 이탈리아인 쎄코가 기다랗고 폭이 꽤 넓은 널빤지 하나를 어깨에 메고 오더니, 멀지 않은 얕은 바닷물에 잠겨 삐쭉 고개를 내밀고 있는 두 개의 작은 바위 위에 끝을 걸쳐 놓았다. 그것은 마주보고 있는 두 개의 바위 위에 걸린 나무다리 같았다. 불길 위 석쇠 불판을 중심으로 빙 둘러앉은 해적들의 왁자지껄한 웃음소리와 함께 고기 익는 냄새가 퍼져나갔다. 어머니들과 마을 할머니, 할아버지들은 불길에서 멀찍이 떨어진 곳에 앉아 해적들을 바라보고 있었다. 슬라이틀리의 할머니가 웃으면서 "아이고 저눔들, 저눔들." 하며 연신 손으로 삿대질을 했다. 고기 익는 냄새를 맡은 나나가 해적들의 주위를 깡충거리며 맴돌았다. 불길 너머에서는 후크 선장과 피터 팬의 칼싸움이 여전히 계속되고 있었다. 뒤로 밀리던 피터 팬이 그만 발을 헛디뎌 참호 속으로 빠지고 말았다. 그러나 후크 선장은 피터 팬을 사로잡지 않았다. 대신 다른 해적들이 모여 있는 불가로 돌아와 선 채로 빌 주크스로부터 막걸리 한 잔을 받아 마신 다음, 입술을 손바닥으로 문지르고는 피터 팬에게 큰소리로 외쳤다.

— 피터 팬, 이제 다른 아이들은 모두 포로가 되었다. 항복하지 않으면 포로들을 모두 물에 빠뜨릴 것이다.

— 후크 선장, 비겁하다. 아이들을 풀어 주고 나와 일대일로 다시 붙자. 이 피터 팬은 절대로 항복하지 않는다.

참호 속에서 얼굴을 내밀고 피터 팬이 소리쳤다.

— 그렇다면 할 수 없다. 빌 주크스!

— 예, 두목.

불가에서 얼룩덜룩한 웃통 문신을 온통 드러내고 막걸리를 마시던 뚱뚱한 빌 주크스가 입에 안주를 입에 넣은 채로 대답하며 벌떡 일어섰다.

— 피터 팬 꼬마가 말을 듣지 않는구나. 웬디를 저 나무다리 위에 올려 세워라.

— 옛설, 두목!

빌 주크스가 오른손을 들어 후크 선장에게 거수경례를 하며 외치고는, 나무기둥에 묶여 있던 웬디의 결박을 풀어 답삭 안아 바닷물 속으로 첨벙첨벙 들어갔다. 그리고는 조금 전 이탈리아인 쎄코가 바위 위에 걸쳐 놓은 나무다리 위에 웬디를 세우고, 다시 노끈으로 허리와 함께 두 팔을 결박했다. 웬디는 결박당한 채 위태롭게 다리 위에 서 있었다.

─ 피터 팬, 살려 줘.

웬디가 절박하게 소리쳤다.

─ 피터 대장, 살려 줘.

나무기둥에 함께 결박되어 있던 다른 아이들도 소리쳤다. 소년 피터 팬은 당황했다. 해적단에 둘러싸여 나무기둥에 묶여 있는 아이들과 바다 위 나무다리 위에 결박당한 채 위태롭게 서 있는 웬디를 한꺼번에 모두 구할 수는 없었다. 소년 피터 팬은 참호 속에서 그만 고개를 숙였다. 그때 뒤에서 누군가가 살금살금 참호로 다가왔다. 기척을 느낀 피터 팬이 뒤를 돌아다 봤다.

─ 선생님!

─ 쉿, 나는 인디언 공주 타이거 릴리야.

선생님은 이마에 머리띠를 두르고 인디언들처럼 새 깃털 장식을 꽂고 있었다.

─ 피터 팬, 후크 선장이 제일 겁내는 것이 뭐지?

타이거 릴리 선생님이 속삭이듯 물었다.

─ 잘 생각해 봐. 째깍째깍.

─ 아, 알았어요. 악어 배 속 시계소리.

─ 쉿! 후크 선장이 들어.

타이거 릴리 선생님이 손가락을 입술에 대며 말하고는 다시 귓속말로 조용히 말했다.

─ 그래, 그거야.

─ 먼저 웬디를 구하고 아이들을 구할게요.

피터 팬이 참호에서 나와 모래사장을 낮은 포복으로 살금살금 기어 물가로 다가갔다. 물가에 다다른 피터 팬이 신발을 신은 채로 물속으로 들어갔다. 웬디가 서 있는 나무다리까지 가려면 허벅지까지 차오른 물에 반바지 끝이 젖을 것 같았다. 피터 팬은 바지 끝자락을 최대한 위로 접어 올리고, 턱이 물에 닿을 듯 허리를 바짝 숙인 채 조심조심 웬디가 서 있는 나무다리 쪽으로 살금살금 다가가기 시작했다.

― 하하하, 후크 선장 두목, 한 잔 드십시오.

캠프파이어 불가에 웃통을 벗고 앉은 투틀즈의 아버지 빌 주크스의 우렁찬 목소리가 들렸다. 이때 타이거 릴리 선생님은 다시 참호에서 나와 아이들이 묶여 있는 나무기둥으로 살금살금 다가가고 있었다. 타이거 릴리 선생님은 아이들이 사로잡히면서 모래 위에 떨어뜨린 나무칼을 주워 손에 들고 있었다. 그러나 불가에서 이미 술판이 벌어진 해적들은 피터 팬과 타이거 릴리 선생님의 그러한 움직임을 모르고 있었다. 드디어 웬디에게로 다가간 피터 팬이 오른손 집게손가락을 입술에 갖다 대고 "쉿!" 하며 허리를 일으켰다. 나무다리 위에 서서 물을 헤쳐 다가오는 피터 팬의 모습을 숨 죽이고 바라보던 웬디도 덩달아 "쉿!" 하는 소리를 냈다. 웬디가 조심스럽게 쪼그려 앉았다. 피터 팬이 쪼그려 앉은 웬디의 몸에 감긴 결박을 풀었다.

― 업혀.

피터 팬이 물속에 서서 웬디에게 등을 내밀었다. 웬디가 피터 팬의 등에 업혔다. 웬디를 구하여 등에 업고 조심조심 물을 헤쳐 나온 피터 팬이 모래사장에 웬디를 내려놓았다. 둘은 동시에 모래 위에 배를 붙이고 납작 엎드렸다. 피터 팬이 웬디에게 귓속말로 나직하게 말했다.

— 웬디, 째깍째깍, 알지?

웬디가 알았다는 표시로 고개를 끄떡였다. 모래 위에 배를 깔고 엎드린 피터 팬과 웬디가 팔꿈치를 괴고 손나팔을 만들어 동시에 시계소리를 흉내 내어 크게 소리치기 시작했다.

— 째깍째깍!

— 째깍째깍!

해적단과 함께 불가에 앉아 술을 마시던 후크 선장이 깜짝 놀라 일어서며 말했다.

— 아니, 이게 무슨 소리야. 악어구나. 악어다. 아이고, 후크 선장 살려!

후크 선장이 비명을 지르며 아이들이 묶여 있는 나무기둥 쪽으로 엉금엉금 기어왔다.

— 얘들아, 이때다.

아이들이 묶여 있는 나무기둥까지 몰래 다가와 앉아 있던 타이거 릴리 선생님이 귓속말로 일러주었다. 아이들이 나무기둥에 묶인 채로 크게 소리쳤다.

— 째깍째깍!

— 째깍째깍!

— 아이고, 여기에도 악어가 있구나. 후크 선장 살려!

겁에 질린 후크 선장이 이번에는 어머니들과 할머니, 할아버지들이 모여 있는 곳으로 엉금엉금 기어갔다. 그러자 이번에는 그들이 다시 소리 높여 외쳤다.

— 째깍째깍!

— 째깍째깍!

— 아이고, 큰일 났다. 여기에도 악어야. 온통 악어 천지구나. 후크 선장 살려!

파랗게 질린 후크 선장이 이번에는 웬디가 서 있던 나무다리 물가로 엉금엉금 기어가며 외쳤다.

— 해적들아, 이 후크 선장을 숨겨 다오. 악어가 오고 있다.

불가에 모여 술을 마시고 있던 해적들이 모두 일어나 후크 선장을 에워싸면서 각자 막대 칼을 들고 전투태세를 갖추기 시작했다.

— 이때다. 해적들을 무찔러라.

그동안 나무기둥으로 살금살금 다가가 아이들의 결박을 풀어 준 소년 피터 팬이 크게 소리쳤다. 타이거 릴리 선생님으로부터 나무칼을 받아든 아이들이 우르르 몰려 나갔다. 해적들과 아이들 사이에 다시 칼싸움이 벌어졌다. 탁탁탁탁, 나무칼이 부딪히고, 제일 먼저 존의 나무칼에 이탈리아인 쩨코가 배를 움켜잡으며 쓰러졌다. 두 번째로 어린 마이클의 단도에 스미 갑판장이 막대 칼을 모래에 꽂으며 무릎을 꿇었다. 세 번째로 슬라이틀리의 나무칼에 빌 주크스가 뒤로 벌렁 나자빠지며 뚱뚱한 배를 드러내고, 두 손과 발을 모두 들고 항복을 선언했다. 네 번째로 투틀즈의 나무칼에 해적 스타키가 칼을 버리고 모래사장에 이마를 박고 두 손을 모아 싹싹 비비면서 "제발 살려 주세요!" 하고 애원했다. 이제 남은 사람은 후크 선장뿐. 피터 팬이 엉금엉금 기어가는 후크 선장에게 칼을 겨누었다. 그 뒤에서 타이거 릴리 선생님과 어머니들, 할머니와 할아버지, 이미 해적

하나씩을 쓰러뜨린 아이들이 모두 손나팔을 만들어 선생님의 선창에 일제히 소리를 질렀다.

— (선생님) 째깍째깍!

— (모두들) 째깍째깍!

우렁찬 시계소리를 들은 후크 선장이 혼비백산하여 엉덩이를 치켜들고 엉금엉금 기어가다가, 후다닥 일어나 첨벙첨벙 바닷물로 뛰어들었다. 그러나 후크 선장은 깊은 바닷물 때문에 더 이상 도망가지 못하고, 웬디가 서 있던 나무다리 널빤지 위에 올라섰다. 그때 선생님이 마치 노래를 부르듯 운율을 섞어 외쳤다. 아이들을 비롯한 모든 마을 사람들이 선생님을 따라했다.

— (선생님) 째깍째깍 시계 먹은 악어가

— (모두들) 째깍째깍 시계 먹은 악어가

— (선생님) 엉금엉금 후크 선장 해적을

— (모두들) 엉금엉금 후크 선장 해적을

— (선생님) 꿀꺽 꾸우—ㄹ꺽 삼켜 버렸어요

— (모두들) 꿀꺽 꾸우—ㄹ꺽 삼켜 버렸어요

이번에는 웬디가 다시 시계소리를 선창했다.

— (웬디) 째깍째깍!

그러자 이제는 아이들의 칼에 쓰러졌던 해적들까지 모래를 털고 일어나, 다른 사람들과 함께 손나팔을 만들어 나무다리 위에 위태롭게 서 있는 후크 선장을 향해 함께 소리쳤다.

— (모두들) 째깍째깍!

그 소리를 들은 후크 선장은 이제 완전히 얼이 빠져나가 버린 것 같았다. 너무 겁에 질린 나머지 널빤지 위에서 발을 동동 구르다가 그만 몸의 중심을 잡지 못하고 기우뚱 비틀거리기 시작했다. 후크 선장이 큰 소리로 비명을 질렀다.

— 아악, 악어다, 후크 선장 살려, 악!

후크 선장이 외마디 비명소리와 함께 팔을 이리저리 휘젓다가 그만 널빤지 위에서 넘어지며 풍덩, 하고 바닷물에 빠졌다. 그 모습을 본 나나가 물가로 달려 나가 컹컹 짖었다. 와아, 하하하, 아이들과 어른들 모두가 물에 빠져 홀딱 젖은 채 바닷물에 두 손을 짚고 엎드려 있는 후크 선장의 모습을 보고 배를 움켜잡고 웃었다.

— 와, 해적들을 물리쳤다.

피터 팬과 웬디가 함께 외쳤다.

— 와, 우리가 이겼다.

아이들이 모두 두 손을 높이 치켜들고 만세를 부르며 소리 쳤다. 그동안 먼 바다에서 아무도 모르게 살며시 다가와 있던 바다 물결이 후크 선장의 겨드랑이를 간질이고는, 모래사장의 모래와 자갈돌을 부드럽게 씻어 내렸다. 이제는 하늘 한복판까지 떠올라 모래사장을 환하게 비추고 있는 달님도 물에 빠진 후크 선장을 바라보고 활짝 웃고 있었다. 달님의 뒤에 숨은 별들도 소곤거리는 대화를 멈추고는, 옷에서 물을 줄줄 흘리며 오른손에 해적모자를 구겨 쥐고 후줄근하게 서 있는 후크 선장을 바라보며 키득키득 웃고 있었다.

— 자, 애들아, 배고프겠다. 이제 밥 먹자.

아궁이 밥솥에서 밥을 푸던 어머니들이 아이들을 불렀다. 해적놀이를 끝낸 아빠들과 아이들 모두가 이제는 점차 사그라져 가는 캠프파이어 잉걸불 위 석쇠 불판을 중심으로 빙 둘러앉았다. 어머니들이 미역국과 밥그릇을 갖다 날랐다. 시내에서 횟집을 하는 슬라이틀리의 아버지 스타키가 아이스박스에 포를 떠 얼음에 재워 놓던 횟감을 썰어 생선회를 접시에 담았다. 고기와 생선 굽는 연기가 모래사장 위로 퍼져나가고 있었다. 아이들이 석쇠 불판 위에서 지글지글 익어 가는 삼겹살을 냉큼냉큼 집어먹었다. 모두들 배가 고팠던지 미역국을 후룩후룩 마시듯 먹었다. 앞니가 숭덩숭덩 빠진 또복이 할배가 상추에 싼 삼겹살 조각 하나를 우물우물 씹으면서, 곁에 앉은 후크 선장에게 소주잔을 건넸다. 서로 주거니 받거니 한 소주와 막걸리에 해적단의 얼굴은 이미 벌겋게 달아올라 있었다. 잔을 건네며 또복이 할배가 말했다.

— 머시라 캤노? 뭐 후키 신장이라 캤나? 간물(짠물, 바닷물)에도 다 빠지고, 옹냐, 니 욕 마이 봤데이. 내 술 한 잔 받거라.

— 예, 또복이 할배, 고맙습니다.

— 아이고 마, 내 거진 팔십 평상에 이래 우스븐 놀이는 첨인 기라.

— 다아 이 선상님 덕 아인기요.

해적 빌 주크스가 여전히 인디언 깃털 장식을 머리띠에 꽂고 아이들 사이에 앉아 있는 선생님을 보고 말했다.

— 그랗제? 지영하던 섬말에(조용하던 섬마을에) 고마 생기가 도는 기라.

— 생기가 아이라 온통 잔칫집 아잉기요.

해적 이탈리아인 쎄코가 말한다.

— 그랗제? 우찌 이리 고불꼬.

— 그래도 여 첨 왔을 때보담 햇빛에 마이 끄실리구마.

마을 할머니 한 분이 선생님의 피부가 햇볕에 탄 것이 괜스레 미안한 듯 말했다.

— 그래도 마 안직은 곱다 아이가. 고마 우리 또복이 각시 사마서마 딱 좋겠구마는.

— 아이고 마, 또복이 할배, 또복이는 작년에 장개 안 보냈는교.

마을 할머니 한 분이 어림없다는 듯 핀잔을 줬다.

— 말이 그렇다 카는 기지.

— 하하하.

— 고마, 내 오늘 노래 하문(한 번) 할란다.

또복이 할배는 흥이 나면 종종 노래를 부른다.

— 주책 고마 떠소 마. 낼 아침에 초상 칠라.

또복이 할매가 할배의 무릎을 때리며 말한다.

— 괘안심더. 오늘 또복이 할배 노래 하문 들어 보입시더.

해적 스타키가 말했다. 이미 콧잔등이 발갛게 된 또복이 할배가 소주병에 숟가락 하나를 꽂아 들고 일어선다.

두우마안강 푸우룬 무울에 노 저엇는 배에사아고옹

(두만강 푸른 물에 노 젓는 뱃사공)

흐을러어가안 그 예나아알의 내 니임을 시이 이인고

(흘러간 그 옛날의 내 님을 싣고)

......

이빨이 빠져 가사와 가락에도 바람이 숭숭 샌다. '두만강 푸른 물에'는 또복이 할배 십팔번이자 알고 있는 유일한 노래다. 모두가 젓가락으로 석쇠 불판의 모서리를 두드린다. 그 충격에 사그라지던 잉걸불이 불꽃을 튀기며 다시 이글이글 타올랐다.

— 나도 마 노랫가락 하문 할란다. 야야, 그 퉁시(퉁소, 리코더) 좀 불어라.

슬라이틀리 할머니다. 슬라이틀리 할머니는 손자가 리코더를 잘 부는 것이 언제나 자랑이다. 슬라이틀리가 리코더를 꺼낸다.

짜징을 내이서 무우얼 하나
한숨을 쉬여서 무우얼 하나
얼싸 좋다 얼씨고 조오타
아니나 노지를 모타리라

슬라이틀리의 할머니도 역시 입술에서 바람이 새기는 마찬가지다. 할머니의 느리고 틀린 음정을 슬라이틀리의 리코더가 따라가지는 못한다. 석쇠 불판에서 구운 고기와 생선 반찬에 밥과 미역국으로 배를 채운 아이들이 모두 일어나 모래사장에서 서로 손을 잡고 깡충깡충 춤을 추었다. 나나가 아이들과 함께 깡충거리다가, 잽싸게 석쇠 불판 가의 생선 한 마리를 낚아채 달려갔다. 해적들과 마을 사람들의 왁자지껄한 대화와 노래가 이어졌다. 마지막으로 웬디가 선생님의 하모니카와 슬라이틀리의 리코더 반주에 맞추어 '클레멘타인' 노래를 불렀다.

넓고 넓은 바닷가에 오막살이 집 한 채
고기 잡는 아버지와 철모르는 딸 있다.
내 사랑아 내 사랑아 나의 사랑 클레멘타인
늙은 애비 혼자 두고 영영 어디 가느냐.

웬디의 영롱한 목소리가 밤하늘로 퍼지자, 해적놀이 구경을 마친 달님도 이제는 졸린 듯 서쪽 하늘가로 비스듬히 기울어 가고 있었다. 달님의 뒤에 숨어 있던 별들도 속삭임을 멈추고 밤물결을 베개 삼아 스르르 눈을 감았다.

귀양살이 바위의 인어들

어머니와 할머니들이 먼저 각자의 집으로 돌아가고, 후크 선장과 해적단은 남은 횟감 등 안주거리와 술병을 챙겨 소년의 집으로 갔다. 이제 사그라져 가고 있는 잉걸불 가에는 선생님과 아이들만 남았다. 마이클은 선생님의 품에 안겨 아직 따스한 온기를 뿜어내는 불기를 쬐며 잠들어 있었다. 존이 볼멘 소리로 말했다.

— 선생님, 서울에 안 가면 안 돼요?

— 그래요, 선생님. 방학에도 여기에서 우리와 함께 있어요.

투틀즈가 말했다.

— 얘들아, 저기를 봐.

대답 대신 선생님이 모래사장 끝에 어두운 그림자처럼 앉아 있는 바위를 가리켰다. 소년이 아버지에게 손을 흔들던 토끼머리 바위섬이었다.

— 저 바위가 무슨 바위일까? 누가 아는 사람?

— '토끼머리 바위'라고 해요.

어른들의 얘기를 어깨 너머로 들은 아이들이 대답했다.

— 여기서는 그렇게 부르지만, 다른 이름도 하나 있어. 있었지? 피터 팬이 인어 호수에서 환상의 새 둥지를 타고 나왔던 바위 말이야?

— 아, 알았어요. 귀양살이 바위요.

소년이 말했다.

— 그래, 저 바위는 바로 귀양살이 바위야. 귀양살이 바위에는 누

가 있었지?

— 인어들이요.

모두가 함께 대답했다.

— 그래, 지금 저 바위 아래 물속에도 인어들이 놀고 있어. 우리 인어들이 어떤 소리를 내고 있는지 한 번 들어 볼까?

— 어떻게요?

— 자, 모두 눈을 감고 모래바닥에 귀를 대봐.

아이들이 모로 엎드려 모래바닥에 귀를 갖다댔다.

— 쏴아~, 하는 소리가 들리는 사람은 손을 들어 봐.

모두가 손을 들었다.

— 스르렁, 하는 소리가 들리는 사람은 손을 들어 봐.

모두가 손을 들었다.

— 자그락자그락, 찰랑찰랑, 보글보글, 톡톡톡, 또 다른 소리도 들리지?

— 예.

— 그 소리들은 모두 인어들이 내는 소리야. 쏴아, 하는 소리는 인어들이 빠르게 헤엄쳐 가는 소리고, 스르렁, 하는 소리는 인어들이 빗으로 머리를 빗는 소리야. 자그락자그락거리는 소리는 인어들이 모여 공기놀이를 하는 소리고, 찰랑찰랑거리는 물소리는 인어들이 바위를 잡고 꼬리로 물장구를 치는 소리란다. 어머, 보글보글, 톡톡톡, 이 소리는 또 뭘까? 아, 알았다. 이 소리는 비눗방울 놀이를 하는 인어들의 비눗방울이 터지는 소리야. 자, 그럼 이제 누운 채로 눈을 떠서 하늘을 바라봐. 무엇이 보이지?

— 달님요.

아이들이 모두 바로 누운 채 하늘을 바라보며 말했다.

— 또 뭐가 보이지?

— 아, 자세히 보니 달님 뒤에 있는 별님도 보여요.

웬디가 말했다.

— 그래요. 달님 뒤에서 별님이 반짝이고 있어요. 구름도 보이고요.

아이들 모두가 합창하듯 말했다.

— 그래, 달이 있어도, 구름이 끼어 있어도, 별은 그 뒤에서 항상 반짝이고 있단다. 그럼 별은 왜 쉬지 않고 반짝거릴까?

아무도 대답하지 못했다.

— 별이 반짝이는 것은 별들이 바다 속의 인어와 얘기를 하고 있기 때문이야. 별은 얘기할 때 소리 대신 빛을 내거든. 자, 이제 다시 눈을 감아 봐. 별과 인어들이 무슨 얘기를 하고 있는지 들어 보자. 존, 눈을 감아도 별이 보이지? 달님이 있어도, 구름에 가려도, 존은 별을 볼 수 있지?

— 예. 아, 구름 뒤에 꼬마별 하나가 보여요.

— 그래? 그 꼬마별이 인어에게 무슨 말을 하지?

— 인어야, 바다로 놀러 갈게, 해요.

— 그럼 웬디, 인어가 무어라고 하지?

— 그래, 어서 와, 이곳 바다 속에는 예쁜 물고기와 바다풀들, 아름다운 보석도 있어, 내가 보여줄게, 해요.

— 슬라이틀리, 별은 또 무슨 말을 하지?

— 바다 속이 예쁜 것은 우리가 반짝이 빛을 비춰 주기 때문이야,

해요.

　― 투틀즈, 또 인어가 어떤 대답을 하지?

　― 고마워, 별들아. 반짝이 빛을 비춰 줘서, 그래요.

　― 피터 팬, 너는 들리지 않니?

선생님이 물었다.

　― 아, 저는 지금 팅크 벨 금가루를 묻히고 꼬마별들 사이를 누비고 있어요. 앗, 금방 꼬마별 하나와 부딪힐 뻔했어요. 아, 저기 진짜 네버랜드가 보여요.

　― 정말?

다른 아이들이 벌떡 일어나 앉으며 물었다.

　― 그래, 정말이야.

여전히 피터 팬이 누워 눈을 감은 채로 말했다.

　― 이제 네버랜드에 다 왔겠구나?

선생님이 말했다.

　― 예, 이제 거의 다 왔어요.

　― 네버랜드에 누가 있니?

　― 진짜 슬라이틀리, 투틀즈, 닙스, 개구쟁이 컬리, 아, 쌍둥이도 모두 있어요.

　― 그 아이들은 어떻게 생겼어?

　― 옷도 찢어졌고, 그애들은 엄마, 아빠가 없어요. 불쌍해요.

　― 웬디와 마이클, 존은?

　― 없어요. 아마 집으로 가버리고 애들만 남아 있는가 봐요.

　― 너무 불쌍하다.

누운 피터 팬을 보면서 웬디가 말했다.

— 자, 피터 팬, 이제 일어나 선생님 얘기를 들어 볼래?

피터 팬이 눈을 뜨고 일어나 앉았다. 선생님이 말했다.

— 얘들아, 선생님이 가지 않았으면 좋겠지?

— 예.

혹시나 하는 기대에 아이들이 함께 외쳤다. 그 바람에 선생님의 품에 안겨 잠들어 있던 마이클이 깨고 말았다. 그러나 마이클은 어리둥절 주위를 한 번 둘러보고는 다시 잠들었다.

— 네버랜드 아이들은 누가 돌봐 주고 있었지?

— 피터 팬과 웬디요.

아이들이 함께 말했다.

— 그래, 그 아이들은 모두 엄마 아빠가 없는 아이들이라 피터 팬과 웬디가 아빠와 엄마가 되어 돌봐 주고 있었지?

— 예.

— 음, 얘들아. 전에 선생님이 아프리카 얘기를 해준 적이 있었지?

— 예.

— 사자와 얼룩말이 사는 그 아프리카 말예요?

존이 말했다.

— 그래, 그 아프리카. 그런데 아프리카에는 지금도 엄마, 아빠가 없는 아이들이 너무 많단다. 먹을 것이 없어 배고픈 아이, 아파서 움직이지도 못하는 그런 아이들도 있어. 그리고 후크 선장 해적들보다 더 무서운 진짜 해적들이 총칼을 가지고 아이들을 해치고 있는 곳도 있어. 그래서 선생님은 방학 동안에 아프리카에 가서 그 불쌍한

아이들을 돌봐 줘야 해. 웬디가 네버랜드 아이들을 돌본 것처럼, 그
곳에 가서 아이들의 밥도 해주고, 병도 치료해 주고 그래야 하거든.
선생님은 그곳 아이들과 약속했어. 방학이 되면 가겠다고. 그 아이
들은 지금도 선생님이 빨리 오기를 기다리고 있어. 그래서 선생님은
방학 동안 너희들과 함께 있을 수 없어. 이제 선생님이 왜 가야 하
는지 알겠지? 선생님이 가지 않으면 그 아이들은 아파 죽을지도 몰
라. 대신에 이학기가 되어 돌아오는 날에는 재미있는 동화책을 많이
사올게. 서른 밤뿐이야. 선생님은 금방 돌아올 거야.

— 그래도 선생님이 보고 싶으면 어떻게 해요?

웬디가 말했다.

— 아프리카에 가서 선생님이 별들에게 얘기할게. 그러면 별들은
반짝이 빛깔로 저 귀양살이 바위 인어들에게 얘기를 할 거야. 그러
면 인어들이 너희들에게 얘기를 해줄 거고. 선생님이 보고 싶으면
오늘 한 것처럼 모래나 바위에 귀를 대고 가만히 인어들의 얘기를
들어 봐. 인어들이 선생님의 소식을 들려줄 거야, 알겠지?

— 예.

모두가 함께 대답했다.

— 자, 이제 모두 집으로 가자. 달님도 별님도 인어들도 모두 잠잘
수 있도록.

선생님이 마이클을 안고 일어났고 그 뒤를 아이들이 따랐다. 나나
가 촐랑촐랑 꼬리를 흔들며 아이들을 따랐다. 바다에서 불어오는
잔잔한 미풍이 마이클을 안고 가는 선생님의 어깨 위에 늘어진 머
리카락을 부드럽게 어루만졌다. 달빛을 받은 바다 물결이 잔잔한 미

소를 머금고 은빛으로 반짝이고 있었다. 소년의 집은 마을 왼쪽에 외따로 떨어져 있었지만, 소년도 일부러 선생님과 아이들을 따라 웬디의 집까지 갔다.

— 선생님, 안녕히 가세요. 모두 잘 가.

— 그래, 내일 보자. 안녕.

웬디의 집 대문 앞에서 웬디가 선생님으로부터 마이클을 받아 안아들고 서로 헤어졌다. 소년은 다시 모래사장 쪽으로 되돌아 나와 집으로 향하는 언덕길을 올랐다. 이미 서쪽으로 기우뚱 기운 달이 소년의 그림자를 따라오고 있었다.

소년은 집으로 걸어가면서 엄마를 생각했다. 엄마는 왜 중간에 혼자 가버렸을까? 해적놀이가 시작되기 전, 선생님과 함께 오는 엄마를 보았을 때 정말 신이 났었다. 오늘은 엄마도 선생님처럼 해적놀이에 함께 어울릴 거라고 생각했기 때문이었다. 그러나 놀이가 끝나고 모두가 석쇠 불판 앞에 모였을 때 유독 엄마만 보이지 않았던 것이다. 소년은 항상 외톨이로 지내는 엄마가 마음에 들지 않았다. 어떤 때는 그런 엄마에게 화가 나기도 했다.

소년은 마당으로 들어섰다. 처마 아래서 마당을 가로질러 매단 빨랫줄에 백열등 하나가 걸려 마당을 훤히 밝히고 있었다. 백열등 불빛을 보고 모여든 나방들이 전구를 둘러싸고 어지럽게 날며 춤을 추고 있었다. 그 백열등 아래에는 나무 합판에 비닐 장판을 깔아 만든 평상 위에 아버지와 후크 해적단들이 모두 모여 빙 둘러앉아 있었다. 앉은뱅이 작은 술상과 소주병은 평상 모퉁이 한쪽에 밀쳐 두고, 풍경화처럼 그림이 그려진 커다란 마분지 한 장을 가운데에 펼쳐 놓고 있었다. 아버지가 그림 위에 표시된 어느 지점을 손가락으로 짚어 가며 무슨 설명을 했고, 다른 사람들은 아버지의 말을 들으면서 눈을 그림에 열중해 있어 소년이 들어서는 줄도 모르고 있었다.

― 아빠.

소년이 들어서며 아버지를 불렀다. 아버지와 사람들이 그림에서 눈을 떼고 고개를 들었다.

― 으응, 이제 오느냐. 선생님도 아이들도 모두 집에 갔어?

아버지가 소년에게로 고개를 돌려 말했다.

― 예, 아빠. 엄마는요?

소년이 평상으로 다가가며 물었다.

― 으응, 피곤하여 먼저 주무신다. 너도 피곤할 텐데 씻고 그만 자거라.

― 예.

소년은 대답을 하고 평상 옆을 지나가면서, 아버지의 어깨 너머로 가운데 펼쳐져 있는 그림을 바라보았다. 그림의 위쪽 중앙 직사각형 네모 칸 안에 '초도(토끼섬) 관광휴양 섬 조감도'라는 글자가 쓰여 있었다. 소년은 불쑥 호기심이 솟았다.

― 아빠, 이 그림이 뭐예요?

― 으응, 이거 말이냐? 으음, 뭐라고 해야 할까? 아빠가 구상한 이 토끼섬의 미래 모습. 앞으로 아빠가 만들어 갈 이 토끼섬의 모습을 그림으로 그려 놓은 것이지.

― 와, 이거 아빠가 직접 그린 거예요?

소년이 어느 새 평상으로 올라와 아버지와 스미 갑판장 사이에 무릎걸음으로 끼어 앉으며 물었다.

— 그래, 아빠 그림 솜씨 좋지? 엄마만큼은 아니지만, 아빠도 그림을 잘 그리지?

— 예. 아빠 정말 멋져요.

그렇게 말한 소년은 두 손을 짚고 무릎걸음으로 엎드린 채 고개를 앞으로 쑥 내밀고 그림을 찬찬히 들여다보았다. 뒷발로 서 있는 토끼 형상의 섬의 전경이 커다랗게 그려져 있고, 섬의 해안을 빙 둘러싸듯 이어 놓은 둘레길과 이 둘레길에서 산 정상으로 이어지는 세 개의 등산로가 먼저 눈에 띄었다. 길의 표시는 노란색으로 채색되어 있어 쉽게 눈에 띄었다. 그리고 푸르게 칠한 숲과 바다, 회색으로 칠한 해안의 절벽과 바위, 그 사이사이 중간에 다양한 형태와 색깔의 건물 그림이 그려져 있었는데, 그 그림 아래에는 건물의 이름이 표시되어 있었다. 선착장, 주차장, 관리사무실, 낚시터, 전망대, 숙박시설(펜션 지대) 같은 단어 이외에도 '해양생태공원', '자생 식물원', '힐링 명상센터', '자연치유 건강센터', '열대림 공원', '조각공원', '자생 난 배양 재배실' 같은 생소한 말도 있었다. 그러나 이 그림만으로는 아버지가 구상하고 있는 것이 구체적으로 무엇인지는 잘 알 수 없었다. 그때 빌 주크스 역할을 했던 투틀즈의 아버지가 놀란 표정으로 말했다.

— 형님, 정말 이대로만 된다면 이 토끼섬은 전국에서 가장 유명한 관광휴양 섬이 될 것 같습니다.

— 그렇겠지? 꼭 만들고 말 거야. 이 때문에 내가 서울 생활을 청

산하고 이 섬에 왔으니까. 내 평생의 사업이 될 거야. 만약 내 생전에 다 못 한다면 이애가 이어받도록 해야지.

아버지가 그때까지도 여전히 무릎걸음으로 엎드린 채 그림을 들여다보고 있는 소년의 등을 가볍게 토닥이며 말했다. 그리고는 팔을 뻗어 스미 갑판장의 어깨에 손을 얹고 말했다.

— 지금까지는 나 혼자서 힘들었는데, 다행히 이 후배도 서울에서 내려와 투자를 하고 돕겠다고 하니, 백만 응원군을 얻은 기분이야.

— 형님, 저희들도 돕겠습니다. 우리 고향이 이렇게만 개발된다면, 어떤 도시가 부럽겠습니까? 서울이 부럽겠습니까, 부산이 부럽겠습니까? 안 그래?

이탈리아인 쎄코로 분장했던 웬디의 아버지가 투틀즈와 슬라이틀리의 아버지를 번갈아 바라보며 동의를 구하는 눈길로 말했다.

— 그럼요. 형님, 저희들도 돕겠습니다.

두 사람이 동시에 말했다.

— 고맙네. 고향의 아우들도 나서서 돕겠다고 하니 힘이 더 나는군. 자, 이제 이 조감도는 접어 두고 한 잔 더 하지.

아버지가 마분지를 돌돌 말아 팔목에 차고 있던 고무줄 밴드로 채웠다. 투틀즈의 아버지가 평상 모퉁이에 밀쳐놓았던 술상을 다시 가운데로 가져와 비어 있는 잔에 술을 따랐다. 대학 후배라는 스미 갑판장을 제외한 세 사람은 모두 아버지처럼 토끼섬에서 나서 자란 사람들이었다. 그 중에서 소년의 아버지가 제일 연장자라, 그들은 아버지를 형님이라고 부르고 있었다.

— 아, 오늘은 정말 제가 순수한 동심의 세계로 돌아간 것 같습니

다. 제 마음도 순수해지는 것 같습니다. 서울 사람들이 이런 기분을 알기나 할까요? 달빛도 곱고, 정말 아름다운 섬입니다. 선배님이 왜 이곳으로 왔는지 알 만합니다.

스미 갑판장이 소주잔을 들어 단숨에 마시고는 고개를 들어 하늘에 둥실 떠 있는 달을 바라보며 말했다.

— 옛날에는 지금보다 훨씬 더 좋았습니다.

투틀즈의 아버지도 소주 한 잔을 마시고 생선회 안주를 입에 넣으면서 말했다.

— 그랬지. 우리가 어렸을 때 해질녘이나 아침이면 이 섬은 마치 한 폭의 수채화 같았지. 그러나 지금은 많이 변했어. 섬도, 물도 오염되고, 사람들의 인심도 각박해지고, 옛날 같지가 않아. 이 섬의 풍경뿐만 아니라 인심도 옛날처럼 다시 살려야겠지.

아버지가 스미 갑판장과 투틀즈 아버지의 잔에 술을 따르며 말했다.

— 사실 서울에서 선배님과 같은 업계에 근무하면서 친하게 지내긴 했지만, 이런 구상을 하고 계신 줄은 정말 몰랐습니다. 더구나 이렇게 구체적인 계획까지 세워 놓았을 줄은 정말 상상도 못 했습니다.

스미 갑판장이 말했다.

— 후배님도 서울에서 형님과 같은 변호사 사무실에서 근무하셨던 모양이지요?

웬디의 아버지 이탈리아인 세코가 스미 갑판장을 보면서 말했다.

— 아닙니다. 선배님은 우리나라에서 몇 번째로 큰 로펌의 사무국장이었지만, 저는 조그마한 개인 변호사 사무실의 사무장이었습니

다. 선배님과는 비교도 되지 않았습니다.

스미 갑판장이 말했다.

― 이 사람, 사무실이 크다고 하는 일이 다르나. 실력이야 오히려 자네가 한 수 위였지. 그런 소리는 이제 그만하게.

아버지가 손을 흔들며 말했다.

― 사실 선배님은 직장에서 능력도 있었고, 윗분이나 직원들에게 신임도 두터웠지요. 그러던 분이 어느 날 갑자기 훌훌 털어 버리고 고향으로 내려가던 모습, 다른 사람들은 무모하다고 생각했는지 모르겠지만, 저는 선배님의 그 용기가 참 부러웠습니다.

말을 마친 스미 갑판장이 다시 소주 한 잔을 마시고 잔을 아버지에게 내밀었다.

― 하하, 그랬던가?

스미 갑판장이 따라 주는 술을 마신 아버지가 잔을 웬디 아버지에게 내밀고 술을 따르고는 이어서 말했다.

― 자네들도 알다시피, 돌아가신 내 아버님께서 좀 유별난 분이셨나? 아무것도 없는 이 섬에서 이만 한 재산을 일군 것도 물론 대단하지만, 자식에 대한 교육열도 대단했지. 자식이라고는 나 하나밖에 없었으니까 그랬는지는 모르겠어. 아버지는 오직 하나밖에 몰랐지. 내가 법대에 가서 판검사가 되어야 한다는 아버지의 뜻을 거스를 수 없어 할 수 없이 법대에 가긴 했지만, 사실 나는 법대에는 가고 싶지 않았어. 오히려 문학이나 철학 쪽에 관심이 많았고, 대학을 다닐 때도 법서보다는 오히려 그런 방면의 책에 심취해 있었지. 그러다 보니 당연히 아버지께서 바라시던 고시 공부는 아예 뒷전이었고.

졸업한 후 그래도 법대를 나와 배운 도둑질이라고 법률 사무소에 취직을 했는데, 이것도 사실 아버지의 눈치를 봐야 했기 때문이었지. 판검사는 못 하더라도 그 언저리에는 있어야 한다는 그런 완고한 고집 말이야. 그런 내가 로펌에서의 직장 생활을 어떻게 견뎌 낼 수 있었겠나. 오직 싸워 이겨야 하는 소송 업무에 나는 숨이 막힐 지경이었지만, 부모님이 살아 계시는 동안에는 차마 직장을 그만두고 고향으로 오겠다는 얘기를 못 꺼내겠더라고. 그러던 차에 부모님이 돌아가시자 드디어 평소 내가 구상하고 있던 계획을 실천하기 위해 돌아왔지. 이 토끼섬의 미래가 곧 내 꿈이고 희망이야. 나는 아버지가 내게 바랐던 판검사보다는, 내가 꿈꾸는 이런 삶이 훨씬 가치 있는 삶이라고 생각해. 이제야 비로소 내가 가야 할 길을 똑바로 찾아온 것이지. 그러나 내가 꿈꾸는 토끼섬의 미래는 아까 조감도에서 본 것과 같이, 단순하게 섬을 개발하여 돈을 벌고자 하는 그런 관광 섬으로 만들자는 것이 아니야. 오직 경제적 수익을 위한 관광 섬이 아니라, 현대의 물질문명 속에서 자아를 상실해 버린 사람들을 위한 영혼의 쉼터라고 해야 할까? 나는 이 토끼섬을 물질적인 욕망에 피폐해진 삶을 치유하는 영혼의 쉼터, 명상과 힐링의 성지로 만들고 싶어. 늦어도 이삼 년 내로는 이에 대한 구체적 계획과 전망을 적은 책도 한 권 출간할 예정이야. 여기에 대해서는 앞으로 자세히 말할 기회가 있을 테니까, 오늘은 이 정도로 해두기로 하세.

— 그러고 보니 밤이 많이 깊었습니다. 내일 선생님이 떠나는데, 새벽에 배웅하려면 그동안 잠시라도 눈을 좀 붙여야 하지 않겠습니까? 우리는 그만 일어나 보겠습니다.

웬디 아버지가 말했다.

— 예, 오늘은 너무 늦었네요. 그럼, 형님, 새벽에 뵈입시더.

투틀즈 아버지가 일어서며 말하자, 슬라이틀리 아버지도 덩달아 일어섰다.

— 그러세.

아버지가 일어서며 말했다.

— 나오지 마십시오. 저희들은 가보겠습니다.

— 안녕히 가세요.

세 사람이 마당을 가로질러 나가고, 소년이 일어나 인사를 했다.

— 그러고 보니 평소 선배님께서는 뭐랄까, 철학적인, 뭐 그런 좀 특별한 데가 있었던 것 같습니다.

세 사람이 나간 뒤에도 여전히 술자리에 앉아 있던 스미 갑판장이 자기 잔에 스스로 술을 따라 한 잔을 마시고는 말했다. 아버지와 소년도 다시 자리에 앉았다.

— 내가 특별한 것이 아니라, 대부분의 사람들이 오직 돈 벌기에 급급해서 정작 중요한 것은 잊어버리고 살기 때문이겠지. 우리 삶의 근본적인 문제 말이야. 그야말로 영혼이 메말라 버린 그런 삶을 살기 때문이 아닐까.

아버지가 남아 있는 잔을 들어 마시고는 말했다.

— 아이고, 저는 그런 어려운 문제는 생각하기 싫습니다.

이제 은근히 술에 취한 스미 갑판장이 과장된 몸짓으로 손사래를 쳤다.

— 어쨌든 선배님의 용기가 정말 대단합니다. 누구나 한 번쯤은

이런 섬에서 살아 보고 싶다는 생각은 하겠지요. 그러나 서울에 사는 어느 누가 실제로 이런 섬에서 살려고 하겠습니까?

— 그럴 것이네. 하루 이틀 놀러오는 것이면 몰라도, 누가 이런 곳에 와서 평생 살려고 하겠나. 그러나 나는 말일세. 단지 내 고향이기 때문만은 아닌 것 같아. 나는 이곳에서 생생한 생명력을 느끼며 자랐지. 파도소리를 들으며, 아련한 꿈을 꾸면서 말일세. 그게 내 영혼인가 봐. 그 영혼이 나를 다시 여기로 이끌고 왔나 봐. 이애에게도 그런 영혼을 느끼게 해주고 싶어.

아버지가 소년의 머리를 쓰다듬었다. 아버지의 손바닥에서 느껴지는 기운이 참 편안했다.

— 공기가 좋아서 그런지, 술을 마셔도 취하지도 않는 것 같습니다.

스미 갑판장이 아버지의 잔에 다시 술을 따랐다. 술을 쭉 들이켠 아버지가 다시 말을 이었다.

— 그런데, 참 자네 일은 뭐라고 해야 위로가 될지 모르겠네만, 손에 흙 한 번 묻혀 보지 않은 자네가 농사일이나 험한 뱃일을 견뎌 낼 수 있을지 모르겠네. 지금은 시작에 불과하지만, 앞으로는 힘든 육체노동도 직접 해야 할 것일세. 자네가 생각하는 그런 낭만적인 일만은 아니야.

— 예, 알고 있습니다. 사실 부끄러운 일이지만, 아내가 그렇게 바람이 나 집을 나가 버릴 줄은 꿈에도 상상하지 못했습니다. 아이들까지 데리고 말입니다. 아내를 찾아가 설득해 보았지만, 이미 틀어져 버린 아내의 마음을 되돌리기에는 늦었더군요. 아이들조차도 내 편이 아닙디다. 아마 그럴 만도 했을 겁니다. 그동안 내 생활을 뒤돌아

보면 가정보다는 오직 돈을 버는 데 혈안이 되어 있었으니까요. 남편으로 아버지로 아무도 인정해 주지 않더군요. 내가 무섭다고 하데요. 오직 돈밖에 모른다고. 결국 합의이혼을 하고 혼자 텅 빈 집에 있자니, 내가 이제까지 무엇을 위해 살아왔나 하는 자괴감이 들어 미칠 것 같더라고요. 그동안 남에게 손가락질까지 받아 가며 벌어 놓은 돈이 있으면 뭐합니까, 가족이 없는데? 그때 문득 선배님 생각이 나더군요. 처음부터 잘하는 사람이 어디 있겠습니까. 하는 데까지 열심히 한 번 해보겠습니다.

— 그래, 마음 잡힐 때까지 함께 지내 보세. 아까도 잠시 말했지만, 나는 오랜 생각과 고민 끝에 필생의 꿈을 갖고 이 섬에 왔어. 난 말일세, 이 섬을 내가 꿈꾸어 온 그런 이상향으로 만들어 볼 참이네. 이상향이라고 했지만, 돈이나 권력, 명예, 그런 것을 추구하는 것이 아닐세. 내가 꿈꾸는 이상향은 자연과 동화된 조화로운 삶, 그러한 삶의 새로운 패러다임, 진정한 행복의 조건, 그 행복을 위해서 우리는 어떻게 살아야 하는 것일까, 하는 근본적인 성찰이라고 할 수 있어. 나는 내 생명이 다하는 날까지 그런 삶을 위하여 열정을 쏟을 것이네. 가끔 생각해 본다네. 내가 이 아이에게 물려줄 것이 과연 무엇일까? 돈 대신 꿈을 물려줘야지. 진정한 내면의 행복을 물려줘야지, 그렇지 않나? 소박하지만 영혼에서 공감하는 그런 꿈, 비전 말이야. 이애가 지금은 어려서 잘 모르겠지만, 나는 믿고 있어. 만약 내가 이루지 못한다면, 언젠가는 이애가 내 비전을 이어받을 것이라고. 내가 꿈꾸는 이상적인 삶의 전형을 이 섬에서 실현할 것이라고.

아버지가 소년의 손을 꼭 잡았다. 그 손길은 포근하고 넉넉했다.

그러나 소년은 조금 전 어깨 너머로 보았던 아버지의 조감도에 그려진 내용이 무엇인지, 또 아버지가 물려주겠다고 하는 그런 비전이 무엇인지는 잘 알 수 없었다. 다만 아버지의 손을 타고 흐르는 따뜻한 기운이 전류처럼 흘러 가슴을 뭉클하게 할 뿐이었다.

— 예, 아, 정말 바다가 좋네요. 그런데 형수님께서는 이곳을 좋아하십니까? 서울에서 곱게 자란 그런 미인이…….

— 그게 좀 그렇다네. 지금은 힘들어하지만, 차츰 나아지겠지.

— 선배님은 참 복도 많습니다. 전 말입니다.

스미 갑판장은 이제 혀가 꼬부라져 있었다. 스미 갑판장이 잠긴 목소리로 칭찬인지, 농담인지 주절주절 말을 늘어놓고는 마지막으로 말했다.

— 전 말입니다. 정말 형수님 같은 사람만 있다면……, 지금 당장이라도 재혼할 것 같습니다.

그 말을 듣는 순간 소년은 갑자기 기분이 언짢아졌다. 문득 불길한 느낌도 들었다. 그러나 소년의 이런 느낌과는 달리 아버지는 아무렇지도 않은 듯했다. 모래사장으로 밀려온 물결이 모래와 자갈을 쓸어내리는 소리가 밤의 여울을 타고 바람결에 아련하게 들려왔다. 이제 아버지도 꽤 취한 것 같았다. 스미 갑판장의 횡설수설하는 말을 너털웃음으로 받아넘기는 아버지의 목소리가 꿈결처럼 아련하게 들렸다. 달은 이미 서쪽으로 완전히 기울어 졸린 눈을 껌뻑거리고 있었다. 어느 새 아버지의 무릎에 고개를 얹은 소년의 눈도 스르르 감기고 있었다.

후크 선장,
피터 팬을 구하다

이날 새벽, 선생님은 아버지의 발동선을 타고 떠났다. 어머니와 마을 사람들이 억지로 안기다시피하며 말린 미역이며 건어물을 선생님의 여행 가방에 넣었다. 단지 한 달 동안의 이별인데도 마을 사람들과 아이들이 모두 방파제에 나와 선생님을 배웅하며 아쉬워했다. 다만 나나만이 컹컹거리며 방파제 위를 촐랑거리며 돌아다녔다. 아버지의 발동선이 멀리 사라질 때까지 어린 마이클과 존이 졸린 눈으로 손을 흔들고 있었다.

선생님이 떠난 후 해적놀이도 시들해지고 말았다. 그러나 소년은 이른 새벽 바위섬에 올라가 해적 깃발을 단 아버지의 발동선이 먼 바다로 나아가는 것을 바라보았다. 그때마다 소년은 피터 팬의 네버랜드와 같은 환상의 나라로 여행을 떠나는 것 같았다. 멋지고 가슴 설레는 황홀한 순간이었다. 저녁, 빨갛게 물드는 노을 속 먼 바다에서 해적 깃발을 단 후크 선장의 해적선이 나타나면, 소년의 가슴에도 깃발이 나부꼈다. 이윽고 해적선이 바위섬 앞으로 다가오고 소년이 "아빠!" 하고 나무칼을 흔들며 소리치면, 해적선 조타실 안에서 아버지가 팔을 내밀어 흔들었다. 배가 바위섬 앞을 지나 반대편 방파제 쪽으로 향할 때, 소년도 바위섬에서 내려와 모래사장을 가로질러 방파제를 향해 달렸다. 소년이 가쁜 숨을 몰아쉬며 방파제 끝에 다다르면, 이미 방파제에 도착하여 배에서 먼저 내린 스미 아저씨가 방파제 철제 고리에 밧줄을 묶고 있었다. 그동안 소년은 물론 아이들과도 한층 친해진 스미 갑판장을 소년이나 아이들은 이제 '스미 아저씨'라고 친숙하게 불렀다. 배의 시동을 끄고 배에서 내린 아버지가 숨을 쌕쌕거리는 소년의 겨드랑이 아래에 손을 넣어 번쩍 안아 치켜들었다. 배의 정박을 갈무리한 스미 아저씨가 먼저 집으로 향하는 언덕길을 올라갔다. 아버지는 여느 때처럼 소년의 손을 잡고 방파제를 걸어 나와 천천히 모래사장을 함께 걸었다. 아버지가 말했다.

— 넌 커서 무엇이 되고 싶니?

— 아빠처럼 씩씩한 후크 선장요.

— 허허, 후크 선장은 나쁜 사람이야.

— 아니에요. 후크 선장은 불쌍한 사람이에요.

— 불쌍한 사람이 되면 더욱 안 되지.

— 아빠, 사실은 장난이고요. 저는 후크 선장 해적선보다 더 큰 기선을 타고 세계를 돌아다니는 선장이 될 거예요. 바다를 건너 전 세계를 돌아다닐 수 있다면 얼마나 좋아요. 저 바다 건너편에는 진짜 네버랜드가 있을지도 몰라요.

그럴 때 소년의 꿈은 바다를 향해 활짝 열리고, 노을 속 바다 위를 날고 있는 갈매기의 날개를 타고 하늘로 비상하고 있었다.

사고는 선생님이 떠난 열흘 후에 일어났다. 그날 늦은 오후 시간, 팔월 초순의 내리쬐는 땡볕이 제풀에 지쳐 겨우 숨을 고르기 시작하자, 아이들이 모래사장에 모였다. 선생님이 없는 학교보다는 그 모래사장이 아이들의 놀이터로는 더 제격이었다.

— 대장, 우리 귀양살이 바위에 한 번 가보자.

존이 말했다. 해적놀이가 시작된 이후로 아이들은 모두 동화 속 인물이 되어 있었고, 이제는 평상시에도 자연스럽게 그 이름을 그대로 불렀다. 다른 아이들보다 나이도 제일 많고 키도 큰 소년은 후크 선장의 해적선을 배웅하거나 마중하면서 아침저녁 거의 매일 모래사장과 바위 사이 징검다리를 폴짝폴짝 건너뛰어 쉽게 올라가는 바위섬이었다. 그러나 어린 마이클이나 존은 물론이고 소년과는 달리 주로 마을과 학교에서만 놀았던 다른 아이들은 그곳에 올라가 본 적이 없었다.

— 선생님이 인어가 있다고 했어.

마이클이 말했다. 소년은 바위섬을 바라보았다. 밀물이면 몰라도 썰물이 되어 물이 빠져나간 지금은 어린 마이클이나 존도 갈 수 있을 것 같았다. 아이들은 모두 모래사장 끝 바위섬 쪽으로 몰려갔다.

— 예쁜 아기 물고기가 있어.

바닥이 드러난 징검다리 돌 아래를 지나던 웬디가 썰물과 함께 빠져나가지 못하고 움푹 팬 웅덩이에 갇혀 버린 작은 물고기를 발견하고 말했다.

— 어디? 어디?

존과 마이클이 웬디에게로 뛰어갔다. 모든 아이들이 웅덩이 둘레로 모여들었다. 그 웅덩이에는 그리 깊지 않은 물이 고여 있어 아이들이 물장난을 하는 데도 안성맞춤이었다. 웅덩이 속 작은 물고기들은 수족관의 금붕어들처럼 빨강, 파랑, 검정 등 여러 가지 색깔을 띄었다. 어떤 물고기는 제 몸통보다도 더 큰 왕방울만 한 눈을 가지고 있는가 하면, 어떤 물고기는 등에 가시같이 삐죽 솟은 지느러미가 달린 것도 있었다. 선생님이 얘기한 아프리카 얼룩말처럼 얼룩덜룩 줄무늬를 한 것도 있었다. 바위 틈새에서 자라난 수초 사이를 재빠르게 헤엄치는 물고기가 있는가 하면, 거북이처럼 꾸물꾸물 느리게 움직이는 것도 있었다. 등에 가시처럼 뾰족한 지느러미가 있는 빨간 물고기는 느림보 물고기였다. 그런 물고기를 존이 겁 없이 가만히 손바닥을 모아 잡았다.

— 안 돼.

그것을 발견한 소년이 황급히 외쳤다.

— 아악!

그 소리와 거의 동시에 존이 비명을 지르며 물고기를 떨어뜨리고 손가락을 입으로 가져갔다.

— 왜 그래?

모두가 놀란 눈으로 존을 보았다.

— 독침 물고기야.

소년이 말했다.

— 아야야!

그렇게 말하며 입속에서 꺼낸 존의 오른손 집게손가락 끝이 금세 빨갛게 부어올라 있었다.

— 많이 아파? 빨간약 발라야 해?

어린 마이클이 겁먹은 표정으로 존을 바라보며 말했다.

— 괜찮아, 조금 있으면 저절로 나아.

전에 그 물고기에 쏘여 본 적이 있는 소년이 말했다. 그러는 동안 서서히 밀물이 들어왔다. 가끔씩 살랑대던 바람이 흔들흔들 불기 시작했다. 하얀 뭉게구름이 떠 있던 하늘 한 모퉁이에 어느 새 시커먼 먹구름이 자리 잡았다. 그러나 아이들은 누구도 그런 변화를 눈치 채지 못했다.

— 귀양살이 바위에 올라가 보자.

투틀즈와 슬라이틀리가 먼저 바위섬을 오르기 시작했다.

— 인어들이 진짜 있을까?

존과 마이클이 그 뒤를 따랐다. 웬디와 소년이 마지막으로 바위섬에 올랐다. 소년에게는 이미 낯익은 풍경이었지만, 다른 아이들에게는 높은 곳에서 바라보는 바다 풍경이 색달랐다.

— 인어가 보이지 않아.

바위섬 끝 가장자리까지 나아가 위태롭게 아래를 살펴보던 마이클이 말했다. 아이들의 눈에 까마득한 그 아래에는 삐죽삐죽 날카로운 바위들이 물속에서 고개를 내밀고 있었다. 흔들흔들 불기 시작하던 바람이 아이들의 옷깃을 팔랑이고, 이제는 제법 거세진 파도가 물속 바위와 바위섬 아래 절벽을 때렸다.

— 인어는 밤에만 나와.

웬디가 말했다.

— 왜?

마이클이 물었다.

— 낮에는 바다 속에서 잠을 자. 별이 반짝이면 별님과 얘기하러 나온다고 했어.

웬디가 말했다.

— 선생님이 바위에 귀를 대면 인어들의 소리를 들을 수 있다고 했어.

존이 말했다.

— 지금은 인어들이 잠자는 시간이야.

웬디가 다시 말했다.

— 그래도 몰라. 자지 않고 있는 인어들도 있을지 몰라.

투틀즈가 말했다.

— 그래, 진짜인지 한 번 해보자.

슬라이틀리가 먼저 바위 바닥에 엎드려 귀를 갖다 대고 눈을 감았다. 다른 아이들도 모두 따라했다. 아이들이 눈을 감고 엎드려 있는 사이에 하늘은 더욱 짙은 먹구름으로 덮이고, 밀물로 바뀐 바닷물이 바위섬과 모래사장 사이를 채우고 있었다. 바람도 더욱 거세졌다. 바위섬을 때리는 파도소리도 한층 더 커졌다. 그러나 눈을 감은 아이들의 귀에는 그런 변화의 소리들이 모두 바다 속 인어들이 내는 소리로 들렸다. 아이들의 감은 눈에 빛줄기 하나가 스쳐갔다. 그러나 아이들은 그 빛이 이제 별이 나타나 잠든 인어들을 깨우는 별빛이라고 생각했다. 아이들이 깜짝 놀라 눈을 뜬 것은 빛이 스쳐간 잠시 후 '우루루쾅!' 하는 천둥소리를 들은 뒤였다. 순식간에 '우두두둑'하는 빗소리와 함께 소나기가 쏟아지기 시작했다. 위험했다. 바위섬을 내려가 안전한 곳으로 피신해야 했다. 소년은 징검다리 사이바다를 바라보았다. 그러나 그곳은 이미 밀물로 가득 차 있었고, 징검다리 바위에 부딪힌 사나운 파도가 하늘 높이 물보라를 일으키고 있었다. 일기예보에도 없었던 갑작스런 돌풍과 소나기였다.

바람은 더욱 거세지고, 파도도 한층 더 높아졌다. 바위섬 절벽 아래에서 부딪힌 파도가 하얀 물보라를 일으키며 하늘로 치솟아 아이들의 머리까지 튀어 올랐다. 거센 바람에 서 있기조차 힘들었다. 하늘과 바다가 온통 번개와 천둥으로 가득 차고 있었다. 아이들이 놀라 파랗게 질린 얼굴로 비명을 질렀다.

— 모두 바닥에 엎드려.

소년이 외치며 어린 마이클을 안고 바닥에 납작 엎드려, 삐죽 솟은 돌 하나를 단단히 부여잡았다. 다른 아이들도 제각각 바위 위에 따개비처럼 납작 엎드렸다. 바람은 더더욱 거세지고, 바위섬 아래서 부딪힌 파도가 물기둥이 되어 솟아올랐다가 폭포처럼 아이들 몸 위로 쏟아져 내렸다. 소년은 엎드린 채로 비바람에 잠긴 바다를 바라보았다. 그때 소년의 눈에 검은 해적 깃발을 펄럭이는 아버지의 발동선이 들어왔다. 해적선 '졸리 로저호'는 거친 파도에 가랑잎처럼 흔들리며 바위섬 쪽으로 다가오고 있었다. 조타실에 서서 키를 잡은 아버지의 모습이 희미하게 보였다. 소년은 무릎을 꿇고 일어나 아버지를 향해 손을 흔들며 외쳤다. 그러나 사나운 바람에 소년의 목소리가 아버지에게 들릴 리 없었다. 아버지의 배는 소년을 발견하지 못한 것 같았다. 아! 큰일이다. 소년은 위험한 것도 잊어버리고 벌떡 일어나 상의를 벗어 흔들며 소리쳤다. 사나운 바람에 소년의 몸이 위태롭게 휘청거렸다. 소년을 발견한 사람은 아버지 곁에 서 있던 스미 아저씨였다. 조타실에서 고개를 내밀고 바위섬 위의 소년을 바라본 스미 아저씨가 깜짝 놀라 손짓을 하며 아버지에게 무언가 외

치는 것 같았다. 이어 아버지가 조타실 밖으로 고개를 내밀고 소리
지르며 소년에게 바닥에 엎드리라는 손짓을 했다. 소년은 다시 바닥
에 납작 엎드렸다. 아이들은 그때까지도 혼비백산하여 울면서 비명
을 질렀다.

　— 이제 괜찮아. 아빠가 왔어. 후크 선장이 왔어.

　소년이 엎드려 있는 아이들의 귀에 대고 소리쳤다. 아버지의 배가
파도가 부딪히는 바위섬 왼편을 돌아 오른편으로 왔다. 그쪽은 바
위섬이 왼쪽에서 부딪히는 파도를 막는 방파제 역할을 하여 그나마
잔잔했다. 스미 아저씨에게 조타실의 키를 맡긴 아버지가 옷을 입은
채로 바다에 뛰어들어, 물보라를 덮어쓰며 바위섬 뒤쪽 징검다리 쪽
으로 헤엄쳐 갔다. 드디어 아버지가 아이들이 있는 바위섬 위에 나
타났다. 아버지는 아마 소년 혼자 바위섬 위에 있는 것으로 생각했
던 모양이었다. 바닥에 따개비처럼 납작 엎드려 있는 다른 아이들을
발견한 아버지가 깜짝 놀랐다. 아버지가 먼저 제일 어린 마이클과
존을 한꺼번에 왼쪽 허리에 꿰찬 채로 바위섬을 내려갔다. 징검다리
길에는 여전히 파도가 굉음을 울리며 부딪치고 있었다. 파도를 뚫고
나아간 아버지가 드디어 모래사장에 존과 마이클을 내려다 놓고 다
시 바위섬으로 올라갔다. 이번에는 웬디를 안고 내려갔다. 다시 바
위섬으로 올라온 아버지의 오른 팔꿈치와 왼쪽 무릎의 옷이 찢어져
피가 흐르고 있었다. 이번에는 아버지가 투틀즈를 안고 내려갔다.
다시 돌아온 아버지의 이마에서도 피가 흘렀다. 비바람은 더욱더 심
해졌다. 천둥 번개도 여전했다. 왼편 바위섬에 부딪힌 파도가 엄청
난 물기둥이 되어 하늘로 치솟아 오르고, 그 물벼락을 맞은 아버지

의 몸도 일순 균형을 잃고 휘청거렸다. 그러나 아버지는 침착했다. 아버지가 다시 슬라이틀리를 안고 바위섬을 내려갔다. 다시 돌아온 아버지의 눈썹과 오른쪽 무릎도 찢어져 피가 흘러 내렸다. 마지막 남은 소년이 아버지가 다가오는 모습을 보고 일어섰다. 그 모습을 본 아버지가 놀라 소리쳤다.

— 그대로 있…….

그러나 아버지의 말이 채 끝나기도 전에 우레 같은 파도소리가 울리며 엄청난 물벼락이 소년의 몸을 덮쳤다. 소년의 몸이 순식간에 바위섬 아래로 휩쓸려 떨어졌다.

— 아, 안 돼!

아버지가 외치며 바위섬 끝 가장자리로 기어가 아래를 내려다보았다. 그러나 요행히도 소년은 바위섬 오른편에 있는 소나무 가지에 걸려 있었다. 아버지가 가장자리 끝에 엎드려 거리를 가늠해 보았다. 손을 내밀어 잡기에는 너무 먼 거리였다. 아버지가 허리의 벨트를 풀었다. 그러나 그 벨트도 짧았다. 바위섬 벽은 너무 가팔라 소년이 다시 바위 위로 올라갈 수도 없었다. 올라갈 수 있다고 해도, 비와 파도에 젖은 이끼가 자란 미끄러운 암벽은 너무 위험했다. 바위섬 아래 바다에는 넘실대는 물결 사이로 날카로운 돌들이 상어 이빨처럼 삐죽삐죽 고개를 내밀고 돌출해 있었다. 만약 그대로 떨어지면 날카로운 바위에 소년의 몸은 갈기갈기 찢기고 말 것 같았다. 올라갈 수도 떨어질 수도 없는 상태로 소년은 소나무 가지에 대롱대롱 위태롭게 매달려 있었다. 새파랗게 날이 선 칼날 같은 섬광이 연신 어두운 하늘을 가르고, 천둥소리는 하늘을 찢어 놓으려는 듯 꽝

음으로 울부짖고 있었다. 사나운 물보라와 바람이 소나무 가지를 마구 흔들었다.

— 아빠, 무서워!

소년이 겁에 질려 외쳤다.

— 꼭 잡고 있어. 떨어지면 안 돼. 아빠가 배를 갖다 댈게.

아버지가 다시 바위섬 뒤쪽으로 내려가 마치 다이빙을 하듯 바다 속으로 뛰어들었다. 그리고는 바위섬 오른쪽에 있는 배의 선수 쪽으로 헤엄쳐 갔다. 조타실에서 나온 스미 아저씨가 아버지에게 밧줄을 던졌다. 아버지가 밧줄을 잡고 다시 배에 올랐다.

— 조금만 참아!

소나무를 향하여 아버지가 절박하게 소리쳤다. 아버지가 다시 조타실로 들어가 키를 잡고 뱃머리를 소나무 아래로 돌려 다가왔다. 바위섬 방파제가 없는 오른쪽 끝으로 나온 배는 가랑잎처럼 흔들렸다. 배의 시동이 걸린 채로 나아가는 힘을 이용하여 뱃머리를 바위에 갖다 대고 움직이지 않게 고정시키려고 했으나, 물결이 높게 일렁거려 쉽지 않았다.

— 아빠, 팔이 아파. 떨어질 것 같아.

소년이 다시 외쳤다.

— 조금만 더 견뎌. 꼭 잡고 있어!

아버지가 외쳤다. 높게 일렁이는 물결이 잠시 잦아든 틈을 타, 드디어 소나무 아래 바위에 뱃머리를 갖다 붙인 아버지가 조타실에서 나왔다. 스미 아저씨가 다시 배의 키를 잡았다. 배는 여전히 시동이 걸린 채였다. 배의 추동력을 이용하여 뱃머리를 바위에 대고 있긴 하나, 일렁이는 높은 물결 때문에 배는 여전히 가랑잎처럼 흔들리고 있었다. 엉금엉금 기다시피하여 겨우 뱃머리 끝으로 다가간 아버지가 가까스로 몸의 중심을 잡고 일어나 팔을 뻗으며 외쳤다.

― 됐어. 이제 손을 놔. 아빠가 받을게.

― 아빠, 무서워.

― 괜찮아. 뛰어내리면 아빠가 받을게. 눈을 꼭 감고 손을 놔버려.

소나무 가지가 마치 부러질 듯이 흔들렸다.

― 아빠, 무서워.

― 괜찮아. 자, 너는 피터 팬이야. 피터 팬은 하늘을 날 수도 있잖니? 무서워 말고 빨리 뛰어내려.

― 아빠! 못 하겠어.

그때 바위섬 왼편에서는 먼 바다에서부터 힘을 키워 엄청나게 자라난 파도 하나가 바위섬을 삼켜버릴 듯한 기세로 다가오고 있었다.

― 괜찮아. 아빠가 있어. 팅크 벨 금가루를 묻히고 하늘을 날아 봐.

아버지가 다시 한 번 절박하게 외쳤다. 비와 파도, 그리고 흐르는 피에 얼룩진 아버지의 모습은 마치 지옥에서 온 야차 같았다. 소년은 눈을 감았다. 그 순간 요정 팅크 벨이 소년에게 날아왔다.

"내 금가루는 마법의 가루야. 피터 팬, 너는 날 수 있어. 네가 믿기만 하면 돼. 나와 함께 네버랜드로 날아가."

팅크 벨이 소년의 귀에 속삭였다. 소년의 감은 눈에 금빛 빛줄기가 다가왔다. 팅크 벨의 파르르 떠는 날개에서 금가루가 쏟아져 소년의 몸을 휘감았다. 소년은 잡고 있던 소나무 가지를 살며시 놓았다. 소년의 몸이 허공으로 둥실 솟아올랐다. 소년은 이미 하늘을 날고 있었다. 그때 바위섬 왼편까지 몰려온 파도가 굉음을 울리며 바위벽을 때렸다. 아버지가 떨어지는 소년의 몸을 받음과 동시에 조타실 쪽으로 밀쳤다. 팅크 벨의 금가루 환상에서 깨어난 소년의 몸이 갑판 위에 데구루루 뒹굴었다. 스미 아저씨가 키를 놓고 갑판으로 나와 소년을 안고 조타실로 들어갔다. 순간 집채보다 더 큰 파도에 선미 쪽 왼편 측면을 맞은 배가 중심을 잃고 오른쪽으로 빙글 돌았다. 바위벽을 때리고 하늘 높이 치솟아 오른 파도의 물보라가 폭포처럼 갑판 위로 쏟아졌다. 뱃머리에 위태롭게 서 있던 아버지의 몸이 거대한 물보라와 함께 순식간에 바다로 휙 빨려들고 말았다.

6개월 후.

파도에 휩쓸리면서 물 속 바위에 부딪혀 머리가 깨어지고 목뼈가 부러진 아버지는 꼼짝도 못 한 채 병원 침대에 누워 여전히 깨어나지 못했다. 그때 바다에 휩쓸린 직후 때마침 달려온 웬디 아버지가 아니었더라면, 아버지는 바다에서 구조조차 되지 못했을 것이었다.

— 그동안 삼촌이 도와주고 있었지만, 얼마나 더 견딜지…….

어머니가 소년에게 말했다. 어머니가 말하는 삼촌이란 스미 아저씨를 말했다.

다시 6개월 후.

여전히 아버지는 깨어나지 않았다.

— 어제 어촌계 수협 사람들이 발동선과 집 뒤 밭에 경매를 붙였다고 하더라. 이제는 삼촌도 어쩔 수 없다고 하더라. 발동선 산다고

낸 빚이 눈덩이처럼 불어났으니…….

다시 6개월 후.

— 이제 돈이라고는 모두 떨어졌다. 퇴원시키자.

어머니가 말했다.

— 안 돼요. 아빠는 반드시 깨어날 거예요.

소년이 말했다.

— 병원에서도 이제는 가망이 없다고 자꾸 나가라고 한다.

어머니가 말했다.

— 그래도 안 돼요. 절대 안 돼요. 나 때문에 아빠가 저렇게 되었어요. 제가 깨어나게 할 거예요.

소년이 말했다.

— 그래, 휘발유 통을 끌어안고서라도 버틸 때까지 버텨 보자.

그렇게 한 것이 김 과장이 말한 휘발유 통 사건이었다.

다시 6개월 후.

이제 섬마을 초등학교 분교를 졸업한 소년은 중학생이 되어 있었다. 소년이 다니는 중학교는 섬마을을 왕래하는 여객선 선착장이 있는 해안 마을에서 버스로 20분 정도 걸리는 면소재지에 있었다. 학교에서 선착장의 반대 방향에 있는 S병원까지는 버스로 40분 정도 걸렸다. 중학생이 된 이후로 소년은 방과 후 학교에서 곧바로 버스를 타고 병원으로 와서 어머니와 교대로 아버지의 병상을 지켰다. 그러나 여전히 아버지는 깨어나지 않았다.

— 오늘이 여름방학 하는 날이지?

어머니가 말했다.

— 예.

— 그러면 오늘은 학교를 가고, 방학 동안에는 네가 병실을 지켜라. 나는 서울에 가야겠다. 돈을 벌어야지. 병원비를 벌어야 아빠를 살리지.

— 예.

그날 소년은 마지막으로 학교에 갔다. 그리고 방학식을 마치고 곧바로 S병원으로 갔다. 그러나 아버지가 있던 병실에는 다른 환자가 누워 있었다. 어머니도 보이지 않았다. 이틀 후 S병원의 김 과장이 소년을 데리고 내가 근무하는 병원으로 왔다. 나는 그렇게 소년을 만났던 것이다.

악어 배 속 째깍시계를 찾아서

　대왕님의 친위부대 군사들이 신식 훈련을 받는다고 성채를 나간 이후로 다시 한 달여가 지났더라 그러나 이들 친위부대 군사들은 비번 날이면 어김없이 성으로 돌아와 대왕님을 알현하고는 온 성내를 돌아다니며 백성들을 수탈하니, 성내 백성들의 원성이 하늘을 찌를 듯 높아 가고, 그 중의 어떤 백성들은 이들의 횡포를 견디다 못 해 유랑의 길을 떠날 채비까지 하더라 그리하여 우리는 이러한 성내 백성들의 원성을 무마시키고자 전전긍긍하면서도 오직 대왕님의 처분만을 기다리는 형국이 되었으니, 그것은 혹시 나중에 들이닥칠지도 모를 친위부대 군사들과 대비마마의 가공할 살상 무기와 음모를 두려워했음이라 그런데도 참으로 외람된 일이나 우리들의 대왕님께서는 친위부대 군사들의 이러한 수탈 행위를 수수방관하시는 것은 물론이고, 모든 국정을 전폐하고 오직 지극 정성으로 상왕 전하의 용체만을 지키고 계시더라 아아 대왕님의 그 효성이야말로 온 백성의 귀감이 될지니, 그러나 대왕님의 이러한 지극 정성에도 불구하고 황송스럽게도 상왕 전하의 병세는 나날이 악화되어 가기만 하고, 이제는 이따금씩 뜨곤 하시던 눈마저도 제대로 뜨시지 못하더라 그러나 우리들의 대왕님은 여전히 희망을 버리지 않고 상왕 전하께서 반드시 쾌차하실 거라고 철석같이 믿고 계시니, 오오 그 정성의 갸륵함이 참으로 눈물겹도다 대비마마께서 여전히 납시지 않는다는 것이 참으로 안타까울 따름이라

개학과 더불어 아이들이 병원을 떠난 지 한 달이 지났다. 그동안 아이들은 주말이면 어김없이 병원으로 왔다. 한 번은 그 여선생이 아이들을 인솔해 오기도 했지만, 나머지는 자기들끼리만 모여서 왔다. 그런데 방학 동안 병실에 조용히 있던 것과는 달리, 이 녀석들은 마치 고삐 풀린 망아지처럼 온 병원을 휘젓고 다녔다. 어르고 호통을 쳤지만 그때뿐이고, 이들 개구쟁이들의 계속되는 장난을 막을 도리가 없었다. 이 녀석들은 마치 병원이 제 집인 양 설치고 돌아다녔다. 아이들이 병실을 점령하고 있을 때는 병실에 가둬 둔 채 모두가 쉬쉬 하고 있어 문제가 발생하지 않았다. 그때는 아이들이 후크 선장을 지킨다고 병실 밖으로는 나오지 않았던 것이다. 그러나 선생님이 와서 아이들을 데려간 이후부터 병실에서 풀려난 아이들은 주말마다 후크 선장을 본다고 병원으로 몰려와 복도며 화장실, 심지어 옥상 휴게실까지 마구 휘젓고 다녔다. 존과 마이클이라는 두 어린 녀석은 여전히 빨래줄 허리띠에 나무칼을 찬 괴상한 모습으로 병원 복도에서 칼싸움 놀이를 하는 일이 다반사였다. 새까맣게 그을린 피부에 남루한 옷차림의 아이들이 주말마다 병원에서 활개를 치고 다니자, 자연히 특별 병동의 다른 환자나 가족들에게 이들의 존재는 접근해서는 안 되는 송충이같이 성가신 존재가 되고 말았다.

— 아니, 박 과장, 주말마다 병원에서 날뛰는 그 양아치 같은 애들은 도대체 누구요? 도대체 애들 교육을 어떻게 시킨 건지, 그 부모들 교양 수준을 알 만해요.

월요일 아침 회진 시간에 특별 병동 특실에 입원해 있던 골프쟁이 나일롱 환자가 내게 버럭 역정을 내며 말했다. 조그만 중소기업체의

사장으로 회사의 노사 문제를 피해 일부러 환자를 가장하고 병원에서 지내는 자로서, 명령조의 말버릇이 입에 익어 내게도 대뜸 반말을 해대곤 했다. 말끝마다 '교양'이라는 단어를 달고 다녔다. 사실 그는 병실에 있는 시간보다도 골프장에 가 있는 시간이 더 많았다.

— 죄송합니다. 병원의 사정을 이해해 주십시오.

나는 그 고상한 교양이 덕지덕지 달라붙은 골프쟁이 나이롱 환자에게 머리를 조아렸다.

— 선생님, 우리가 뭣 때문에 비싼 병원비 내고 여기 있는 줄 아세요?

낚시꾼 벚꽃 환자의 두 번째 내연녀이다. 이 벚꽃 환자는 입원해 있는 동안 병실에 있는 것보다도, 원무과장이 특별히 주선해 준 낚싯배를 타고 바다에 가 있는 시간이 더 많은 자이다. 이들은 본처에게 들키지 않을 기막힌 밀회 장소로 이 특별 병동을 아예 제 집처럼 쓰고 있는 불륜 부부이다.

— 과장님, 이 병원에 이상한 소문이 들리던데, 사실입니까? 원장님을 한 번 만나야 할 것 같군요.

그나마 좀 점잖다고 간호사들이 평가하는 C시 지방의회 모 의원의 말이다. 은근한 협박이다. 무슨 신경쇠약이라나? 제 말로는 오직 시민들을 위한 봉사활동으로 심신이 지친 나머지 당분간 입원하지 않을 수 없었다고 하는데, 말이나 행동 하나하나가 지위를 이용하여 푼돈 깨나 만져 보겠다는 심산이다. 정치 입문을 모색하고 있는 원장의 허영심과 약점을 단단히 잡고 있는 자이다.

나는 이 자를 볼 때마다 속이 메스꺼워진다. 솟아오르는 구토증을 가까스로 누르고 있는데, 간호사가 달려와 원장이 급히 나를 찾는다고 했다. 회진을 다 마치지도 못한 채 원장의 방으로 들어서자, 그곳에는 병원의 조경 시설이나 옥상정원을 관리하는 일은 물론 병원의 잡일까지 도맡아 하는 정 씨가 막 불려와 머리를 조아리고 있었다. 나이가 예순 살이 넘은, 병원에서 지척거리에 있는 근처 마을 토박이였다. 원장과 먼 친척뻘 되는 그 마을 이장이 병원의 잡부로 써달라고 특별히 부탁한 사람이라고 했다. 내가 들어서자마자 기다렸다는 듯 원장이 호통부터 내질렀다.

— 정 씨는 도대체 이 지경이 되도록 무얼 하고 있었던 거요. 그리고 박 과장, 이걸 한 번 봐요. 이게 도대체 뭐란 말이오.

원장이 책상 위에 놓인 깨진 난 화분 세 개를 가리키며 고래고래 악을 썼다. 오늘은 특히 원장의 화가 머리 꼭대기까지 올라 있다. 원장의 심정을 알 만했다. 나는 출근하자마자 어제 일요일, 그 녀석들이 저지른 사고 소식을 이미 듣고 있었던 것이다.

특별 병동의 옥상은 멀리 다도해의 올망졸망한 섬들을 굽어볼 수 있는 잘 꾸며진 정원 같다고 했지만, 특히 이 옥상정원은 원장이 사적으로도 애지중지하는 곳이었다. 원장은 한국 자생 춘란과 다육 식물에 각별한 취미를 갖고 있었고, 특히 자생 춘란에 대해서는 전문가에 필적할 만한 높은 안목과 식견까지 갖추고 있었다. 그래서 원장은 병원 옥상정원의 한쪽에 유리 온실을 지어 갖가지 종류의 다육 식물을 가꾸고, 또 다른 온실 한 곳에는 직접 채집하고 사들인 자생 춘란을 키우고 있었다. 그런데 이 녀석들은 병원 복도에서 뛰노는 것도 모자라, 어제 일요일 오후에는 옥상까지 휘젓고 다니며 그곳의 인공 연못과 분수를 아예 저들의 물장난 놀이터로 삼더니, 결국 원장이 그렇게도 애지중지하는 춘란 온실의 유리창 하나와 그 속에 든 고가의 춘란 화분 세 개를 박살내고 말았다는 것이다.

— 그 악다구니 놈들이 병실에서 나가기만 하면 해결될 줄 알았는데, 이게 도대체 뭐란 말이요.

원장이 다시 한 번 책상을 꽝 하고 내리치며 나를 향해 소리 지르고는, 옆에 서 있는 정 씨를 쏘아보며 엄포를 놓았다.

— 그리고 정 씨, 이 난초 살려내요. 이 난초 값이 얼마인지 알기나 해요? 살려내지 못하면 정 씨가 물어내든가, 아님 같은 난초를 구해 오든가.

— 아이고 원장님, 지가 무슨 재주로……. 진즉 물어낼 사람은 그 놈들인데.

— 그애녀석들이 무슨 돈이 있다고, 모두 다 그놈들을 내버려둔 정 씨 책임이지.

훼손된 난이 얼마나 애통했던지, 원장은 부질없다는 것을 알면서도 억지 아닌 억지로 정 씨를 몰아붙였다. 화분이 깨어졌다고 해서 정작 그 안에 심어진 난까지 죽을 것 같지는 않은데도, 원장은 이를 빌미로 일부러 내게 까탈을 부리고 있는 것 같았다.

— 그라믄 지가 할 말이 없지만서도, 그란데 뭐라더라? 뭐 후쿠 선장? 피투 팬? 그런 사람이 참말로 이런 난초를 갖고 있을라나 모리겠네.

매양 사람 좋고 순진하여 좀 모자라기까지 한 정 씨가 근심이 가득한 얼굴로 혼잣말 사투리로 말했다.

— 그게 무슨 말이에요?

원장이 뜬금없어 보이는 정 씨의 말에 짜증 반 호기심 반의 음성
으로 물었다.

— 예, 지가 그놈들이 사고를 칫다는 말을 듣고 옥상에 갔는
데…….

정 씨가 대중없이 주섬주섬하는 말을 통해 당시의 상황을 정리해
보면 다음과 같았다.

어제 일요일이라 출근하지 않고 집에 있던 정 씨가 아이들이 옥상
에서 소란을 피우고 있다는 당직 간호사의 전화를 받고 급히 옥상
으로 갔을 때는 나무 칼싸움을 하던 두 꼬마 녀석이 이미 유리 온
실의 유리창 하나를 박살내 버린 뒤였다. 그 두 녀석이란 두말할 것
도 없이 존과 마이클이 분명했다. 정 씨는 원장이 아끼는 난초 화분
까지 깨어져 큰일났다는 생각에 먼저 그 중 큰 놈의 허리춤을 붙잡
아 사정없이 볼기짝을 내리치며 말했다.

— 야, 이눔아, 이 난초가 울매나 귀한 긴데, 니 인자 큰일났다. 니
애비 딜꼬 온나. 물어내야겠다.

그러자 볼기짝을 얻어맞고 화가 난 존이 악에 받쳐 소리를 질렀다.

— 에이 씨이! 이깟 토끼풀이 뭐가 귀해. 산에 가면 흔해 빠졌는
데. 후크 선장 집에 가도 이딴 토끼풀은 가득해.

— 뭐라고! 이눔이 지 잘못을 빌기는커녕 엇다 대고 대들어. 거짓
부렁까지 하고, 이눔의 새끼, 어디 혼 좀 나봐라.

존의 당돌한 말에 사람 좋은 정 씨도 화가 나 연방 존의 엉덩짝을
손바닥으로 사정없이 내려쳤다. 그러자 혼이 나고 있는 제 형을 보

고 있던 마이클이 눈을 부릅뜨고 나무칼을 휘두르며 정 씨에게 덤벼들며 소리쳤다.

— 거짓말 아니야. 피터 팬 대장 집에 가면 이딴 토끼풀은 가득 있단 말이야. 나도 봤어. 진짜야. 피터 팬 대장에게 말해서 물어주면 될 것 아냐.

물어내기까지 해야 한다는 원장의 으르는 말에 겁이 난 정 씨가 궁한 나머지 존과 마이클의 악다구니를 떠올린 모양이었다. 그러자 원장은 토끼풀이라는 아이들 말을 진짜로 알아듣는, 평소 좀 모자라기까지 한 정 씨의 두서없는 말에 어이가 없어져 버린 모양이었다. 이런 정 씨를 붙들고 물어내야 한다는 둥 철부지 실랑이를 하고 있는 자신의 경박한 행동이 겸연쩍은 생각이 들었던지, 원장은 이번에는 화살을 내게로 돌려 쏘아붙였다.

— 내 참, 이렇다니까. 아이들하고 똑같군. 그건 그렇고, 박 과장, 송 의원님도 빨리 조치하지 않으면 문제를 삼겠다고 해요.

그 강도 같은 지방의원 나리가 벌써 원장을 찾은 모양이었다. 원장의 호통은 계속되었다.

— 원무과장 말로는 지난주에도 병실 세 개가 비었다고 합니다.

그러나 나는 입도 벙긋 못 하고 그대로 고개를 숙이고 있었다.

— 이게 모두 다 박 과장 탓 아니오? 박 과장이 모두 책임져요.

원장은 그동안 참고 있다가 단단히 벼른 듯 막무가내로 나를 몰아붙였다. 아침부터 그렇게 부대낀 나는 퇴근을 하면서 소년의 병실을 찾았다. 원장의 씨근대던 모습이 하루 종일 눈앞에서 어른거리던 참이었다. 어떻게든 소년을 설득하여 우선 일반 병동으로라도 옮길 수 있는 방법을 찾아보고자 한 것이었다. 내가 들어서자마자 소년이 말했다.

─ 선생님, 어젯밤 아빠가 한참 동안 눈을 뜨고 절 바라봤어요.

─ 그래?

─ 그런데 아빠가 분명 무슨 말을 하는 것 같은데, 알아들을 수가 없어요.

─ 아버지는 말을 못 하신다. 이제는 눈도 잘 뜨지 못하는 걸.

─ 아니에요. 분명 저에게 무슨 말을 하셨어요. 그런데 제가 알아듣지 못했을 뿐이에요. 아빠는 바다의 말을 듣고 깊은 물속 캄캄한 곳에 있는 물고기도 볼 수 있다고 했는데, 전 그런 아빠의 말도 못 알아들으니…….

그런 자신이 원망스럽다는 듯 소년이 고개를 숙이고 말했다. 축 처진 소년의 어깨가 가늘게 떨리고 있었다. 그런 소년이 고개를 들어 진지한 표정으로 말했다.

─ 선생님, 저 부탁이 하나 있어요.

─ 그래? 무슨 부탁?

─ 저 '째깍째깍' 소리가 나는 시계 하나만 구해 주세요.

─ 그건 무얼 하려고?

─ 후크 선장은 악어 배 속의 시계소리를 듣고 도망쳤어요. 아빠는 후크 선장이었어요. 아마 아빠가 시계소리를 들으면 도망가려고 벌떡 일어나실지도 몰라요.

나는 하마터면 크게 실소를 터트릴 뻔했다. 그러나 소년의 진지한 눈빛을 보고는 가슴이 울컥했다.

— 그래, 구해 주마. 네 말대로 아버지가 시계소리를 듣고 벌떡 일어나면 좋으련만…….

나는 일반 병동으로 옮기겠다는 말도 꺼내지 못하고 병실을 나오고 말았다. 나는 소년과 아이들에게 분명히 약속했었다. 후크 선장은 어디로도 옮기지 않고 이 병실에서 내가 치료해 주겠다고. 그것도 그들이 우상처럼 받드는 선생님이 있는 자리에서. 소년의 진지한 눈빛이 양심의 바늘이 되어 '왜 약속을 지키지 않아요?' 하고 가슴을 찌르고 있었다. 그것도 그렇지만 여전히 소년의 어머니가 나타나지 않는데 함부로 병실을 옮길 수도 없었다. 비록 아이들의 화염병 놀이는 거짓 속임수였지만, 김 과장의 말대로 진짜 휘발유 통을 들고 설치던 소년의 어머니가 불쑥 나타나 무슨 짓을 저지를지도 모른다는 우려는 여전히 나를 억누르고 있었다. 만약 그로 인하여 병원에 무슨 사고가 나면 그 책임은 고스란히 내가 뒤집어써야 할 판에, 무리할 필요는 없다는 생각이 들었다. 그 교양이 덕지덕지 앉은 무리들이나 원장의 사정은 내가 알 바가 아니라는 오기도 생겼다.

그러나 내 맘은 여전히 편하지 않았다. 시계를 구해 달라고? '째깍째깍' 소리를 내는 시계라면 옛날 태엽을 감아 돌리는 괘종시계뿐일 텐데, 그런 시계를 어디서 구하나? 그런데 이런 순진한 아이의 어머니가 과연 정말로 휘발유 통을 들고 설쳤을까. 문득 의문이 들었다. 나는 S병원의 김 과장에게 전화를 걸었다.

— 고생 마안채?

김 과장은 소년의 인질이 되어 버린 내 사정을 훤히 들여다보고 있다는 듯 일부러 사투리를 쓰며 대뜸 놀리기부터 했다.

— 그래, 왕림하신 대왕님 수발드느라 고생이 이만저만이 아니올시다. 불쌍한 소생을 위해 소주나 한 잔 사주시오.

— 황공이 엄청 무지로소이다. 주안상 대령하겠나이다.

사실 내가 김 과장을 만난 것은 이러한 딜레마에 빠져 버린 내 처지를 설명하고, 뭔가 해결책이 없을까 하는 조언이라도 들을 수 있을까 해서였다. 소년의 어머니나 소년을 어떻게 설득하여 우리 병원으로 옮길 수 있었는지, 그때까지 병원에 나타나지 않고 있는 소년의 어머니가 정말 휘발유 통을 안고 있었던 그런 사람이었는지 물어보고 싶었던 것이다.

내가 약속 장소인 김 과장의 단골 일식집에 갔을 때, 먼저 도착하여 그 집 여사장과 농담을 하며 소주잔을 기울이고 있던 김 과장은 벌써 반 술이 되어 안경 긴 마른 얼굴에 은근하게 홍조가 올라 있었다.

— 마, 고생시켜서 미안쿠마. 소주나 한 잔 받아라.

김 과장이 일부러 지어낸 억지 사투리로 심술을 부리며 나를 놀렸다.

— 야, 그애 어머니 말이야. 휘발유 통을 안고 있었다는 것이 정말이야?

나는 일부러 무심한 척 김 과장이 따르는 술을 받으며 말했다.

— 왜? 날 못 믿어?

김 과장은 대뜸 정색한 얼굴이 되어 반문하듯 말했다.

— 믿지 않는 것은 아니지만······.

— 그럼?

— 아니, 그렇게 맑고 순진한 아이의 어머니가 그런 짓을 했다는 게 영 믿기지 않아서 말이야.

김 과장이 소주를 쭉 들이키고는 심각한 표정을 지어 내게 물었다.

— 너 혹시 그애가 해적놀이 얘기 안 하던?

— 그 얘긴 들었어.

— 어땠어? 감동적이지 않았어? 때 묻지 않은 원초적인 생명 같은 그런 것 말이야.

— 시인이라 표현하는 방법이 좀 다르군. 하긴 사실 나도 좀 그랬어.

의사이면서 꽤 정평이 있는 중앙 문학지에 시인으로 등단까지 한 김 과장을 빗대어 내가 시니컬하게 말했다. 그러나 김 과장은 내 태도에는 아랑곳하지 않고 여전히 심각한 표정으로 추궁하듯이 물었다.

— 그리고 그애 아버지가 폭풍우 속에서 아이들을 구했던 얘기도 들었지?

— 그래, 그런데 그 일이 이 일과 무슨 상관이야? 하긴 만약 내가 그런 절박한 상황에 처했더라면 어땠을까 하는 생각은 들더라.

— 그렇지? 너도 이미 알겠지만 그 환자, 아니 그애 아버지가 조금이라도 소생할 가능성이 있었다면 내가 너에게 보내지 않았을 거야. 내 사비를 들여서라도 살려 보려고 했을 거야. 이제까지 생명을 유지하고 있다는 것만도 정말 기적이지.

김 과장이 자작으로 소주 한 잔을 다시 마시고는 정색을 하고 이어 말했다.

— 아이들과 하나가 되어 해적놀이를 하는 것은 그렇다고 하더라

도, 너라면 어쨌겠어? 천둥 번개가 내려치고 험한 파도가 몰아치는 그런 절박한 상황에서, 제 아들은 제쳐두고 남의 자식부터 먼저 구했을까? 제 생명을 걸고 말이야. 그런 일은 보통 사람들이 할 수 있는 일이 아니야. 그런 점에서 그애의 아버지는 이 시대의 의인이라 할 만해. 의사자로 지정해 달라고 나라에 신청해도 누가 뭐랄 사람이 있겠어? 그런데 이 사회는 그애 아버지에게 아무런 관심도 가지지 않았어. 만일 그애의 아버지가 외딴 섬의 보잘것없는 어부가 아니었다면 어땠을까? 분명 달랐겠지. 그런 의로운 일을 한 사람에게 눈길조차 주지 않는 이 사회, 그래서 나라도 관심을 가져 주고 싶었어. 내 모든 의학 지식과 경험을 동원하여 그 사람을 살려 내고 싶었어. 난 정말 그애 아버지에게 최선을 다했다고 자부한다. 그런데 불가능이었다. 그래서 죽음만은 고귀하게 맞게 해주고 싶었다. 구차한 변명 같지만, 그 죽음의 장소로 내가 선택한 것이 네 병원의 그 알량한 VIP실이었고. 그곳에서 의인의 죽음을 맞게 함으로써 그 병원에 죽치고 앉아 있는 그 속물들과 돈벌레 원장에게 그 사람의 고귀한 희생정신을 보여주고 싶었어. 그애 아버지의 영혼이 그 속물들에게 스며들어 조금이라도 그들의 영혼이 정화되게 말이야. 그애 아버지는 그 VIP실에서 임종을 맞을 충분한 자격이 있다고 생각되지 않아?

　의사로서는 드문 시인의 감수성을 가졌을 뿐만 아니라 사적인 술자리에서 반 농담으로 자칭 '21C 최후의 슈바이처이자 휴머니스트'라고 뽐내기까지 하는 김 과장이었다. 몇 잔 소주와 자기 말에 스스로 도취해 버린 김 과장의 표정이 자못 비장했다.

— 야, 그렇다면 미리 언질이라도 주지 않고?

— 그랬다간 그 돈벌레 원장의 일꾼인 네가 그 환자를 받았겠어? 아마 펄쩍 뛰었을 걸.

— 휘발유 통이니 하는 말도 전부 거짓말이었네.

— 휘발유 통, 허허, 사실 그것은 안타까운 마음에 그애 어머니에게 내가 그냥 해본 소리였어. 병원에서 자꾸 퇴원시키라고 하는데, 나도 이젠 어쩔 수 없다. 이판사판 정 안 되면 휘발유 통이라도 끌어안고 있든가, 아니면 다른 방법을 강구해 보라고 말이야. 병원에서는 계속 환자를 퇴원시키라고 성화고, 내 양심상 끝까지 돌봐 주고 싶은 마음에 불쑥 튀어나온 말이었지. 그런데 진짜로 그렇게 할 줄은 몰랐다. 병원이 발칵 뒤집어졌지.

— 그럼 우리 병원에서의 휘발유 소동은 그때 써먹었던 것을 모방한 것이네. 그애들이 영악하게도 가짜 휘발유 화염병을 들고 감쪽같이 속였어. 그런데? 혹시, 그럼 이것도 네가 시킨 것이 아니야?

— 하하하, 그 얘기 듣고 보니 참 고소하더라.

— 그럼 정말 네가 시킨 거야?

김 과장의 웃음소리에 문득 의심이 든 내가 정색을 하고 물었다. 김 과장이 고개를 흔들며 말했다.

— 아니야. 그건 아니야. 그애를 네 병원으로 데려가면서 무슨 일이 있어도 그 병실에서 나와서는 안 된다는 그런 말을 하기는 했지만, 그런 기발한 방법으로 돈벌레 원장을 골탕 먹일 줄은 상상도 못했다. 내가 기대한 것보다 훨씬 멋진 연극을 했어. 하하하, 정말 감동적인 연극이었어.

김 과장이 약 올리듯이 다시 한 번 껄껄 웃으며 술을 마시고는 잔을 내게 내밀었다. 내가 말했다.

— 그런데 그런 기발한 발상을 아이들만의 생각으로 한 것은 분명 아닐 테고, 물론 그 어머니겠지? 영악한 그 여자가 지금도 뒤에서 조종하고 있다는 생각을 하면 머리끝이 쭈뼛해.

— 아니야. 그 아이의 어머니가 아니야.

김 과장이 확신하는 어조로 말했다.

— 아니라면? 정말 그 어린 애들이 스스로 한 일이란 말이야? 말이 되는 소리를 해야지.

— 아이의 어머니와 항상 함께 있는 남자가 있었어. 그 아이의 말로는 스미 아저씨라고 했어. 내가 강제 퇴원 얘기를 꺼내자 너도 알 만한, 언론에 자주 오르내리는 서울의 모 변호사 이름을 대더라. 그리고는 대뜸 그 변호사 사무실에서 근무했던 자기의 경력을 내세우며 은근히 협박을 했어. 만약 자기들의 의사에 반하여 강제 퇴원시킨다면 그냥 있지 않겠다고. 고소, 고발은 물론이고 소송도 불사하겠다고 말이야. 사람이 얕고 경박해 보였어. 우리 병원에서의 휘발유 통 사건이나 네 병원에서의 화염병 사건은 모두 그자의 머리에서 나온 걸 거야.

— 그럼 그자가 지금도 뒤에서 아이와 어머니를 조종하고 있다는 말이야? 아이고, 골치야.

— 뭐 그렇기야 하겠어? 그 아이의 여선생이 와서 해결했다며?

— 해결은 무슨? 여전히 죽치고 앉아 있는데. 그래 네 의도대로 되고 보니 속이 후련하냐? 슈바이처 선생님.

— 그럼, 후련한 게 다 뭐야. 통쾌하다, 통쾌해. 하하하.

그렇게 말하면서 일부러 큰소리로 호탕하게 웃었지만, 김 과장 역시 내 걱정에 어느 정도 공감하는 모습이었다. 자신도 예상하지 못한 사태의 진전에 미안해하면서도, 그러나 김 과장은 휴머니스트다운 자신의 생각을 진지한 표정으로 말했다.

— 뭐, 미리 걱정할 필요는 없지 않겠어? 그것보다도 야, 나 너에게 진심으로 부탁한다. 그애 아버지, 네 병원, 그것도 제일 좋은 그 특실에서 고귀한 임종을 맞도록 해주자. 그곳에서의 임종이 그애 아버지가 진심으로 원하는 그런 임종의 장소인지는 잘 모르겠지만, 그렇게라도 해야 그 고귀한 생명을 살려 내지 못한 내 죄책감이 조금이라도 덜어질 것 같다.

— 고귀한 생명? 내 참……, 자칭 슈바이처다운 발상이네.

나는 현실과는 전혀 동떨어진 김 과장의 말에 시니컬하게 말하고는 술잔을 비웠다. 나의 그런 태도에 다소 머쓱해질 만한데도, 김 과장은 나를 빤히 바라보면서 여전히 정색한 얼굴로 말했다.

— 내가 이런 생각을 하게 된 것은 그애 아버지가 폭풍우 속에서 아이들을 구했다는 단지 그 이유 때문만은 아니야. 너 혹시 그애 아버지가 쓴 비망록을 본 적 있어? 일기장 같은 노트야.

— 그건 또 무슨 소리야?

— 아마, 그애가 가지고 있을 거야. 그애에게 아버지의 노트를 한번 보여 달라고 해봐. 그애 아버지가 그 섬에 온 날부터 대학노트에 일기 형식으로 쓴 글이야. 아마 출판을 염두에 두고 저술하던 것 같았어. 그 비망록을 보고 나면 너도 내 마음을 이해할 수 있을 거야.

그애 아버지는 단순한 어부가 아니었어. 현실과는 좀 동떨어진 사람이라고 할 수도 있겠지만, 그 사람은 의인인 동시에 선각자이기도 했고, 또 시인이기도 했어. 아름답고 슬픈 환상적인 시어를 구사하는 서정 시인이라 할 만했어. 그 사람은 어쩌면 이런 물질만능주의 시대에서 우리의 영혼이 꼭 필요로 하는 그런 사람이었는지도 몰라. 아니, 그런 사람이었어. 우리는 그 사람을 잃음으로써 우리의 영혼이 안식을 얻을 수 있는 유토피아 하나를 잃어버린 거야. 안타까운 일이지.

김 과장이 진지한 표정으로 말하고는 고개를 들어 물끄러미 천장을 바라보았다. 그런 김 과장의 표정에는 자못 비장미가 서려 있었다. 그러나 김 과장의 그런 엄숙한 감정에 동화되지 못한 나는 여전히 자못 냉소적인 웃음을 입가에 떠올렸다. 그런 내 태도는 모른 체한 채 김 과장이 시선을 내려 다시 술잔을 들어 마셨다.

— 자, 마셔.

잔을 단숨에 비운 김 과장이 안주도 먹지 않고 내게 잔을 내밀어 술을 권했다. 김 과장이 따라 주는 술을 마신 내가 말했다.

— 비망록? 선각자? 유토피아? 무슨 뜬금없는 거창한 소린지는 잘 모르겠지만, 그런 것이 있다고 하니 내 한 번 물어보기는 하지.

나는 일부러 건성으로 말했다. 그것보다 나는 그때까지도 아이의 어머니가 왜 나타나지 않고 있는지가 더 궁금했다. 어쩌면 김 과장은 아이 어머니의 행방을 알고 있을지도 모른다는 생각이 들었다. 나는 의심스런 눈초리로 김 과장을 바라보며 물었다.

— 그런데 애 어머니가 아직도 나타나지 않아. 혹시 애 어머니를

네가 감춰 두고 있는 것 아냐?

— 그게 무슨 소리야?

김 과장이 깜짝 놀란 표정으로 말했다. 그러면서 정말 믿기지 않는다는 표정으로 나를 바라보며 정색을 하고 물었다.

— 정말 아직도 나타나지 않았어? 그건 정말 이상한데?

— 너 또 날 속이는 것은 아니지?

— 무슨 소리야? 속일 게 따로 있지.

그때까지 자못 냉소적인 내 태도에도 지그시 참고 있던 김 과장이 벌컥 화를 내며 큰소리로 말하는 바람에 나는 머쓱해지고 말았다. 얼굴까지 붉히는 김 과장의 태도로 보아 내 추측은 틀린 것 같았다. 나는 미안한 표정으로 웃으면서 화제를 돌렸다.

— 아, 미안, 그런데 오늘 내가 그애에게 황당한 약속 하나를 했다.

— 황당한 약속이라니?

잔뜩 화가 나서 그 사이에 잔을 비운 김 과장이 자기도 미안했던지 표정을 누그러뜨리며 안경을 치켜 올리고 나를 바라보며 말했다.

나는 '째깍째깍' 소리 나는 시계를 구해 달라는 소년의 진지한 표정을 떠올리며, 병원에서 소년과 한 약속을 얘기했다.

— 하하하, 그것 참 아름다운 약속이네. 이제 너도 휴머니스트 반열에 올려도 될 것 같다.

내가 얘기하는 동안에 완전히 화가 풀린 김 과장이 박장대소하며 말했다.

— 그런데 '째깍째깍' 소리 나는 시계를 어디서 구하지? 요즘은 모두 전자시계라 그런 소리가 나지 않잖아. 옛날 태엽을 감아 돌리는

그런 시계라야 할 것 같은데. 야야, 우리 지금 이렇게 술추렴이나 하고 있을 시간이 아닌 것 같다. 시내 골동품상을 모조리 뒤져서라도 '째깍시계'를 찾아내자.

김 과장이 호기롭게 일어서며 말했다. 우리는 술기운 반, 장난 반, 그런 마음으로 '째깍시계'를 찾아 나섰다. 택시를 타고 다니면서 골동품점이나 고가구점 등 몇 군데를 뒤져도 그런 시계는 찾을 수 없었다. 시간은 이미 밤 11시가 넘어가고 있었다. 이제는 그런 가게도 모두 문을 닫은 시간이었다. 결국 시계를 찾지 못한 우리는 다음날 각자 시계를 찾아보기로 했다. 어딘지도 모른 채 시내를 휘젓다시피 돌아다니다가 지친 우리가 서 있는 곳은 어느 민속주점 앞이었다.

— 야, 저기 가서 목이라도 축이고 가자.

내가 말했다. 우리는 그 민속주점 안으로 들어섰다. 황토벽을 칠하고 통나무로 의자를 만든 민속주점 의자에 앉아 실내를 두리번거리던 김 과장이 주점 안 구석 선반을 가리키며 소리쳤다.

— 야, 저길 봐.

나는 김 과장이 가리키는 선반을 바라보았다. 그 선반 위에 우리가 그렇게 찾아 헤매던 '째깍시계'가 스무 개나 넘게 다양한 종류와 크기별로 나란히 진열되어 있었다. 민속주점 특유의 고풍스런 멋을 살리기 위한 실내 장식용이었다. 우리는 주점 주인에게 신분을 밝히고 사정사정하여 다시 반납한다는 조건으로 그 중에서 제일 큰 '째깍시계' 하나를 보증금을 맡겨 두고 빌렸다. 발이 네 개 달린, 가로 지름 20cm 정도 크기의 타원형 탁상용 괘종시계였다. 다행히 풀려 있던 태엽을 감자 시계는 '째깍째깍' 소리를 내며 움직이기 시작했다.

김 과장이 말하는 고귀한 임종이란 어떤 것인가? 그러한 임종을 위한 죽음의 방식은 어떤 것이어야 하는가? 집으로 돌아온 내 머릿속은 술기운으로 빙빙 돌고 있었다. 그 어지러운 머릿속에서 이제까지는 그저 관념 속에서만 머물고 있던 탄생과 소멸, 생명과 죽음의 존엄성이란 근본적인 문제에 대한 정제되지 않은 자각이 꿈틀꿈틀 자라나고 있었다.

다음 날 아침 '따르르릉' 시계소리가 울렸다. 어제 저녁 시험삼아 일어날 시간에 맞춰 놓은 '째깍시계'가 제대로 작동한 것이었다. 머리가 무거웠지만 나는 즐거운 마음으로 시계를 챙겨 집을 나섰다. 출근하자마자 병실에 들어선 내가 시계를 건네자 소년이 눈을 동그랗게 떴다. 곧바로 침대 머리맡에 시계를 놓은 소년이 외쳤다.

— 후크 선장, 눈을 떠! 시계소리가 들리지 않아? 후크 선장 눈을 떠! 악어가 다가오고 있어! 악어가!

그것이 무의미하다는 것을 알면서도 나는 그만 콧날이 시큰해졌다.

후크 선장의 토끼풀 농장

간호사들 말로는 그날 이후 하루 중 낮이나 밤 어느 때고 불시에 시계가 '따르르릉' 하고 울렸고, 그때마다 소년은 눈을 동그랗게 뜨고 아버지의 반응을 살폈다고 했다. 특히 새벽에는 반드시 시계가 울렸고, 이때까지 아버지의 머리맡에 엎드려 있던 소년은 후다닥 잠에서 깨어나 제일 먼저 아버지의 안색부터 살펴본다는 것이었다. 그러나 환자의 상태는 점점 더 악화되고 있었다. 이제는 합병증으로 생긴 폐렴 증세가 더욱 악화되어, 환자의 목에서는 끊임없이 가래 끓는 소리가 났다. 시계소리에 기대를 걸고 있었던 소년의 표정도 점차 어두워져 갔다.

— 선생님, 아무래도 시계소리가 작아서 아빠가 듣지 못하는 것 같아요.

— 그래, 그럴 수도 있겠지.

터무니없다는 것을 알면서도 나는 애처로운 마음에 소년의 말에 수긍했다.

— 선생님, 죄송하지만 시계가 몇 개 더 있으면…….

— 그래, 알았다.

그날 퇴근길에 나는 다시 그 민속주점을 찾아갔다. 민속주점 주인이 이상한 듯이 나를 보았다. 나는 주인에게 자세한 사정을 말하고 시계 값에 해당하는 돈을 맡기고 또 반드시 반환하겠다는 각서까지 쓰고, 진열되어 있는 시계 중에 작동이 되는 다섯 개를 또 가져왔다. 간호사들 말로는 소년은 그 시계를 한꺼번에 울리기도 하고 연속으로 계속 울리기도 하면서, 그렇게 병실을 지키고 있다는 것이었다. 그러나 환자의 상태는 악화 일로였다.

— 선생님, 더 많은 시계가 있어야 후크 선장이 일어날 건가 봐요.

나는 부질없다는 것을 알았지만, 눈물로 그렁그렁거리는 소년의 눈을 외면할 수 없었다. 나는 다시 그 민속주점으로 갔다. 처음에는 반신반의하며 이상하게 여기던 주점의 주인도 내 진심을 이해하고는 이제 돈을 받지도 않고 협조해 주었다. 나는 진열된 시계 중에서 작동이 되는 시계는 모두 가져왔다. 이제 병실에 있는 시계는 모두 열다섯 개나 되었다. 그날 이후 소년의 생활은 오직 시계에 매달려 있었다. 시계 열다섯 개의 태엽을 한꺼번에 감아 환자의 머리맡에 모두 모아 놓고 '째깍째깍' 소리가 합창처럼 들리게 하는가 하면, 각 시계가 '따르르릉', '따르르릉' 순차적으로 울리게 하는 경우도 있었다. 어떤 때는 시계 소리가 한 시간 넘게 계속 울리기도 했다. 소년이 하는 일은 오직 풀린 시계 태엽을 돌아가며 감는 일이었다. 병실은 시계소리로 요란했고, 그런 시계소리를 듣는 내 가슴은 그저 안타까울 뿐이었다. 간호사들의 눈도 붉게 젖어 가고 있었다.

그런 상태로 열흘이 지난 목요일 오후였다. 진료실에 있는데 원장이 직접 전화를 했다.

— 박 과장, 퇴근하기 전에 내 방에 좀 들러 주게.

오늘도 같은 문제 때문이겠지, 하는 심드렁한 마음에 퇴근시간이 임박해서야 나는 내키지 않는 걸음으로 원장실로 갔다.

— 박 과장, 오랜 만에 차나 한 잔 하려고 불렀네.

내가 들어서자 무슨 바람이 불었는지 원장은 앉아 있던 책상에서 벌떡 일어나 반갑게 마중까지 나오며 싹싹하게 굴었다. 예상과는 달리 원장의 얼굴은 의외로 밝았다.

— 지난번에는 본의 아니게 마음에도 없는 말을 했네. 내가 유독 아끼는 난 때문에 화를 참지 못해서 그런 것이니 이해하게.

평소답지 않았다. 간호사나 다른 아랫사람에게 결코 자신의 잘못을 인정하지 않는 원장이었다. 그것은 나에게도 마찬가지였다. 그런 원장이었기에 나는 달라진 원장의 태도에 오히려 불안감을 느꼈다. 나는 그런 원장의 태도에 소파에 앉지도 못한 채 엉거주춤 서 있었다.

— 이 사람, 그렇게 서 있지 말고 이리 와서 앉게.

원장이 정수기에서 직접 뜨거운 물을 받아 녹차 티슈를 넣은 종이컵 두 개를 양손에 하나씩 들고 먼저 소파에 앉으며 말했다. 나는 원장의 맞은편 소파에 앉았다. 원장이 종이컵 하나를 내 앞에 놓으며 말했다.

— 왜, 지난번에 정 씨가 토끼풀 얘기를 하지 않았나?

— 예, 그랬었지요.

나는 원장이 무슨 얘기를 꺼내려고 하는지 종잡을 수 없어 그냥 무덤덤하게 말했다.

— 그때는 그 얘기를 그냥 흘려듣고 말았는데, 뒤에 곰곰 생각해 보니까 말이야. 정 씨가 했던 말이 영 틀린 것은 아닌 것 같아.

원장의 말은 더욱 아리송했다. 원장이 차를 한 모금 마시고 계속 말했다.

— 내가 알아보았는데 말일세. 박 과장의 그 환자 말이야. 그 환자가 사는 섬을 토끼섬이라고 하더라고. 그런데 말이야. 불과 10여 년 전까지만 해도 그 섬에는 우리 자생 춘란이 지천으로 널려 있었다고 해. 그 섬의 야산에 춘란이 하도 많아, 그 섬에 사는 사람들이 그것을 토끼풀이라고 했다는군.

그 환자와 토끼섬, 그리고 춘란春蘭, 이것이 무슨 연관이 있다는 말인가? 나는 그때까지도 원장이 하는 말을 선뜻 이해할 수 없어 아무 말도 하지 않았다. 원장이 계속 말했다.

— 박 과장, 왜 얼마 전에 정 씨가 말하지 않았나? 온실 유리를 깬 그 꼬마가 후크 선장 집에 가면 토끼풀이 가득 있다고. 그리고 박 과장의 그 환자가 바로 후크 선장이고. 어때?

원장이 종이컵의 녹차를 한 모금 마시고 은근하게 권했다.

— 박 과장, 내일 모레 토요일에 우리 그 섬에 한 번 가보자고. 그 섬에 있는 환자의 집에 한 번 가보자는 말일세. 오랜만에 낚시도 하고 머리도 식힐 겸 해서 말이야. 내 원무과장에게 준비해 두라고 미리 시켜 놓았네. 혹시 아나? 기왕에 받지 못할 병원비인데, 그 환자의 집에 괜찮은 난이라도 있을지? 난에 대해 아무것도 모르는 촌사람들이 의외로 명품을 키우고 있는 경우가 종종 있다니까. 그것이 난인 줄도 모르고 말이야.

결국 원장이 나를 불러 싹싹댄 것은 받지 못할 병원비 때문이었다. 그 환자가 병원비를 댈 만한 경제력이 없을 것은 뻔하고, 혹시 그 환자의 집에 괜찮은 난이라도 있다면 그것이라도 가져와 병원비에 벌충해 보겠다는 심산이었던 것이다. 난에 대하여 문외한인 나를 굳이 그 섬에 데려가겠다는 것은 아무도 없는 환자의 집에서 난을 가져와야 할 경우, 담당 의사인 나를 끌어들여 절도의 공범으로 삼겠다는 말에 다름 아니었다. 원장의 숨은 의도가 눈에 뻔했지만, 나는 그 제안을 거부하지 못했다. 비록 김 과장에게 속아서 그랬던 것이지만, 어쨌든 그런 빈털터리 환자를 VIP실에 들여 놓은 것은 결국 내 책임이었기 때문이었다.

토요일 아침, 이제 가을로 접어들기 시작하는 날씨는 쾌청했다. 우리는 병원에서 원무과장이 운전하는 차를 타고 섬으로 출발했다. 병원비 문제로 이미 두 번이나 그 섬에 다녀온 적이 있는 원무과장이었다. 병원에서 섬으로 가는 여객선 선착장이 있는 해안 마을까지는 30분 정도 걸렸다. 우리는 선착장 근처 해안 공터에 차를 주차해 두고 막 섬으로 떠날 채비를 하는 여객선에 올랐다. 선착장에서 섬까지는 승객들이 내리고 타는 시간까지 포함하여 약 20분 정도가 걸렸다. 섬에 내린 우리는 오른쪽에 있는 넓은 마을길을 거치지 않고, 왼쪽으로 난 좁은 들길을 따라 모래사장이 보이는 해안을 향해 걸어갔다. 우리와 함께 배에 탔던 낚시꾼 차림의 다른 십여 명은 다른 섬에 가려고 하는지 내리지 않았다. 이른 아침 토끼섬에 내린 사람은 우리들뿐이었다. 원무과장이 무거운 낚시 장비를 혼자 어깨에 울러 메고 앞장서서 걸으며 길을 안내했다. 해안 모래사장 근처에까지 와서 마을 쪽을 바라보니 마을 뒤편 언덕 위에 아이들의 섬마을 분교가 보였다. 나는 문득 그 여선생을 생각했다. 후크 선장의 집에서 난을 절취해 갈 목적으로 낚시꾼으로 가장하고 섬에 온 우리를 그 여선생이 어떻게 생각할까? 나는 속으로 실소를 금치 못했다.

─ 위에 있는 저 집이 환자의 집입니다.

원무과장이 마을 왼쪽 모래사장 위 언덕 위에 외따로 서 있는 빨간 벽돌집을 손으로 가리키며 말했다. 멀지 않은 거리였다. 해안에서 걸어서 5분도 채 걸리지 않을 것 같았다. 그 벽돌집 왼편에 검은 차양을 친 창고 같은 비닐하우스 한 동이 보였다.

─ 낚시터는 저쪽 갯바위 쪽이 좋습니다.

원무과장이 시선을 돌려 모래사장 왼쪽에서 이어지는 갯바위 해안을 손으로 가리키며 말했다. 모래사장 왼쪽 끝에 툭 돌출해 있는, 소년의 아버지가 사고를 당했다는 토끼머리 바위가 보였다. 토끼머리 바위에 석부 분재처럼 고고하게 서 있는 소나무는 소년의 아버지의 사고는 아랑곳하지 않고 여전히 초연한 자세로 서서 바다를 굽어보고 있었다. 토끼머리 바위섬 입구 해안을 지나쳐 첫 번째 갯바위 절벽 위에 이른 원무과장이 낚시 가방에서 릴 등 장비를 꺼냈다.

─ 원무과장, 먼저 저 집에 한 번 가보지.

애당초 낚시보다는 난을 목적으로 섬에 온 원장이었다. 원장이 그새를 참지 못하고 성화를 부렸다. 우리는 낚시 장비는 그대로 갯바위에 두고 소년의 집으로 갔다. 사고가 난 이후 소년이나 그 어머니도 병원에서 주로 생활했기 때문인지 집은 폐가처럼 방치되어 있었다. 마당에는 그곳에 놓인 나무 평상을 덮을 정도로 잡초가 무성하게 자라 있었다. 담벼락 아래에 진열된 분재나 분경도 대부분이 말라 죽어 있었고, 화분 안에도 잡초가 수북하게 자라 있었다. 이런 잡초 더미 속에서 난을 찾는다는 것은 불가능할 것 같았다.

― 저게 난실인 것 같아.

원장이 집 왼편에 있는, 검은 차양이 쳐져 있는 비닐하우스를 손으로 가리키며 말했다. 원무과장이 먼저 풀숲 마당을 가로질러 비닐하우스 쪽으로 걸어가며 길을 내고, 원장과 내가 뒤따랐다. 대충 눈짐작으로 150평방미터 정도 될 것 같은 직사각형 비닐하우스였다. 사람이 드나드는 두 개의 미닫이 함석 출입문에 달려 있는 자물쇠는 열린 채 쇠고리에 걸려 있었다. 비닐하우스 가로 벽체에 뚫어 놓은 몇 개의 여닫이 환기창은 장석을 박은 나사못 몇 개가 빠진 채 덜렁거리며 매달려 있었다.

우리는 안으로 들어섰다. 천장에 포개어 덮은 비닐, 카시미론 담요 및 검은 차양은 낡아서 군데군데 구멍이 뚫려 말간 하늘이 보였고, 농사용 담요를 깔아 놓은 통로 바닥에는 고사리 같은 양치류 식물이 군데군데 무더기로 자라 있었다. 통로에 자라 있는, 양치류가 아닌 몇몇 이름 모를 잡초 중에는 차양 그늘 때문에 웃자라 끝이 천장에까지 닿아 있는 것도 있었다.

비닐하우스 안에는 폭 2m, 길이 10m 정도의 평상처럼 만들어진 허리 높이의 직사각형 나무틀 진열대 네 개가 설치되어 있었다. 화분은 밑이 뚫린 이 진열대에 세로로 촘촘하게 지른 각목 사이 공간에 화분귀가 걸려 진열되어 있었다. 네 개의 진열대에 걸려 있는 화분의 수만 해도 족히 수백 개는 넘을 것 같았다. 크기와 형태도 다양했다. 큰 타원형 받침대 위에 놓인 수석에 버금가는 돌과 그 돌에 심어 놓은 풍란이나 석곡 등 석부작도 있었다. 고목의 뿌리에 풍란이나 석곡을 심어 놓은 목부작도 있었다. 이에 비하면 원장이 옥상정원 유리 온실에서 키우고 있는 난은 오히려 초라하다 할 만했다. 후크 선장의 집에 토끼풀이 가득 있다는 존과 마이클의 말은 모두 사실이었던 것이다.

그러나 화분에 있는 난이나 석부작, 목부작의 난들은 이미 바짝 말라 죽어 있었다. 난석蘭石만 들어 있고 정작 난이 심겨져 있지 않은 화분들도 많았다. 이런 화분은 우리보다 먼저 이곳에 들어온 누군가가 또는 소년이 스미 아저씨라고 한 사람이 뽑아가 버렸을 수도 있다는 생각이 들었다. 화분이 바닥에 떨어져 깨어진 채로 말라 죽은 것들도 많이 있었다. 거의 모든 화분의 가장자리에는 하얀 팻말 이름표가 꽂혀 있었는데, 그 팻말에는 소심, 복륜, 주금화, 자화, 황화, 복색화, 호, 서반, 중투, 단엽 같은 난의 특징을 나타내는 다양한 이름 아래 그 난을 채집한 연월일과 장소가 적혀 있었다. 바닥에 떨어져 깨어진 화분에도 팻말이 함께 뒹굴고 있었다. 이로 미루어 소년의 아버지 또한 원장과 마찬가지로 난에 대하여 상당한 조예가 있었다는 것을 알 수 있었다. 아니, 어쩌면 소년의 아버지 후크 선장은 누구에게도 못지않은 자생 춘란 전문가였을지도 몰랐다. 이 난실의 난들은 그가 어렵게 채집하여 정성들여 키운 난이었을 것이다. 그러나 이 난은 그의 사고와 더불어 관리는 고사하고 물조차 주지 않아 모두 말라 죽어 버린 것이었다.

그것을 보는 원장이 연방 땅이 꺼져라 한숨을 푹푹 내쉬었다. 난에 대하여 전문가 수준의 식견과 미감을 가진 원장의 눈에는 팻말에 적혀 있는 난의 이름과 말라 있는 잎의 형태와 무늬만으로도 그 난들이 얼마만 한 가치를 가지고 있는지 짐작하는 것 같았다. 말라 죽어 버린 난을 하나하나 점검하듯 바라보면서 원장은 애끓는 탄식만 푹푹 내쉬었다. 난 애호가인 원장으로서는 정말 애통하다 못 해 절통한 일이 눈앞에 벌어져 있었던 것이다.

그러나 원장의 한숨소리가 이미 죽어 버린 난을 되살려 낼 수는 없는 일이었다. 우리는 아무 소득 없이 난실을 나오지 않을 수 없었다. 원무과장과 원장이 먼저 난실을 나가고 마지막으로 내가 나오면서, 나는 무심코 고개를 돌려 다시 한 번 난실 안을 빙 둘러보았다. 뚫어진 천장 한 곳을 투과한 한 줄기 햇살이 구석진 왼쪽 모서리에 레이저 광선처럼 내리꽂히고 있었다. 차양에 가려 응달진 곳이지만, 뚫어진 천장을 통하여 햇볕이 그곳에까지 닿고 있었다.

나는 순간적으로 그 빛에 눈이 부셨다. 아마 찰나의 환영이었을 것이다. 나는 그 빛 속에서 응당 병원 침대에 누워 있어야 할 후크 선장의 모습을 보았다. 후크 선장은 파란 플라스틱 물뿌리개로 구석진 그 자리에 물을 주고 있었다. 나는 고개를 흔들어 후크 선장의 환영을 지워 버리고 부신 눈을 가늘게 떴다. 순간 그 모서리에 자라난 고사리 같은 양치류 식물 더미 속에서 누렇게 쭉 뻗어 있는 풀잎 가닥들이 보였다. 예사롭지 않았다.

— 원장님, 저것도 난이 아닙니까?

내가 원장의 등 뒤에 대고 말했다. 원장이 발을 멈추고 뒤돌아왔다.

— 저기를 한 번 보십시오.

— 어디?

내가 모서리에 나 있는 풀잎 가닥을 손가락으로 가리키자, 원장의 시선이 내 손끝을 따라왔다.

— 아니, 저것은?

원장이 말하고는 빠른 걸음으로 그곳으로 갔다. 나도 원장을 따라갔다. 그 모서리에는 난석이 수북하게 쌓여 있고, 난석 위에 귀가 깨어져 나간 투박한 화분 두 개가 허리와 발이 동강난 채 너부러져 있었다. 난석 아래에서 자라난 음지 양치식물이 수북하게 자라 있는 가운데 그 양치식물과 선명하게 구별되는 누른 풀잎 가닥들이 힘차게 위로 쭉 뻗어 솟아 있었다. 난에 대해서 잘 모르는 내가 얼핏 보아도 그것이 단순한 풀잎이 아니라는 것은 대번에 알 수 있었다.

그것은 살아 있는 난이었다. 비닐하우스의 구석진 모서리에 갇힌 채 비바람도 맞지 않아 잎의 형태나 무늬도 티끌 하나 없이 튼실하고 깨끗했다. 아마 우리보다 먼저 이 난실에 들어왔던 누군가가 이미 말라 죽은 것으로 알고 진열대에 걸려 있던 난 화분을 화분째로 그곳 모서리로 던져 버렸고, 이렇게 방치된 난이 뚫어진 천장에서 내린 빗물과 바닥의 습기를 먹고 다시 살아난 모양이었다. 다른 난처럼 이 난도 진열대 위에 걸려 있었다면 말라 죽는 운명에서 벗어나지 못했을 것인데, 하늘이 이 난을 살려 낸 모양이었다. 그 난을 바라보는 원장의 동공이 등잔만 해지고, 입에서는 연방 아아, 하는 감탄사가 터져 나왔다.

원장이 주변의 웃자란 양치식물과 난석을 조심스럽게 걷어 내고 난을 채집했다. 행여 뿌리 하나라도 다칠까봐 원장의 손길은 마치 정교한 수술을 하는 외과의사의 손처럼 더없이 조심스러웠다. 난은 두 포기였고, 각 포기는 세 촉이었다. 원장은 이 난을 진열대 위에 있는 빈 화분 —이 화분은 다른 화분에 비해 유난히 투박하고 볼품없어 보였다. 원장은 이 화분을 통풍이 잘되도록 초벌구이만 한 낙소분이라고 했다— 두 개에 포기별로 따로 심었다.

나는 원장이 화분에 심어 놓은 그 난을 자세히 살펴보았다. 밑동에서부터 잎이 노랗게 물들어 위로 뻗어가면서 중앙은 노랗고 가장자리는 파랗게 테두리가 쳐져 있었다. 그리고 더욱 특이한 것은 중앙의 노란 무늬에 밑동 1cm 지점에서 시작하여 대나무 마디처럼 생긴 혹갈색의 무늬가 규칙적인 간격으로 새겨져 있다는 것이었다. 그것은 난에 문외한인 내가 얼핏 보아도 예사롭지 않은 형태와 품격을 나타내고 있었다.

원장이 신주 모시듯 조심스럽게 화분을 안고 나왔다. 원장은 얼마나 흥분했는지, 고개를 젖히고 하늘을 우러르며 다시 한 번 아아, 하는 감탄사를 발하며 상체를 부르르 떨었다. 원장은 이제 낚시는 아예 안중에도 없었다. 토끼섬을 떠나는 여객선이 오후에야 있다는 원무과장의 말에 원장은 곧바로 휴대전화로 114에 물어 낚싯배 한 척을 대절하여 불렀다. 우리는 여객선 선착장이 아닌 토끼머리 바위 해안까지 온 그 낚싯배를 타고 서둘러 토끼섬을 나왔다. 물론 바닷물에 낚싯대 한 번 담가 보지도 못한 채였다.

그러나 정말 나를 깜짝 놀라게 한 일은 그로부터 이주일이 지난 토요일 밤에 일어났다. 그날 저녁을 먹은 후 아파트 서재에서 책을 보고 있는데, 혼자 거실에서 TV를 보고 있던 아내가 들어와 TV 방송에 원장이 출연했으니 한 번 보라는 것이었다. 별로 내키지 않았지만 원장이 나왔다는 말에 나는 거실로 나갔다. 그 프로그램은 C시 지방 방송이 자체 제작한 대담 프로였다. 도내의 지방 명사들과 그들이 개인적으로 아끼는 골동품이나 특별한 소장품을 함께 소개하는 지역문화 프로그램이었다. 도내에서 행세깨나 한다는 사람들이 자신의 특별한 소장품을 갖고 출연하고, 그 분야의 전문가들이 나와 그 소장품이 진품인지 아닌지를 감정하고 가격을 매겨 보는 '진품명품' 같은 프로그램이었다.

촬영 장소는 의외로 방송국의 스튜디오나 병원이 아닌 원장의 개인 아파트 거실이었다. 진행자인 여자 아나운서가 배경 없는 화면에 먼저 나와 원장의 간단한 프로필과 함께 원장을 소개하고, 다시 화면이 바뀌어 원장의 아파트 거실 소파에 앉은 진행자와 원장 사이에 C시에서의 의료사업을 통한 원장의 희생적인 지역봉사 활동 운운하는 입에 발린 덕담 수준의 대담이 오고 갔다. 그런 입에 발린 지역봉사 운운하는 것이 실은 본색을 감추고 더 많은 돈을 벌기 위한 원장의 간접 광고일 뿐이라는 것을 아는 나는 슬며시 짜증이 나기 시작했다.

드디어 진행자가 원장이 특별히 아끼는 소장품을 소개했다. 화면에 비친 것은 미니 온실처럼 생긴 직육면체 장치 안에 들어 있는 난 화분 하나였다. 난이 들어 있는 그 직육면체 장치는 온도와 습도는 물론이고 항균 및 자동 통풍 기능까지 갖추고 있는 특수한 장치라고 원장이 직접 부연 설명을 했다. 그 특수 장치의 값만도 상당한 금액에 이른다고 했다. 특별히 이번 회 방송을 방송국 스튜디오가 아닌 원장의 개인 아파트 거실에서 진행하게 된 것도 이 특수 장치

안에 든 난이 외부에 노출되면 균에 감염되는 등 위험해질 수 있기 때문이라고 했다. 그러나 일부러 시청자의 궁금증을 유발하기 위해서인지, 그 장치 안에 있는 화분의 자세한 모습은 보여주지 않고 있었다.

이 난의 감정을 위하여 무슨 난사랑 협회 회장이라는 사람과 그 비슷한 명칭의 사무국장이라는 사람, 그리고 평생 우리 춘란 연구에만 전념하고 있다는 백발의 농학박사 한 사람이 나왔다. 진행자의 질문에 따라 원장과 이들 세 사람 사이에 그들의 고상한(?) 취미 생활인 난에 대한 대담이 시작되었다. 한국 춘란이 일본 난이나 중국 난에 비해 예술적 가치에서 우수한 점, 우리 춘란의 특징에 따른 명칭 등이 소개되고, 그 대담과 관련된 난 사진이 화면에 소개되기도 했다.

마지막으로 원장이 가장 아끼는 소장품이라는, 특수 장치 안에 든 난이 큰 화면으로 나타났다. 순간 나는 그 난을 한눈에 알아보았다. 그것은 분명 이주일 전 토끼섬의 후크 선장 난실에서 가져온 그 난이었다. 다만 그때 토끼섬에서 임시로 심은 투박한 낙소분이 아니라, 승천하는 용의 무늬가 상감 기법으로 새겨진 고급 도자기 같은 사기 화분에 심겨져 있는 것만 달랐다. 감정을 위하여 나온 세 사람은 하나같이 밑동에서부터 중투로 솟아오른 잎의 장엄한 기세와 푸른 중압호의 절제미, 중투에 새겨진 대나무 마디 무늬의 고절한 품격 운운 하면서, 그 난은 가히 최고의 명품이라 할 만하다고 입을 모았다. 그리고는 가격을 묻는 진행자의 마지막 질문에, 만약 그 난이 경매에 붙여진다면 낙찰가는 최소한 억대가 넘는 가격이 될 것이라고 장담했다.

　나는 그 말을 듣고 그만 입이 쩍 벌어지고 말았다. 처음 그 난을 보고 흥분하여 연방 감탄사를 내지르던 원장의 태도를 이해할 만했다. TV에 소개된 그 난 화분 외에도 같은 난 화분 하나가 또 있으니, 원장은 후크 선장의 난실에서 최소한 2억 원을 호가하는 난을 절취한 절도범이고, 그 공범은 바로 나였던 것이다. 그러나 그 공범은 그런 고가의 장물에 묻은 콩고물 하나도 얻어먹지 못한 전혀 실속 없는 공범이었다.

후크 선장의 비밀 일기장

다시 보름여가 지났더라 째깍시계 소리라는 특별하고도 강력한 처방에도 불구하고 상왕 전하의 병세는 더욱 악화되어 가기만 했으니, 등과 엉덩이의 욕창이 짓물러져 닦아 내어도 닦아 내어도 흘러내리는 고름이 멈추지 않더라 더욱 황공한 일은 호스를 통하여 주입되던 음식물이 제대로 섭취되지 않아 오직 링거액에 의존하고 계시는 것은 물론이고 이제는 스스로 숨을 쉬는 것조차 힘든 형국이니, 우리들의 대왕님도 식음을 전폐한 채 오직 수심이 가득 찬 얼굴이라 그 용안을 우러러 뵙기가 참으로 민망하더라 그러나 대왕님은 여전히 희망을 버리지 않고 상왕 전하께서 반드시 쾌차하실 거라고 철석같이 믿고 계시니, 그때까지도 대비마마의 소식은 여전히 알 수가 없더라

─ 어제 밤 아버지는 좀 어떠셨니?

─ 선생님, 눈을 떴어요. 시계소리를 들은 아빠가 한참 동안 눈을 뜨고 절 바라봤어요.

소년이 눈을 반짝이며 말했다.

─ 그래, 다행이구나.

─ 내일 아침 '따르르릉' 소리를 들으면 아빠가 말을 할지도 몰라요.

소년은 기대와 희망으로 가득 차 있었다. 그러나 나는 알고 있었다. 내일이면 저렇게 빛나는 눈은 한층 더 짙은 절망의 빛으로 변할

것이다. 나는 그러한 소년의 눈을 바라보아야 한다는 것이 고통스러웠다. 그런데 다음 날, 소년이 내가 깜짝 놀랄 말을 하는 것이었다.

— 선생님, 어젯밤 아빠가 말을 했어요.

— 뭐라고? 정말이야?

— 예. 분명히 말을 했어요.

— 그럴 리가 있니?

— 입으로는 하지 않았는데, 눈으로 말을 했어요.

그러면 그렇지. 말을 했다는 소년의 말을 반신반의하면서도, 그래도 혹시 모른다는 기대를 하고 있던 나는 눈으로 말을 했다는 소년의 말에 속으로 쓴웃음을 지었다. 그러나 내색할 수는 없었다.

— 그래, 눈으로 말했다고? 정말 다행이구나. 그런데 그걸 네가 어떻게 아니?

— 아빠는 언젠가 바다의 말은 귀로 듣는 게 아니라 마음으로 듣는다고 했어요. 마음을 모으면 느낌이 열리고, 느낌이 열리면 눈이 열린다고 했어요.

— 그것은 아버지가 그냥 해본 소리란다.

— 아니에요. 어젯밤 아빠의 이 말을 생각하고 마음을 모아 봤어요. 그랬더니 아빠가 제게 눈으로 하는 말을 들을 수 있었어요.

— 그래? 아버지가 어떤 말을 했는데?

— 가자고 했어요. 바다로 가서, 함께 해적놀이를 하자고 했어요.

— 움직이지도 못하는 아버지가 어떻게 해적놀이를 한단 말이냐?

— 바다만 있으면 돼요. 바다만 있으면 움직이지 못해도 해적놀이를 할 수 있대요. 아빠가 말했어요. 이제는 알 수 있어요. 느낌으로

눈이 열리고, 제가 크면 그 말을 이해할 날이 올 것이라는 아빠의 말을 알게 되었어요. 이제 집으로 보내 주세요. 아빠가, 바다가 있는 집으로 가자고 했어요.

— 안 된다. 어머니가 오기까지는 안 돼. 어머니도 없는데 너를 보내면 내가 처벌을 받게 돼.

그렇게 또 며칠이 지났다. 소년의 기대와는 달리 환자의 상태는 나날이 악화되고 있었다. 김 과장과 마찬가지로 내가 할 수 있는 일도 더 없었다. 그러나 나는 소년에게 그렇게 말할 수 없었다.

— 선생님, 빨리 오세요. 환자가 위급해요.

일반 병동 외래 진료실에서 막 진료를 마치고 한숨을 돌리려는 찰나에 이 간호사가 다급한 목소리로 전화를 해왔다. 나는 부리나케 특별 병동으로 갔다. 이제까지는 자가호흡을 하던 환자의 상태가 급격하게 악화되고 있었다.

— 빨리 심폐 소생술 준비해.

다행히 응급 심폐 소생술을 시행한 후 환자는 정상을 되찾았다. 이제는 자가호흡에 의존할 수만은 없었다. 언제든지 위급한 상황은 찾아올 수 있을 것이었다. 위급 상황을 겨우 모면하고 산소호흡기를 꽂은 환자의 상태가 어느 정도 진정되고 났을 때, 나는 소년에게 물었다.

— 아버지의 상태가 왜 갑자기 나빠졌을까?

그것은 소년에게 하는 질문이라기보다는 나 스스로에게 하는 질문이었다.

— 시계 모두를 한꺼번에 '따르르릉' 하고 울리게 했어요. 그렇게

하면 아버지가 깨어날 것 같았어요.

눈물이 그렁그렁한 눈을 들어 나를 바라본 소년이 고개를 숙이고 기어 들어가는 목소리로 말했다. 쓴웃음 대신 콧날이 시큰해졌다. 물론 환자가 갑자기 위독하게 된 원인이 딱히 시계소리 때문만은 아닐 것이었다. 며칠 전부터 환자의 예후는 눈에 띄게 악화되고 있었던 것이다. 그러나 갑작스런 요란한 시계소리가 의식불명의 환자의 뇌에 충격을 주어 위급한 상황이 초래된 것인지도 모를 일이었다. 그렇다고 소년을 나무랄 수는 없었다.

— 그래? 아마 아빠가 좀 놀란 것 같구나. 이제 시계는 그만 울리도록 하자.

나는 소년의 어깨를 꼭 안으며 말했다. 소년이 종내에는 어깨를 들썩이기 시작했다. 소년이 결국 뚝뚝 흐르는 눈물을 손바닥으로 닦아 냈다. 나는 소년의 어깨를 다독이며 한참을 그대로 있었다. 그때 환자의 침대 위에 펼쳐진 노트 하나가 눈에 띄었다. 혹시? 문득 김 과장이 말하던 환자의 비망록이 생각났다. 나는 포옹을 풀고 그 노트를 집어 들었다. 내 예상대로 그것은 소년의 아버지의 비망록이었다. 아마 소년이 밤새 아버지의 머리맡에 앉아 그 노트를 읽고 있었던 모양이었다. 김 과장이 비망록 얘기를 했었지만, 그때까지 나는 까맣게 잊고 있었던 것이다.

— 이것은? 아버지가 쓴 노트구나.

— 예.

— 내가 좀 보면 안 될까? 나중에 돌려주마.

소년이 눈물을 거두고 마치 제 일기를 남에게 보여주는 것처럼 쑥

스러운 표정으로 대답 대신 뒷머리를 긁적였다. 나는 비망록을 들고 진료실로 내려와 첫 페이지를 펼쳤다. 비망록은 소년의 아버지가 서울 생활을 접고 섬으로 돌아온 날부터 시작되고 있었다.

오늘 나는 이제까지의 서울에서의 도시 생활을 버리고 고향으로 돌아왔다. 이곳은 내 마음의 안식처이자 내 영혼의 쉼터이다. 나는 내 영혼의 고향으로 돌아온 것이다. 나는 오늘부터 이곳에서의 내 삶을 기록할 것이다. 이 기록은 내 생명이 다하는 날까지 계속될 것이다.

미국의 소설가 마크 트웨인의 말처럼, 문명이란 사실 불필요한 생필품을 끝없이 늘려 가는 것인지도 모른다. 현대 도시인의 생활이 정말 그렇지 않은가. 그들은 끝없이 새로운 물질을 추구한다. 그 새로운 것이 꼭 필요한 것이 아닌데도 말이다. 필요한 것이 아니면서도 남보다 우월해지자고, 그렇게 하지 않으면 무시당하고 소외당한다는 느낌 때문에, 본질은 보지 못하고 끝없이 새로운 물질을 추구한다. 이것이 현대의 도시 생활이다. 이러한 생활이 과연 옳은 것인가?

거의 대부분의 사람들이 소유, 즉 돈벌이를 위하여 악착같이 살아가는데, 유독 나만이 이런 생각을 하는 것은 내가 이들과의 경쟁에서 패배했기 때문은 아닐까? 그래서 내가 염세주의자가 되어 버린 것은 아닌가? 나는 누구나가 추구하는 편리하고 안일한 문명 생활을 거부하고, 스스로 이 섬에 들어와 유배 생활을 선택한 어리석은 바보인가? 옛날 이 섬이 유배의 섬이었다고 하는데, 나는 자청하여 절해고도 유배의 길을 택한 것은 아닌가? 자문해 본다.

아니다. 나는 과거 내 직장의 업무에서도, 소유를 위한 타인과의 경쟁에서도 패배한 것은 결코 아니다. 나는 패배주의자로서 도피한 것이 아니라, 내가 꿈꾸는 내면의 삶과 이상을 실현하고자 내 섬을, 내 바다를 선택한 것이다. 강요에 의한 유배 생활이 아니라, 내면의 진정한 행복이라는 보다 근원적인 관점에서 지금까지의 내 삶을 정리하고 극복하고 싶은 것이다. 비록 문명과는 다소 떨어져 있지만, 자연과 동화된 조화로움 안에서 영혼의 소리에 순응하며 사는 창조적인 삶, 내가 궁극적으로 추구하는 내 삶의 모습이다. 이런 내 삶의 형식이 경쟁과 소유 생활에 지친 사람들의 척박한 가슴에 한 그루 행복나무가 자라는 밑거름이 될 수 있다면, 나는 가치 있고 행복한 삶을 살아가는 것이다.

나는 앞으로 내 고향인 이 섬을 우리 가슴속 행복나무가 자라는 영혼의 낙원으로 만들어 갈 것이다. 나는 이 섬을 물질만능주의에 빠진 사람들의 황폐한 욕망을 절제하게 하고 그 정신을 구원하는 구원의 섬으로 만들어 갈 것이다. 나는 이 섬을 경쟁으로 지쳐 삶의 의욕마저 잃어버린 사람들의 불안과 긴장을 해소하는 행복의 섬으로 만들어 갈 것이다. 나는 이 섬을 누군가로부터 상처받은 사람들의 영혼을 치유하는 치유의 섬으로 만들어 갈 것이다. 내가 못 이루면 내 아들에게 이 꿈을 물려줄 것이다. 지금까지 많은 시간을 방황과 망설임 속에서 보냈다. 이제 더 이상 내게 필요하지도 않은 가식적인 물질적 소유를 위한 소모적인 경쟁과 갈등으로 시간을 낭비할 수는 없다. 지금 당장, 시들어 가는 우리들 가슴속 행복나무에 물을 주어야 한다. 그리하여 누구나의 가슴속에서 이 행복나무가 튼실한 뿌리를 내려 무성하게 자랄 때까지 정성들여 가꾸고 키워 나가야 한다.

아내에게는 미안하다. 아내는 낯설고 생소한 이곳의 환경과 앞으로의 생활이 못내 불안하고 못마땅한 눈치다. 그러나 아내도 머지않아 이런 내 꿈을 이해하고 공감하게 될 것이다. 내 생각과 비전을 서로 공유하며 우리 가슴속 행복나무를 함께 가꾸어 가는 날이 반드시 올 것이라고 믿는다. 아내를 향한 내 사랑의 힘이, 내 영혼의 원력原力이 지금의 시련을 극복하게 해줄 것이다.

다음 페이지를 넘겼다. 단정한 글씨였다.

여보, 다시 한 번 미안하오. 그러나 언젠가는 당신도 나를 이해하고 공감할 날이 올 것이라고 믿고 있소. 나는 매일 새벽 해뜨는 바다를 바라보고 명상을 하면서 내 안의 참자아를 만난다오. 그리고 그 자아에게 질문을 해본다오. 당신과 아들까지 데리고 이곳으로 내려온 일이 과연 옳은 판단이었는가? 그러나 내 안의 참자아는 이제까지 단 한 번도 이 결정이 잘못되었다고 하지 않았소. 내가 너무 독선적이라고 당신은 말하지만, 그러나 다시 한 번 깊이 생각해 봅시다. 이곳으로 오기 전, 우리가 너무도 당연하다고 생각한 도시의 문명 생활, 서울 생활에서 우리의 마음이, 영혼이 진정으로 기쁨을 느끼고 있었는지? 그 생활이 과연 우리의 내면에서 우러난 진정한 행복이었는지?

여보, 우리가 처음 만났을 때 당신도 지금 내가 추구하는 이런 목가적이고 평화로운 삶을 동경하고 그리워하지 않았소? 내 생각에 공감하고 지지를 보내지 않았소? 다시 한 번 생각해 주길 바라오. 우리 그때처럼 우리의 이상향, 자연과 동화된 조화로운 삶을 위해 라이프 패러다임을 전환시킨 새로운 인생을 설계해 봅시다.

지금은 비록 힘들더라도, 이러한 우리 삶의 형식이 이 땅에서 살아갈 후세 사람들의 행복을 다지는 작은 반석이라도 될 수 있다면, 앞으로의 우리 삶은 성공적인 삶이라 할 수 있지 않겠소. 당신은 여전히 도시 생활에 적응되어 있어 아직 발견하지 못했을 뿐이지만, 당신 내면의 영혼도 틀림없이 그럴 것이오. 당신의 내면에 숨겨진 영혼은 그것을 알고 있을 것이오. 지금은 도시 생활의 물질적인 안일에 젖어 잠자고 있지만, 언젠가는 반드시 깨어날 것이오. 깨어난 당신의 영혼이 내 선택이 옳았다는 것을 알게 해줄 것이오. 당신을 믿소. 당신의 내면에 있는 그 순수와 영혼을. 사랑하오.

일기 형식의 글은 거의 하루도 빠지지 않고 계속되었다. 나는 페이지를 건너뛰어 그냥 눈에 들어오는 한 페이지를 읽어 보았다.

참다운 행복에 이르는 기본 가치란 어떤 것일까? 지금까지 우리의 생활을 지배해 온 물질문명이라는 것이 그 문명에 복종하고 순종하는 그런 사람들에게조차도 참다운 행복을 가져다준 적이 있는가? 지금 그들이 행복이라고 느끼는 것이 과연 참다운 행복인가?

내 영혼은 그것이 아니라고 한다. 그 행복은 탐욕에서 비롯되고, 심지어 남을 착취하여 얻는다. 그리고 그들은 그 착취로 얻은 것을 그들의 부로 저장한다. 그러나 그 저장된 부가 행복을 가져다주었는가? 그들은 또 다른 누군가에게 그것을 빼앗기지 않을까 전전긍긍한다. 그래서 그들은 불안과 긴장에서 벗어나지 못한다. 불안과 긴장의 토대 위에 쌓은 행복이 진정한 행복이 될 수 없음은 자명하다. 나는 단지 먹고 사는 일, 나아가 부를 쌓는 일에서 벗어나 내가 진정으로 바라는 일에 몰두하고, 내가 관계하는 사람들과 진정으로 열린 관계를 맺게 되기를 소망한다. 그것이 참다운 행복이다.

나는 이곳에서 그런 공동체를 만들고 싶다. 내가 소망하는 이 섬에서 살아가는 사람들의 모습이다. 이것은 소박한 꿈이면서도 현대 문명 생활의 패러다임을 바꿀 수 있는 커다란 비전이 될 수도 있을 것이다. 내 몸의 모든 세포는, 나아가 내 영혼은 이러한 커다란 비전 앞에서 전율한다. 나는 이 순간이 가장 행복하다.

나는 다시 페이지를 성큼 건너뛰어 한 페이지를 읽어 보았다.

정확한 판단이라는 근거가 명확하다면 어리석음이 내 행동을 제약하기 전에 주저 말고 결단해야 한다. 사는 방법에는 두 가지가 있다. 그냥 대충대충 되는 대로 살아가거나, 아니면 뚜렷한 목표를 가지고 더 나은 길을 찾아 최선을 다하는 방법이다. 후자의 삶이 자기 자신의 삶은 물론 다른 사람들의 삶, 우리가 사는 사회, 국가, 더 나아가 인류의 미래까지 긍정적인 방향으로 이끌어 갈 것은 명확하다.

거죽의 비순수함과 위선을 벗어 던지고 본래의 순수한 모습으로 돌아가기 전에는, 그리고 더없이 단순한 생각과 소박한 삶으로 돌아가기 전에는, 그 문명은 아직 완성된 것이라고 할 수 없다. '삶의 중요함'에서 언급된 임어당 선생의 글이다.

나는 자문해 본다. 내가 이 섬에서 살고자 하는 삶의 방식은 오히려 위선이 아닌가? 소박한 삶, 현실이 아닌 철학 서적이나 문학에서나 인용될

'완성된 문명'을 추구한다는 그럴듯한 핑계로 나는 도피한 것이 아닌가? 도시 생활의 경쟁에서 자신이 없으니까, 내 나름의 독선적 명분으로 나를 가두어 버린 것은 아닌가?

그러나 내가 이 섬에서 살아야 할 이유와 근거는 명확하다. 나는 이제 다시는 주저하지 않을 것이다. 후회하지도 않을 것이다. 지금 내 삶은 어느 누구로부터도 주목받지 못할지도 모른다. 아니, 오히려 조롱받을지도 모른다. 그러나 나는 이에 구애받지 않을 것이다. 속박되지도 않을 것이다. 그것이 내 삶의 장애가 될 수는 없다.

그러나 여전히 내 생각에 공감하지 못하는 아내가 안타깝다. 그렇다고 여기에서 포기할 수는 없다. 내가 정한 목표를 향해 흔들림 없이 묵묵히 나아가는 것, 이것이 행복에 이르는 가장 확실한 지름길이다. 나는 사랑으로 아내를 설득할 것이다.

글에 빠져 있는 동안에 어느덧 퇴근시간이 되어 있었다. 노트의 글은 읽어 갈수록 이상하게도 사람을 끌어당기는 마력이 있는 것 같았다. 나는 노트를 가지고 퇴근했다. 마침 주말이라 집에서 처음부터 차근차근 읽어 봐야겠다는 생각이 들었다. 저녁을 먹은 후 나는 다시 노트에 빠져 들었다.

문명과의 단절, 나는 무엇으로 소통을 해야 하나? 아니, 누구와 어떤 대상과 소통을 해야 하나? 다행히 내게는 바다와 하늘이 있다. 나는 바다를 통하여 더 넓은 세계와 소통할 것이다. 바다 속 깊은 생명체와 소통하고, 하늘의 별을 통하여 저 광대한 우주와 소통할 것이다.

또 다른 글.

내가 꿈꾸는 이상적인 공동체는 어떠한 것인가. 관념에 머물고 있는 목표로서의 이상적인 공동체의 가치를 어떻게 구체화할 것인가. 이제는 이것을 정리해야 한다.

먼저 내가 꿈꾸는 새 공동체는 단순한 소유를 위한 부의 축적은 배제되어야 한다. 공동체 안에서의 물질의 소유는 개인을 위한 것이 아니라, 공동체 전체의 삶의 질을 고양하기 위한 것이어야 한다. 이를 위해 적어도 공동체의 생활에 필요한 물자는 가능하면 자급자족이 이루어져야 할 것이다. 자급자족은 이윤 추구의 현대 경제에서 해방됨을 뜻한다. 산업 혁명과 더불어 시작된 이윤 추구의 현대 경제는 이제 그 역할을 다 했다. 적어도 참된 행복의 관점에서는 소유의 방법이 정당해야 하고, 그 분배 과정이 투명해야 할 것이다. 내가 꿈꾸는 새 공동체는 적어도 '부자가 된다'는 소유의 현대 경제관에 기초해서는 안 된다. 화폐는 하나의 교환 수단일 뿐이다. 누구라도 돈을 먹고 살 수는 없다. 돈은 우리의 의식주를 해결하기 위한 하나의 매개 수단일 뿐이다. 가능한 한 자급자족이 이루어진다면 물질을 획득하기 위한 돈의 필요성도 그만큼 줄어들 것이다. 그러면 돈을 획득하기 위하여 노동력을 제공해야 하는 수고가 덜어질 것이고, 그 노동력을 제공해야 하는 책임과 의무로 말미암아 발생하는 정신의 빈곤도 줄어들 것이다. 내가 꿈꾸는 새 공동체는 먼저 이러한 자립 공동체自立共同體가 기반이 되어야 한다. 사실 근본적인 문제로 들어가 보면, 먹고 마시고 입는 것, 이런 기초적인 생활을 위한 물품 이외의 다른 물질은 사치품이 아닌가. 현대 이윤 추구의 경제 공동체는 이런 불필요한 사치품을 소유하기 위하여 너무 많은 대가를 지불한다. 심지어 우리의 영혼까지도 말이다.

다음으로 지식의 획득을 위한 교육과 배움의 기회는 누구에게나 공평하게 제공되어야 한다. 누구라도 배울 의사만 있다면 이를 위한 수단은 대가 없이 제공되어야 한다. 이를 위해서는 현대의 교육 제도로서는 한계가 있다. 아니, 현대의 교육 제도는 새 공동체 생활에서 무익한 것일지도 모른다. 지식의 획득을 위하여 돈을 들여야 하고, 이 돈을 벌기 위해 우리는 정작 너무도 소중한 것을 버리고 있지 않은가. 현대의 교육 제도가 가르치는 것은 경쟁에서 이기는 방법이 아닌가. 참된 행복을 위한 삶에서 타인보다 더 많은 부를 획득하거나 우월적 지위를 얻기 위한 경쟁은 무용하다. 오히려 해악이다. 경쟁이 필요하더라도, 그 경쟁의 근본 목적은 타인과의 더 나은 소통을 위한 경쟁, 전체의 삶의 질을 향상시키기 위한 이타적인 목적을 위한 경쟁이어야 한다. 나는 이것을 '경쟁競爭'이라는 단어 대신 '경존競存'이라는 새로운 조어로 부르고 싶다. 지식은 경쟁에서 이기기 위한 수단이 아니라, 이 지식을 이용하여 공동체 전체의 삶의 질을 향상시키는 목적에 공헌할 수 있는 것이어야 한다. 이를 위한 새로운 형태의 교육 기관 설립을 고려해야 한다. 새 공동체의 교육 기관은 누구나가 누구의 스승이 되고, 누구나가 누구의 제자도 될 수 있는 생활 속의 학교, 일상 속의 정신 수련원이 되어야 한다. 경존이란 '서로의 존재의 고양을 위하여 서로가 서로를 먼저 존중하고 이끌어 주는 행위'라고 정의할 수 있고, 새 공동체는 이러한 행위가 가장 큰 덕목이 되는 경존 공동체競存共同體를 지향해야 한다.

마지막으로 영성의 개발이 공동체의 최고의 가치가 되어야 한다. 이윤 추구를 위한 소유를 근간으로 하는 현대 문명이 인간의 복지와 행복에 기

여한 점은 일정 부분 인정해야 할 것이다. 그러나 소유에 너무 치우친 나머지 인간의 참된 행복은 배제되어 버리고, 소유 그 자체가 목적이 되어버린 것이 문제다. 더 큰 문제는 현대의 문명 생활을 구가하는 대부분의 사람들이 이러한 사실조차 깨닫지 못하고 있다는 것이다. 간혹 알면서도 소유에 매몰되어 있다는 것이다. 물질의 소유는 인간의 행복을 위한 하나의 수단일 뿐이다. 악화가 양화를 구축하듯이, 인간의 행복이라는 본래의 목적은 도태되어 버리고 그 수단으로서의 소유만이 남아 있다. 그런데도 사람들은 이러한 현실조차 직시하지 못하고 있다. 이제는 이를 바로잡아야 한다. 이를 위해서는 무엇보다도 인간의 내면에 있는 영성을 개발해야 한다. 새 공동체의 교육 기관은 영성의 개발을 가장 우선적인 교육 목표로 삼아야 한다. 영성이라는 다분히 종교적인 단어를 쓰지만, 여기에서의 영성은 특정한 종교나 개인의 신앙을 뜻하거나 속박하는 개념이 아니다. 여기에서 말하는 영성의 개념은 어느 특정 종교의 교리나 신앙을 근거로 하는 것이 아니라, 종교 이전의, 종교를 초월한 인류의 보편적인 정신세계에 자리 잡은 개개인의 영적 사유 능력을 의미하는 것으로 정의할 수 있겠다. 인간은 만물의 영장이라고 했다. 그 뜻은 다른 동식물이 가지지 못하는 고차원의 영성이 인간에게만 내재되어 있다는 것이다. 새 공동체의 최고의 가치는 이러한 영성의 개발에 두어야 한다. 내가 꿈꾸는 공동체는 이러한 영성 공동체靈性共同體이다.

　나는 이러한 세 가지 이념이 근간이 되는 새 공동체를 '영성 나눔 공동체'라고 하고 싶다. 불필요한 물자를 아무런 대가 없이 서로 나누고, 지식을 공유하며, 영성까지도 서로 나누는 공동체, 누구의 강요 없이 스스로 손을 내밀고, 가슴을 열고, 나와 너, 더 나아가 공동체 전체의 더 나은 행복을 위하여 서로를 이끌어 주는 공동체, 내가 궁극적으로 추구하는 새 공동체의 지향점이다.

할 수만 있다면 더할 나위 없이 좋겠지만, 이러한 공동체는 기존의 소유 관념에 젖어 있는 도시 사람들에게 곧바로 적용시킬 수는 없을 것이다. 그러나 이 섬에서는 가능하다. 순수한 이 섬의 아이들, 이웃들, 나는 이들에게서 새 공동체의 가능성을 보았다. 아이들과 함께 어울린 '해적놀이'는 이 공동체를 실현하기 위한 하나의 방법론이었다. 나는 이 놀이를 통하여 희망을 보았다.

영성 나눔 공동체, 이것은 먼저 자연과 동화되어 살아가는 조화로운 사람들의 소박하고 원시적인 형태로 출발할 것이다. 이 섬에서 말이다. 나는 확신한다. 이 작은 섬에서, 내가 시도하는 이 공동체 생활이 현대의 사회 제도나 국가가 줄 수 없는 궁극적이고 본질적인 행복을 가져다주는 것으로 차츰차츰 증명되었을 때, 이 공동체는 보이지 않는 소리의 파동이 되어 밖으로, 또 밖으로 퍼져 나가 이웃으로, 더 큰 이웃으로, 더 큰 사회로, 더 큰 국가로 점점 확대될 것이다. 지금의 내 시도는 미약하지만, 그 결과는 현대 문명의 부조리를 극복하고 인류의 미래를 구원하는 새로운 패러다임으로 전환될 것이다. 작으면서도 크고, 크면서도 작은 인류 공동의 비전이 될 것이다.

또 다른 글.

내가 꿈꾸는 영성 나눔 공동체를 어떤 방법으로 구현할 것인가.

먼저 자립 공동체가 형성되어야 한다. 그렇다면 이 작은 섬에서 자립을 이룰 수 있는 방법은 어떤 것이어야 하나? 단순한 농업과 어업만으로는 한계가 있다. 과거와 같은 원시 농업과 어업에 의존하다가는, 그렇지 않아도 텅 비어 가는 이 섬은 무인도가 되어 버릴 것이다. 다행히 이 섬은 도시 근교에서 그리 멀지 않은 입지적 조건과 천혜의 아름다운 자연 경관을 갖추고 있다. 이를 이용해야 한다. 나는 이러한 자연 조건을 이 섬의 관광 자원으로 활용하여 자립 공동체의 기반으로 삼을 생각이다.

그 구체적인 방법으로 나는 먼저 이 섬 전체를 하나의 식물원으로 조성할 것이다. 이 섬에 생존하는 토착 식물은 물론 이곳의 자연적 기후 조건에서 살아남을 수 있는 열대식물과 우리나라에 분포하는 식물들의 종류를 가능한 한 많이 이 섬에 식재할 것이다. 그리하여 이 섬이 하나의 살아 있는 식물도감이 되도록 할 것이다. 이 하나만으로도 이 섬은 꽃과 숲이 어우러진, 자연과 인간이 공생하는 새로운 명소가 될 것이다.

다음으로 나날이 황폐화되어 가는 이곳 바다를 지키기 위한 방안을 강구해야 한다. 나는 이를 위하여 이곳 바다를 하나의 거대한 자연 수족관으로 만들 생각이다. 이 섬에 오면 우리나라의 연근해 어류는 물론 세계의 수많은 어종을 볼 수 있는 자연 수족관을 만들 것이다. 이 섬에 오면 우리나라와 세계의 다양한 해저 식물과 어종을 볼 수 있는 살아 있는 해저 박물관을 만들 것이다.

모든 것을 한꺼번에 이룰 수는 없는 일, 나는 지금 당면한 이 두 가지 목표를 이루기 위하여 내 모든 것을 던질 각오를 한다.

여전히 내 뜻에 공감하지 못하는 아내가 안타깝다. 그리고 미안하다. 남들처럼 서울에서 직장 생활을 하면서 평범한 삶을 살 수도 있을 것이다. 그러나 그것은 내 영혼이 원하는 바가 아니다. 하루 빨리 아내가 내 뜻에 공감하고 내 비전을 공유하는 날이 오기를 오늘도 기도한다.

 나는 주말 이틀 동안 꼬박 그 노트에 빠져 있었다. 소년의 아버지가 도시 생활을 접고 작은 섬으로 들어오기까지의 고뇌와 미래의 소망이 깨알처럼 박혀 있었다. 그것은 일기장이자 현대 문명을 비평하는 문명 비평서였고, 새로운 문명관을 제시하는 하나의 사상서일 수도 있었다. 환자가 단순한 어부가 아니었다는 김 과장의 말을 공감할 수 있었다. 소년의 아버지는 그 작은 섬에서 이 사회의 부조리를 타파하고자 꿈꾸던 사회 혁명가였고, 현대 교육의 문제점을 직시하고 그 대안을 제시하고자 한 교육 개혁가이자, 나아가 인류의 미래를 그 자신의 고민으로 승화시키던 선각자였을 수도 있다. 그 비망록이 비록 논리 정연한 사회과학 서적이나 논문은 아닐지라도, 그 속에는 글쓴이의 사상과 고민이 여과 없이 드러나 있었다. 스스로 이 사회와 고립되어 누구도 가지 않는 절해고도에서의 유배와 같은 삶을 선택한 안타까운 고뇌가 짙게 담겨 있었다. 동행을 거부하는 아내에 대한 미안함, 가족에 대한 연민, 그러나 그 길을 갈 수밖에 없는 갈등이 흘러넘치고 있었다.
 이러한 유형의 글들, 즉 대개의 문명 비평서나 사상서가 현실과 동떨어진 지적 유희로서 단순한 학문적 사유思惟나 허황된 공상空想에 그치는 경우가 많다는 것은 어느 정도 수긍해야 할 것이다. 그러나 그 비망록은 그렇지도 않았다. 그것은 그 내용을 현실화시킬 수 있는 구체적인 방안까지 제시한 실용서이기도 했다. 노트의 중간중간마다 그 섬에 있는 바위 절벽의 기암괴석이나 숲, 토끼머리 바위에 석부 분재처럼 서 있는 소나무 같은 특이한 수형樹形의 고목 등, 특정한 대상이나 풍경을 찍은 사진이 붙어 있었다. 그리고 사진 아래에는 '토끼눈 숲', '토끼꼬리 해안', '네버랜드 탐망대', '달맞이 눈꽃 동산', '해적선 정박지' 등 직접 이름을 붙인 것으로 보이는 동화적이고 유머 감각이 더해진 이름과, 그 이유 및 그것을 관광 자원화하기 위한 실제적인 방안이 붉은 볼펜 글씨로 깨알같이 적혀 있었다. 또한 노트의 뒤에 A4 용지를 덧붙여 놓은 부록에는 '해양생태공원', '자생 식물원', '힐링 명상센터', '자생 난 배양 재배실' 등의 이름을 붙인 스케치 그림의 건물 조감도가 붙어 있고, 그 아래에는 이런 건물의 용도와 기능이 상세히 적혀 있었다. 특히 '자생 난 배양 재배실'이라고 적혀 있는 A4 용지에는 스케치 그림이 아닌, 검은 차양을 친 비닐하우스 한 동의 외관과 난실 내부의 전경을 찍은 실제 사진이 붙어 있고, 그 다음 장부터는 그 난실에서 재배하고 있는 다양한 형태와 크기의 화분 사진이 부록의 형식으로 여러 장 붙어 있었다.

물론 이 사진은 원장과 함께 토끼섬에 가서 본 후크 선장의 비닐하우스 난실과 그 안에서 키우던 난 화분의 모습이었다. 우리가 갔을 때는 난실의 모든 난들이 말라 죽어 있어 실감나지 않았지만, 천연색 컬러 사진 속의 그 난들은 하나같이 잎에 특이한 무늬나 테두리가 둘러쳐져 있거나, 그렇지 않으면 꽃의 색깔이나 형태가 색다르다는 것을 알 수 있었다. 이로 미루어 소년의 아버지는 병원 옥상에 특별히 난실을 만들어 놓고 있는 돈벌레 원장 못지않게 자생 춘란에 조예가 깊은 사람이라는 것을 알 수 있었다.

이 난과 관련하여 반으로 접어 노트 중간쯤에 끼워진 별도의 A4

용지 한 장이 있었는데, 여기에 붙어 있는 두 개의 난 화분 사진은 한눈에 알아볼 수 있었다. 부록 형식으로 붙여 놓은 다른 난 사진과는 달리, 이 사진은 본문의 노트 한 페이지에 직접 붙여 놓은 고해상도 컬러 사진이었는데, 이 난 화분은 두말할 여지도 없이 원장이 가져간 억대를 호가한다는 그 난의 본래 사진이 분명했다. 중앙의 노란 바탕과 가장자리의 파란 테두리, 중앙의 노란 무늬에 가로로 새겨진 흑갈색의 대나무 무늬 반斑, 이것만 봐도 바로 알 수 있었다. 다만 한 포기가 3촉으로 되어 있던 원장의 난과는 달리, 유일하게 자라 있는 한 촉의 밑동에서 죽순처럼 노랗게 솟아나고 있는 또 다른 한 촉의 새싹이 동해 바다의 심연에서 막 떠오르는 태양처럼 장엄한 모습으로 고개를 내밀고 있었다. 후크 선장이 그 난을 채집한 후 찍은 첫 해의 사진인 것 같았다. 이 난이 요행으로 난실 모서리에 버려진 후에 각 포기에서 다시 두 촉의 신아新芽를 틔워, 우리가 난실에 갔을 때는 원래의 묵은 촉은 사라지고 새로 자라난 세 촉이 자리 잡고 있었던 것임을 알 수 있었다. 사진 아래에 직접 수기로 적은 글이 있었다.

밑동에서부터 시작하여 장엄한 기개로 퍼져 나간 중투호中透縞, 가장자리 끝으로 갈수록 절제와 인내를 더해 가는 중압호中押縞, 중투호에 새겨진 칼날 같은 절개의 죽반竹斑, 깊은 산속 세속을 초탈한 고귀한 품격(蘭)이 대쪽 같은 절개와 지조(竹)까지 품고 있으니, 이것은 가히 하늘과 땅과 시간이 빚어 낸 최고의 명작이라 하지 않을 수 없다. 이것은 잃어버린 인간의 본성에 불같이 내리치는 하늘의 죽비소리라 할 것이다. 내가 이 난을

'천죽음天竹音'이라 명명한 이유이다.

아아! 오늘 아침, 드디어 천죽음天竹音의 신아新芽가 솟아나고 있다. 새 생명을 알리는 가슴 벅찬 탄생의 울림이 새벽을 열고 있다. 이 난은 이 토끼섬에서의 내 꿈과 소망을 갸륵하게 여긴 하늘이 특별히 나에게 보내준 고귀한 선물이라 하지 않을 수 없다.

이 글은 그날 TV에 출연했던 난 전문가들이 이구동성으로 늘어놓았던 예술적 찬사와 금전적 가치를 그대로 글로 옮겨 놓은 것에 다름 아니었다. 이 글은 곧 소년의 아버지, 후크 선장이 한국 춘란에 대하여 그들 전문가에 못지않은 높은 식견과 예술적 안목까지 갖춘 사람임을 증명하는 것이라 할 수 있었다. 소년의 아버지는 처음부터 이 난의 예술적 가치는 물론 억대를 호가할 것이라는 금전적 가치까지 꿰뚫어보고 있었던 것이다.

이런 내 생각이 환자에 대한 막연한 외경심을 불러일으켰다. 내가 이러할진대, 등단시인으로 예술적 감수성이 보다 풍부한 김 과장은 어련했을까. 김 과장의 환자에 대한 각별한 관심과 태도를 충분히 이해할 수 있을 것 같았다. 환자는 물질만능주의의 이 시대가 가장 필요로 하는 그런 사람일 수도 있다. 우리는 그 사람을 잃음으로써 우리가 바라는 유토피아 하나를 잃어버렸다는 김 과장의 말이 새삼 귓속에서 쟁쟁 울려 퍼지는 것 같았다.

그런 한편으로 나는 갑자기 굵은 쇠못 하나가 가슴에 박혀 버린 것처럼 아픔을 느꼈다. 그 난은 비록 난실 모서리에 버려져 있었지만, 그것은 분명 소년의 아버지, 후크 선장이 채집하여 키우던 그의 소유물이었다. 또한 후크 선장은 그 난이 아주 고가의 명품이라는 것도 분명 알고 있었다. 그런데 경위야 어떻든 간에 나는 그런 엄청난 고가의 난을 절취한 절도 공범이 되어 버렸다는 때늦은 자각이 들었던 것이다.

나는 절도 주범인 원장에 대한 반감과 소년과 후크 선장에 대한 죄책감으로 뒤척이며 그날 밤을 꼬박 새우고 말았다. 피곤에 지쳐 얼핏 잠이 들라치면 어느 새 후크 선장이 나타나 손에 든 하늘의 죽비로 내 어깨를 호되게 내려쳤다.

후크 선장의 시

비망록에는 토끼섬에서 자란 소년의 아버지의 어린 시절의 회상과 문학과 철학에 뜻을 두고도 아버지의 뜻을 거역하지 못해 적성에 맞지 않는 법대에 진학할 수밖에 없었던 이상과 현실 사이의 젊은 날의 고민이 있었다. 대학 3학년 때 처음 만나 결혼하기까지 아내와 사귀는 동안의 풋풋한 연애담도 있었고, 문학과 철학뿐만 아니라 역사나 과학 등 다양한 분야의 교양 및 전문 서적에 대한 서평도 이따금씩 눈에 띄었다. 문득 떠오른 시상이나 소설의 줄거리 및 주제를 적어 놓은 메모나 습작시도 있었다. 대학을 졸업하고 로펌에 근무하는 동안에 겪은 피고인과 소송 당사자들에 얽힌 경험담도 있었다. 불교의 참선이나 인도의 요가, 우리 고유의 단전호흡 같은 명상법과 체험담을 적어 놓은 경우도 있었고, 대부분의 글은 이러한 명상을 통한 건전한 사유가 바탕이 되어 인간의 이성과 본성에 대한 깊은 성찰로 이어지고 있었다. 글의 기본적인 패턴이나 전체적인 맥락에서의 사고의 관점은 언제나 긍정적이고 따뜻한 인간애를 바탕으로 하고 있었다.

그런데 비망록에 적힌 메모나 습작이 아니라, 완성된 작품으로서 원고지에 육필로 적어 갈피에 끼워 둔 소설 형식의 두 편의 산문시는 시에 대해 잘 모르는 내가 보아도 파격적인 형식의 이채로운 글이었다. 먼저 '성게'라는 제목의 시는 마치 한 편의 단편소설 같았다.

성게

구속이다나를바라보는누군가의시선하나라도있다면
그시선하나마저도철저히배격하는처절한자유의고독

1

완전한 자유를 갈망하는 한 사나이가 있었다. 그 사나이에게는 이 세상의 모든 것들이 구속이었다. 국가도, 사회도, 직장도, 가정도, 일도, 심지어 사랑조차 구속이었다. 사나이는 이 모든 것들로부터 벗어나 갈매기가 되고 싶었다. 갈매기처럼 자유롭게 날면서 바람처럼 살고 싶었다.

2

그런 사나이가 섬 하나를 발견했다. 그 섬에는 아무도 없어 남을 의식하거나 다툴 필요도 없었고, 온갖 곡물과 과일이 풍성하게 자라고 있어 생존을 위해 일할 필요조차 없었다. 그 섬에는 그를 간섭하고 구속하는 그 어떠한 것도 없었다. 이 지상에서 낙원이 있다면, 그 섬이 바로 낙원이었다. 사나이는 그 섬에 가서 살기로 작정했다. 사나이는 가족 몰래 모든 재산을 정리하여 배 한 척을 샀다. 그리고 혼자 그 섬으로 갔다. 섬의 해안에 도착하자마자 사나이는 타고 온 배를 태워 버렸다. 낙원인 그곳에서 왔던 곳으로 다시 돌아갈 필요도 없었고, 돌아가고 싶지도 않았던 것이다.

3

일주일이 지났다. 사나이는 그토록 갈망하던 완전한 자유와 해방감을 만끽하고 있었다. 숲과 해변의 모래톱을 스치는 상큼한 바람이 허파 속으로 감미롭게 스며들고, 먼 바다에서 소리 없이 다가와 해안의 바위 귀에 속삭이는 파도소리가 짓눌려 있던 심장을 부드럽게 쓰다듬었다. 밤이면 무수한 별빛이 축복처럼 쏟아져 그의 온몸을 정성어린 손길로 애무해 주었다. 사나이는 온몸을 적시는 자유와 해방감에 가슴이 벅차올라 눈물을 흘렸다. 다시 일주일이 지났다. 사나이는 여전히 꿈꾸는 갈매기가 되어 낙원의 하늘을 날고 있었다. 이런 낙원을 발견한 것은 그에게만 내려진 창조주의 위대한 은총이라는 생각이 들었다. 사나이는 두 팔을 벌리고 하늘을 우러러 감사했다. 가족조차 버리고 왔지만, 후회하지 않았다.

4

한 달이 지났다. 여전히 자유로웠지만, 사나이는 문득 가슴 한 쪽이 허전하다는 생각이 들었다. 그러나 다시 왔던 곳으로 되돌아갈 생각은 나지 않았다. 돌아갈 수도 없었다. 이미 타고 온 배를 태워 버렸기 때문에. 다시 한 달이 지났다. 허전하여 바람과 얘기를 했다. 바람과의 얘기도 이내 시들해졌다. 또 다시 한 달이 지났다. 파도소리와 대화를 했다. 그러나 그 대화가 사나이의 허전함을 달래 줄 수는 없었다. 다시 한 달이 지났다. 하늘을 나는 갈매기를 향하여 손짓을 하며 고래고래 고함을 질러 보기도 했다. 시간이 지날수록 사나이의 가슴속 구멍은 더욱 크게 자랐다. 그 구멍을 메우기 위해 사나이는 섬에 있는 모든 사물과 대상에게 말을 걸어 보았다. 해변의 조약돌, 바닷가에 우뚝 선 바위, 울창한 나무와 숲, 싱그러운 풀, 푸르게 빛나는 달빛, 팔 벌려 흔들기만 하면 우수수 쏟아질 것 같은 무수한 별…… 등등. 그러나 아무 의미가 없기는 마찬가지였다.

5

일 년이 지났다. 이제 사나이의 가슴에는 동굴 같은 큰 구멍이 나 있었다. 노을이 붉게 물든 어느 날 저녁, 사나이는 해변의 물결선을 따라 모래사장을 천천히 걷고 있었다. 모래사장의 반쯤을 걸어왔을 때, 사나이는 문득 뒤를 돌아다보았다. 발자국이 줄을 이어 따라오고 있었다. 마치 누군가가 그를 만나기 위해 따라오고 있는 것처럼 보였다. 너무도 반가웠다. 그는 따라오고 있는 누군가를 보기 위해 뒷걸음질을 치면서 남은 모래사장의 반을 걸었다. 모래사장이 끝나는 해변에 우뚝 솟은 바위 하나가 있었다. 그는 그 바위 위에 올라 먼 시선으로 모래사장에 찍힌 발자국을 바라보았다. 앞으로 내딛은 발자국과 뒷걸음질친 발자국이 모래사장의 중간에서 만나고 있었다. 그때 노을에 물든 나무 그림자 두 개가 그곳에서 겹쳐졌다. 그 형상은 마치 누군가와 누군가가 만나 포옹을 하고 있는 것처럼 보였다. 그때 파도가 밀려와 발자국을 지워 버렸다. 노을이 비켜나며 그림자도 사라져 버렸다. 다음 날 노을이 질 무렵, 사나이는 다시 모래사장에 발자국을 찍어 가기 시작했다. 반은 앞으로, 반은 뒷걸음질로. 사나이가 새긴 발자국을 물결이 지우고, 노을이 물들고, 나무 그림자 두 개가 포옹을 하고, 노을이 지고, 그림자가 스러지고, 그러나 사나이는 하루도 거르지 않고 계속 흔적 없는 발자국을 남기고 있었다.

6

그곳에 낙원이 있었다. 그 낙원에서 한 사나이가 노을 속에서 모래사장을 걷고 있었다. 바람도, 그 바람에 칭얼대는 파도소리도, 그 파도소리를 달래듯이 얼싸안는 바위도, 그 바위 뒤의 숲도, 그 숲 속의 나무도, 풀도, 꽃도, 그 숲에서 알을 낳고 지저귀는 새도, 하늘도, 그 하늘에서 피고 지는 노을도, 그 노을 커튼 뒤에 수줍게 숨어 있는 별도, 섬에 있는 모든 것은 변함이 없었다. 그러나 사나이는 점차 변해 갔다. 얼굴에는 성긴 파래 같은 주름이 지고, 머리카락과 수염은 하얗게 변했다. 이빨도 듬성듬성 빠졌다. 그러나 사나이는 여전히 모래사장에 발자국을 찍어 가고 있었다. 흔적 없는 사나이의 발자국처럼 시간도 아무 흔적 없이 흘러갔다. 이제 노인이 된 사나이가 지팡이를 짚고 힘든 걸음으로 모래사장을 걷고 있었다. 유난히도 붉게 물든 노을이 바람에 실려 비스듬하게 북쪽 하늘가로 스며들고 있었다. 두 개의 긴 나무 그림자가 모래사장에 드리웠다. 사나이는 긴 노을 그림자처럼 조용히 모래사장에 스러졌다. 파도가 일렁이며 다가와 몸을 흔들었지만, 사나이는 다시 일어나지 않았다.

7

　다음 날 아침, 숲에서 깨어난 새들과 해변의 바위에서 이른 새벽을 맞은 갈매기들이 날아와 서로 싸우며 사나이의 동공을 부리로 파내고 몸을 쪼고 찢었다. 바위와 돌과 모래 틈새에서 게들이 무리를 지어 기어 나와 사나이의 뼈에 붙은 살을 날카로운 집게로 오려내었다. 넘나드는 물결이 사나이의 뼈에 묻은 피를 씻어 내렸다. 시간의 푸른 물결이 쉼 없이 모래사장을 넘나들고, 사나이의 전신 해골이 태양의 흑점이 토해 낸 투명한 햇빛을 받아 하얗게 드러났다. 파도가 밀려와 사나이의 작은 뼈를 실어갔다. 바람이 큰 뼈를 모래사장에 묻었다. 이제 모래사장 위에는 사나이의 해골 하나만 덩그렇게 남아 있었다. 동공이 사라진 동굴 같은 사나이의 해골 눈구멍으로 검은 이슬을 머금은 바람이 스며들었다. 해골의 입에서 울음소리가 배어나왔다. 비가 내렸다. 비에 젖은 해골에서 새싹처럼 머리카락이 돋아나기 시작했다. 사나이가 새겨 간 흔적 없는 발자국처럼 울음소리도 계속 이어지고 있었다. 그 울음이 바람에 실려 낙원의 하늘에 퍼지고, 비가 내리고, 그때마다 해골에서는 점점 더 많은 머리카락이 돋아나 자라기 시작했다.

시간의 물결은 계속 이어지고, 울음소리도 계속 이어지고 있었다. 그동안 해골에서 자란 머리카락은 모두 빳빳하게 서서 날카롭고 뾰족한 가시가 되어 있었다. 어느 날 갈매기가 뭣 모르고 해골을 채어 보려다가 가시에 찔려 화들짝 놀라 날아갔다. 갈매기의 발에 채인 가시가 무수한 작대기 다리로 움직이기 시작했다. 해골이 가시발로 모래사장을 걸어가기 시작했다. 해골은 사나이가 그랬던 것처럼 모래사장에 흔적 없는 가시 발자국을 남기고 바다 속으로 들어갔다. 해골은 수면 아래 바닷길을 작대기 다리 가시발로 걷고 또 걸어 드디어 섬을 벗어났다. 훗날 사람들은 그 낙원의 섬에서 건너온 밤송이처럼 가시가 자라난 해골을 '성게' 라고 부르기 시작했다.

뒷날 이 시에 대해 김 과장은 인간의 자유와 그 속에 필연적으로 내재된 처절한 고독을 서정적이고 환상적인 문체로 형상화시키고 있다고 평했다. 또한 서울 생활을 청산하고 섬으로 귀향한 글쓴이의 심경을 이 시의 주인공인 사나이에 대비시켜 시적 미학으로 승화시킨 것이 아니겠냐고 조심스럽게 말했다.

두 번째로 '따개비'라는 제목의 시였다.

따개비

1

시인의 언어가 비가 되어 내렸다. 바람 속에 깃든 눈물이 새들의 눈동자에 묻혀 왔다. 낮은 풀들이 일어나 걷기 시작하고, 나무 잎사귀들이 목향木香으로 타오르기 시작했다. 풀들의 이마 위에서 나비가 젖은 날개로 날았다. 나비의 날갯짓에 반사된 투명한 빛은 푸르게 대지를 감싸 안았다. 대지의 입김이 바다의 혈관으로 흘렀다. 해일로 밀려오는 파도 속에서 사자와 얼룩말이 교미를 하며 뒹굴고, 상어가 하늘에 떠서 하얀 배를 드러내고 웃었다. 모든 생물들이 웃고, 노래하고, 춤추기 시작했다.

2

태초부터 그 바닷가에 바위 하나가 있었다. 시인의 **언어비**는 그 바위에도 내렸다. 그러나 바위는 말이 없었다. 미동조차 하지 않았다. 바위의 혈관에는 무심無心의 검은 이끼가 자라 혈전血栓을 이루고, 혈관과 심장 사이에는 드라이아이스보다 더 차갑고 단단한 자폐自閉의 벽이 버티고 서 있었다.

시인의 문장文章은 바위의 혈전을 녹이지 못했다.

시인은 슬펐다.

시인은 길을 떠났다.

바위의 동맥에 띄울 문자文字의 배를 찾아서,

바위의 혈전을 녹일 문장의 용해제를 찾아서,

바위의 자폐 벽을 깨뜨릴 언어의 종소리를 찾아서.

3

시인은 벌거벗은 채 바다를 걸어가기 시작했다. 작은 물고기들이 발가락 조약돌이 되고, 큰 물고기들이 발바닥 징검다리가 되었다. 수평선에 무지개가 나타났다. 고래의 하얀 입김에 무지개다리가 걸려 있었다. 시인은 무지개 사다리를 타고 고래의 배 속으로 들어갔다.

그곳에 난파한 문자의 배 한 척이 있었다.

시인은 발가락뼈를 잘라 못을 만들어 배를 수리했다.

시인은 그 배를 타고 바다를 건넜다.

4

사막, 낙타도 오아시스도 보이지 않았다. 태양을 향해 쏘아올린 전갈의 독화살을 맞은 한낮의 별들이 밤의 유성으로 떨어지고, 전갈의 **푸른 독**에 젖은 **푸른 달빛**이 물기 하나 없는 사막에 **푸른 안개**를 뿌리고 있었다. 푸른 달빛 안개에 잠긴 **푸른 모래 언덕**, 그 언덕 아래 동굴에서 푸른 밤의 전갈들이 기어 나왔다. 전갈 세 마리가 시인의 코와 귀와 입속으로 바람처럼 스며들었다. 시인의 코와 귀와 혀가 **전갈의 푸른 독**에 녹아내리고, 시인의 혈관에 푸른 독이 흘렀다. 이제 그 푸른 독은 시인의 심장에 고여 바위의 혈전을 녹일 용해제가 될 것이었다. 시인은 **푸른 우수**憂愁가 흐르는 달빛 강물에 누워 눈을 감았다. 별이 죽어 간 여명의 사막에 투명한 금속 화살이 무차별 쏟아지기 시작했다. 시인은 눈을 떴다. 시인은 손바닥으로 발바닥으로 무릎으로 팔꿈치로 기고 또 기어갔다. 시인은, 드디어 사막을 건넜다.

5

열대의 숲, 코끼리와 하마가 물구나무로 서서 악어의 턱으로 부채질을 하고 있었다. 악어의 잇새마다 조각조각 깨어진 언어의 종鐘의 파편들이 끼어 있고, 악어가 부채숨을 쉴 때마다 그 잇새에서 양철 꽹과리소리가 울렸다. 시인은 악어의 입 속으로 들어가 그 잇새에 박힌 종의 파편들을 빼내어 맞추고, 손가락뼈와 갈비뼈를 녹여 만든 아교로 틈새를 이어 붙여 종을 복원했다. 시인은 그 종을 악어의 앞니에 매달았다. 악어가 긴 하품을 하자, 저녁노을처럼 맥놀이 종소리가 울려 퍼졌다. 시인은 그 소리를 영혼의 수첩에 음표로 새겨 넣었다.

시인은 돌아와 다시 바위 앞에 섰다. 바위는 변함이 없었다. 여전히 눈길조차 주지 않고 미동도 하지 않았다. 시인은 손가락이 없는 손바닥과 발가락이 없는 발바닥으로 바위를 끌어안았다. 거꾸로 돌아가는 시간의 파도 바퀴가 시인의 등짝 위로 구르고, 구르고, 또 구르고, 시간과 바람이 잠시 회전을 멈춘 날에는 새들이 날아와 똥을 누며 시인의 동공을 쪼았다. 시인은 동공이 없는 눈으로 바위의 체취를 느끼고, 문드러진 귀로 바위의 얼굴을 쓰다듬고, 뭉개져 버린 코로 바위의 숨결을 더듬었다. 녹아 버린 혀로 바위의 심장 박동을 들었다. 파도와 바람과 새의 부리에 깎이고 닳고 쪼인 시인의 몸이 점점 작아졌다. 납작하게 줄어들었다.

그러나 시인은 바위를 놓지 않았다.
숨조차 쉬지 않고 바위에 달라붙어 있었다.

시간의 푸른 광선이 처음 왔던 곳으로 빨려 들어가고,
그 빛의 마지막 향기가
갈빗대 없는 시인의 허파 속으로 스며들 때,
시인은,
따개비가 되었다.

오늘도 따개비는 여전히 바위를 끌어안고 있다.

김 과장은 이 시에 나타난 서정과 환상 등 시 자체에 대한 평가보다도, 특히 이 시는 소년의 아버지가 토끼섬에서의 자신의 꿈과 비전을 이 시에 나타난 시인의 기행적이고 환상적인 행동으로 형상화시켰을 거라고 말했다. 언어로 바위를 녹이겠다는 이 시의 시인의 처절한 의지가 곧 토끼섬에서의 자신의 의지였을 것이라고 했다.

나는 이 두 편의 시를 통하여 환자가 시인이기도 했다는, 아름답고 슬픈 환상적인 시어를 구사하는 서정 시인이기도 했다는 김 과장의 말을 공감할 수 있었다. 시인인 김 과장이 그런 말을 한 것도 특히 이 두 편의 시를 읽었기 때문인 것 같았다.

비망록의 글에 때로는 공감하고 때로는 상상을 하면서 꼬박 밤을 새우다시피 하며 주말 이틀을 보낸 나는 환자와 소년에 대한 깊은 연민에 빠지고 말았다. 환자 소유의 고가의 난을 절취한 공범이라는 죄책감뿐만 아니라, 자칭 슈바이처인 김 과장과의 우정을 생각해서라도 나는 환자를 지켜야만 했다. 이제까지는 그렇게 심각하게 생각해 본 적이 없었지만, 그것이 의사 본연의 의무라는 생각도 들었다.

그래, 지키자. 내가 있는 한 이 환자를 지키자. 가능성은 희박하지만, 그러나 끝까지 희망을 버리지 말자. 8년 동안이나 의식불명 상태에 있던 환자가 소생한 임상 경험도 있지 않은가. 내 의학 지식이 절대적이라고 장담할 수는 없다. 포기하지 말자. 끝까지 최선을 다하다 보면, 혹시 기적이라도 일어날지……. 그렇지 않더라도 김 과장의 말처럼 환자의 마지막 임종이라도 이곳에서 고귀하게 맞게 해주자. 나는 스스로 다짐했다.

다행히 환자의 상태는 더 나빠지지 않았다. 월요일 출근을 하자, 이제는 산소호흡기에 의존하지 않아도 될 정도로 상태가 다시 호전되어 있었다. 금요일, 응급 상황에 너무 놀란 나머지 고개를 푹 수그리고 눈물을 뚝뚝 흘리던 소년도 이제는 생기를 찾아 가고 있었다. 나는 오후에 일부러 시간을 내어 소년을 찾아가 비망록을 돌려주며 말했다.

— 잘 보았다. 훌륭하신 아버지를 두었구나. 이 노트 소중히 보관해야 한다.

— 예.

소년이 마치 제 일기장을 남에게 들키기라도 한 것처럼 고개를 숙이고 기어들어가는 목소리로 대답했다.

— 그 노트 읽어 보았니?

— 예, 그러나 너무 어려워 잘 모르겠어요.

— 그렇겠지. 그러나 네가 커서 더 많이 공부하면 알게 될 거다. 너도 아버지처럼 훌륭한 사람이 되어야지.

나는 소년의 어깨를 다독거려 주고 병실을 나오려 했다. 그때 소년이 말했다.

— 저, 선생님.

— 왜, 무슨 할 말이 있어?

― 예. 어젯밤에 아빠가 저를 보고 말했어요.

― 정말 말을 한 것은 아닐 테고, 이번에도 눈으로 말했다는 것이야?

나는 일부러 툭 내던지듯 건성으로 말했다. 소년의 의도를 알 것 같았기 때문이다.

― 예, 보내 달라고 했어요. 바다로 가자고 했어요. 해적놀이하자고 했어요. 선생님 이제 보내 주세요.

역시 예측한 말이었다.

― 지난번에 내가 말했었지, 안 된다고. 어머니가 오기까지는 절대 안 돼. 어머니도 없는데 너를 보내면 내가 처벌을 받아. 앞으로는 그런 얘기 더 이상 하면 안 돼.

나는 냉정하게 잘라 말했다.

― 엄마는 오지 않아요.

― 뭐라고? 돈 벌어 온다고 하지 않았니?

― 죄송해요. 제가 거짓말을 했어요.

― 그것을 네가 어떻게 알아?

― 방학하던 날 엄마가 학교로 왔었어요.

그날은 김 과장이 환자를 내게 보낸 날이었다.

― 그날 어머니를 만났다는 말이야?

― 예.

― 그런데 왜 어머니는 오시지 않는 거야? 어머니는 지금 어디 계시니?

― 몰라요. 그날 엄마는 학교 운동장 나무 아래서 내 손을 잡고, 무슨 일이 있어도 병원에서 아빠를 지켜야 한다고 했어요. 휘발유 통보다 더한 커트 칼을 들고서라도요. 그리고는 어디론가 갔어요.

― 어디로 간다는 말도 없었다는 말이야?

― 예. 나는 그때 엄마가 아빠와 저를 버리고 간다는 걸 알았어요.

― 어떻게 알았다는 거야?

― 운동장 밖 도로가에 스미 아저씨의 차가 세워져 있었어요. 스미 아저씨가 엄마를 좋아하고 있었거든요. 엄마가 스미 아저씨의 차에 타는 걸 봤어요.

나는 한동안 말문이 막히고 말았다. 가슴 밑바닥에서 거센 회오리바람이 일었다.

― 어머니가 널 버리고 간다는 것을 알면서도 가만히 있었어?

분노 탓이었을까, 연민 탓이었을까. 내 목소리가 나도 모르게 떨리고 있었다.

― 엄마를 미워하지 않아요. 엄마는 이제까지 할 수 있는 모든 일을 다 했어요. 다만 그런 엄마를 뺏어간 스미 아저씨가 미워요. 죽이고 싶은 생각이 들 때도 있어요. 이런 생각 하면 안 되는 줄 알지만, 그래도 미운 걸 어떡해요.

소년이 말을 멈추고 고개를 푹 숙였다. 눈물이 바닥에 툭툭 떨어졌다. 어깨가 격렬하게 들썩였다. 가슴이 시커멓고 끈적끈적한 콜타르로 꽉 메워지는 것 같더니, 내 눈에서도 그만 눈물이 핑 돌았다. 나는 소년을 꼭 껴안았다. "그애 아버지, 네 병원, 그것도 제일 좋은 그 특실에서 고귀한 임종을 맞도록 해주자."고 하던 김 과장의 안경 낀 얼굴이 떠올랐다. 그래, 최선을 다해 보자. 기적이 일어나지 않는다면, 김 과장의 말대로 이곳에서 고귀한 임종을 맞게 해주자. 나는 다시 한 번 속으로 다짐했다. 나는 소년에게 타이르듯 조용히 말했다.

— 네가 어떤 말을 해도 보낼 수 없어. 최선을 다해 보자. 혹시 아니? 기적이라도 일어날지. 그리고 나는 친구에게 약속했다. 이 병원에서 네 아버지가 누구보다 더 고귀한 임종을 맞게 하겠다고. 선생님과 네 친구들과의 약속도 지켜야 해. 건강한 후크 선장으로 보내 주겠다는 그 약속, 벌써 잊은 건 아니겠지. 그보다도 무엇보다 너 혼자 보내면 내가 벌을 받는다. 그래서 더욱 안 돼.

다시 열흘이 지났다.

— 선생님, 부탁이에요. 보내 주세요. 아빠의 소원을 들어 주세요.

— 안 된다고 하지 않았니.

— 선생님, 제발 보내 주세요. 어제도 아빠가 해적놀이하자고 말했어요.

— 그래도 안 된다. 내가 최선을 다해 보마.

— 선생님, 제가 이렇게 엎드려 빌게요. 제발 보내 주세요.

소년이 정말 내 발 아래 무릎을 꿇고 빌고 있는데, 원장이 나를 부른다고 간호사가 들어와 말했다. 나는 원장실로 갔다. 그곳에는 이미 원무과장이 불려와 고개를 숙이고 있었다. 내가 들어서자마자 원장의 고함소리가 터져 나왔다.

— 아니, 박 과장, 도대체 언제까지 이러고 있을 거요? 이제는 정말 무슨 조치를 취해야 할 것 아니요? 어제도 그 환자 때문에 병실 두 개가 비었어요. 그리고 그 구닥다리 시계는 또 뭐요. 아니, 박 과장이 그 시계소리로 정말 환자를 치료할 수 있다고 믿고 있는 거요. 나 원 참, 이 병원이 무슨 무당집인 줄 알아요.

원장은 이제 심각한 히스테리 증세까지 보이고 있었다. 그러나 나는 그만 오기가 발동하고 말았다. 병원비의 몇 배는 되고도 남을 무려 2억 원이나 호가한다는 환자의 난을 절취하여 소장하고 있으면서도, 오직 받지 못할 병원비만 독촉하고 있는 원장의 비인간적인 처사에 극도의 반감이 솟아났다. 무슨 일이 있더라도 나 스스로의 다짐을 지키리라. 김 과장과의 약속을 반드시 지키리라. 나는 원장에게 한바탕 대들었다. 여차하면 난을 가져간 원장의 약점이라도 물고 늘어질 참이었다.

— 원장님 눈에는 그 불쌍한 아이가 보이지 않습니까? 안 됩니다. 그 환자, 내 환잡니다. 절대 내보내지 못합니다. 내 환자, 내가 지킵니다.

— 박 과장, 여기가 무슨 자선병원인 줄 알아? 불쌍하지 않은 환자가 어디 있어?

— 자선병원이든 아니든 간에, 내보내서 문제가 생기면 누가 책임질 겁니까? 지금 내보내면 환자가 곧바로 죽는데, 원장님이 책임질 겁니까? 나보고 살인자가 되라고요? 내가 이 병원에 있는 한 절대 못 내보냅니다.

— 아니, 이 사람이, 무슨 그런 험한 말을, 자네가 원장이야, 뭐야?

— 정 내보시겠다면 절 먼저 내보내십시오. 이만 나가 보겠습니다.

나는 원장실의 문을 박차고 나오고 말았다. 그것은 아마 내가 처음으로 원장에게 강단을 부린 날일 것이다. 원장이 마음먹으면 정말 나를 병원에서 내쫓아 버릴 수도 있는 일이었다. 치솟는 울화를 참지 못하고 원장에게 대들고 말았지만, 그러나 그때는 이 일이 전혀 의외의 결과로 이어질 줄은 정말 상상조차 하지 못했다.

그날 저녁, 나는 다시 김 과장을 만났다. 병원에서 일어난 얘기를 들은 김 과장이 박장대소했다. 물론 원장의 난 얘기는 하지 않았다. 공범이 되어 나까지 비난받을 수는 없었다.

— 잘했다. 그 벌레 원장, 정신이 번쩍 들었겠다. 너 같은 샌님이 그런 오기를 부릴 줄도 알다니……. 너, 이제 정말 우리 슈바이처 클럽에 들어와야겠다.

'슈바이처 클럽'이란 김 과장이 주동이 된 의사들 모임을 말했다. 자기들 말로는 사회 경제적 약자, 특히 빈곤층에 대한 의료인의 사회적 봉사를 목적으로 한다고 했다. 그리고 실제로 저들끼리 모아 적립한 기금으로 그 소속 회원 몇몇은 매년 국내의 의료 시설이 취약한 낙도나 시골, 또는 인도나 아프리카 등 의료 수준이 낙후된 나라로 가서 의료봉사 활동을 하기도 했다. 예전부터 그 패거리에 들어오라는 권유를 받은 적이 있지만, 저들 혼자 무슨 도덕군자인 체하는 것이 싫어서 가입하지 않고 있던 차였다. 나는 그날 엄청 취하고 말았다.

다시 며칠이 지났다. 생각지도 못한 나의 항명에 원장의 신음소리가 온 병원을 채우고 있었다. 오늘도 원장은 나를 잡아먹지 못해 씩씩대고 있을 것이었다.

— 선생님, 어제 또 아빠가 말했어요.

— 그 말도 안 되는 해적놀이 말이니?

나는 일부러 큰소리로 툭 쏘면서 냉랭하게 말했다. 내보내 달라는 간청을 사전에 막기 위해서였다. 그때 소년이 고개를 푹 숙이고 풀죽은 목소리로 말했다.

— 아뇨.

— 그럼 뭐야?

— 선생님은 아시잖아요? 아빠가 결국은 돌아가신다는 것을⋯⋯.

— 뭐라고? 그래서?

나는 당돌하게 들리는 이 말에 소년을 쏘아보면서 언성을 높였다.

— 선생님이 아빠라면 어디서 돌아가시고 싶겠어요?

소년은 내 말에는 개의치 않고 눈물이 그렁그렁한 눈으로 물끄러미 나를 올려다보면서 말했다. 순간, 나는 멍해지고 말았다. 이 어린 아이가 이런 생각까지 하고 있었다니⋯⋯? 선생님이 아빠라면 어디서 돌아가시고 싶겠어요? 어디서 돌아가시고 싶겠어요? 어디서⋯⋯? 이 말이 귀에 쟁쟁 울리고 있었다.

그날 퇴근 후 나는 다시 김 과장을 만났다. 진정으로 환자를 위하는 길이 무엇일까? 어떤 것이 고귀한 임종인가? 소생할 수 없는 생명을 붙들고 있는 것이 과연 무슨 의미가 있는가? 생명의 존엄성에는 자기가 선택한 방법대로의 죽을 권리도 포함되어야 하지 않는가? 생명이 존엄하다면, 그 죽음도 존엄해야 하지 않는가? 가끔 피상적으로 자문해 보던 것이었지만, 이런 관념적이고 철학적인 명제가 실제로 내 앞에 닥치자 나는 엄청난 정신적 혼란에 빠지기 시작했다. 어린 소년이 이런 철학적인 명제를 제 스스로 반추해 내지는 않았을 것이다. 그러나 소년은 분명 알고 있었다. 어떤 것이 가장 행복한 죽음이라는 것을. 소년은 존엄사의 의미를 선험적으로 깨닫고 있는 것이다. 제 아버지의 잠재의식이 원하는 죽음의 장소를 소년은 분명히 알고 있는 것이다.

— 뭐? 그애가 그런 말을 해?

김 과장도 눈을 크게 뜨며 놀라워했다.

— 어쩌면 좋을까?

내가 물었다. 한동안 말이 없던 김 과장이 입을 열었다.

— 글쎄……? 그 아이의 생각이 옳을지도 모르지. 그애 아버지가 평생 꿈꾸고 가꿀 섬이 아닌가. 인생의 모든 열정을 쏟고자 했던 섬인데……. 그런 섬에서 그런 바다를 바라보며 눈을 감고 싶겠지. 그러나 한 번 생각해 보자. 의사라는 이유로 네가, 내가 생명을 거둘 수 있는 자격이 있다고 생각해? 생명과 죽음, 양립할 수 없는 문제이긴 해. 그러나 의사는 생명을 다루는 직업이야. 생명은 의사의 영역에 속해. 그러나 죽음은 신의 영역, 굳이 인간의 영역으로 끌어 내린다 하더라도 그것은 종교인의 영역에 속해. 나는 반대다. 의사인 나는 그 녀석의 간청을 들어 줄 수 없어. 그리고 현실적인 문제도 있잖니? 만약 그것이 문제되면 어떻게 수습할래? 내가 기회주의자라서가 아니야.

— 그러나 너도 알잖아. 무익한 생명 연장일 뿐이라는 것을.

— 무익하다고? 어떻게 그렇게 속단해? 너와 나의 의료 지식이 생명을 창조한 신의 영역에까지 미친다고 생각하는 건 아니겠지? 의사는 생명을 위하여 최선을 다하면 되는 거야. 그 외의 것은 신의 영역으로 미뤄. 냉정하게 거절해. 그것이 의사로서의 너의 의무야.

그날도 나는 대취하고 말았다. 다시 일주일이 지났다. 내 고민은 점점 더 깊어지고 있었다.

피터 팬,
탈출 계획을 짜다

— 과장님, 원장님께서 함께 좀 오시라고 합니다.

출근하자마자 원무과장이 진료실로 찾아와 말했다. 원장이 왜 부르는지는 뻔했다. 우리가 들어서자 원장이 우리 두 사람을 힐끗 쳐다보고는 두툼한 서류봉투를 던지듯 응접실 탁자 위에 놓으며 말했다.

— 내가 하도 답답하여 변호사 사무실과 신용조사 기관에 알아봤어요.

화가 잔뜩 난 원장의 얼굴은 상기되어 있었다.

— 그 환자, 재산이 없는 사람이 아니었어요. 우리 병원에 오기 전에 미리 땅이며 집을 모두 다른 사람 명의로 이전해 놓았다고 합니다.

원장이 탁자 위의 봉투에서 서류를 꺼냈다. 등기부 등본이었다. 아마 열 통도 더 넘을 것 같았다.

— 집이며 땅이 이렇게 많이 있었어요. 그런데 하나같이 그 환자 명의에서 모두 다른 사람 앞으로 이전됐어요. 우리 병원에 오기 전에 말입니다. 김 변호사 말로는 소송을 해도 다시 되찾을 가능성도 없다고 합디다. 이런 등기이전 법률 사무를 훤히 꿰뚫고 있는 전문가의 솜씨라고 합디다.

아마 원장은 병원비 일부라도 받아 낼 방법이 없나 하고 변호사 사무실과 신용조사 기관에 소년의 아버지의 재산 조사를 해본 모양이었다. 원무과장과 나는 아무 말도 못 하고 있었다.

　— 이 사람들, 사기꾼들이야. 병원비를 떼먹으려고 미리 재산을 다 빼돌려 놓았어. 박 과장, 그애 어머니 아직 소식이 없지요?

처음에는 의식적으로 화를 누르고 고분고분하게 말하던 원장이 끝내 참지 못하고 흥분하여 고함을 치듯이 말했다.

　— 예, 그애 말로는 어머니는 오지 않는다고 합니다.

꿀 먹은 벙어리가 되어 있던 내가 겨우 소년으로부터 들은 말을 했다.

　— 거 봐요. 이제 그 여자 겁낼 필요 없어요. 그 여자는 제 자식과 남편을 팽개치고 바람이 나 도망을 간 겁니다. 바람난 제 서방 앞으로 재산을 모두 빼돌려 가지고요. 이제 당장 내보내요. 여기가 무슨 자선단체도 아니고, 이런 사람 우리가 돌보고 있을 이유가 어디 있어요? 박 과장이 그 환자 들여 놓았으니까, 책임지고 내보내세요. 그렇지 않으면 정말 짐을 싸세요. 그리고 원무과장, 시청이나 동사무소나 보건소나 어디든 한 번 알아봐. 이런 환자를 어떻게 내보내면 되는지. 무슨 방법이 있을 것 아냐?

원장이 그동안 속은 것만으로도 분이 풀리지 않는다는 듯 씩씩대며 고래고래 고함을 질렀다. 원장의 심정도 충분히 이해할 만했다. 나는 지난번처럼 원장에게 대들 엄두가 나지 않았다. 바람난 여자라고 아예 단정하는 원장의 말도 스미 아저씨와 함께 갔다는 소년의 말에 비추어 일리가 있다는 생각이 들었다. 김 과장도 소년이 스미 아저씨라고 말하는 그 사람이 항상 소년의 어머니와 함께 있었고, 그가 서울의 법률 사무소에서 근무한 경력을 내세우며 강제 퇴원

조치에 대하여 협박까지 했다고 하지 않았는가. 소년의 아버지 명의로 되어 있는 재산이 모두 다른 사람의 명의로 이전된 것은 그 사람의 수단과 계책일 것이었다. 법률 사무소에서 근무하면서 익힌 전문지식과 법망에 걸려들지 않을 교묘한 수단이 총동원되었을 것이다. 김 과장 병원에서의 휘발유 통 사건이나 우리 병원에서의 화염병 소동도 그 사람이 소년의 어머니를 조종하여 일으킨 것이 분명했다. 그런 사람을 내가 변호할 구실도 없었다.

며칠 후 나는 원무과장으로부터 새로운 사실을 알게 되었다. 그것은 새로운 사실이라기보다는 소년과 원장의 말이 사실이라는 것을 확인해 주는 것이었다. 원장의 말처럼 소년의 아버지 명의로 되어 있던 그 섬의 논과 밭, 심지어 집까지도 사고가 있은 1년쯤 후에 다른 사람 명의로 모두 이전이 되었는데, 명의를 이전받은 사람의 주소가 서울이라는 것이었다.

그동안 섬마을 분교의 여선생은 공휴일을 틈타 한 달에 한두 번씩은 아이들과 함께 병원을 찾아와 소년과 환자의 상태를 보고 가곤 했다. 그러나 그녀가 병원으로 오는 공휴일에는 내가 병원에 나가지 않았기 때문에 그녀와 직접 만날 기회는 없었다. 그녀는 가끔 내게 전화를 하여 소년과 환자의 상태를 물어보곤 했다. 나는 혹시 그녀가 소년이 스미 아저씨라고 한 그 사람의 본명을 알고 있을지도 모른다는 생각이 들었다. 나는 그 섬마을 분교로 전화를 걸었다. 나는 그녀에게 명의를 이전받은 등기부 등본의 이름을 대며 이 사람이 혹시 스미 아저씨라는 사람이 아니냐고 물어보았다. 그녀가 깜짝 놀라며 말했다.

— 맞아요. 아버님께서 그 이름으로 몇 번 불렀던 것 같아요. 그런데 왜 그러세요?

나는 뒤통수를 맞은 것처럼 멍멍해졌다. 어머니가 스미 아저씨를 따라갔다는 소년의 말은 사실이었다. 아무리 돈이 지배하는 세상이라지만, 어떻게 이럴 수가? 내 가슴은 분노로 꽉 메어지고 있었다. 내가 소년의 아버지의 모든 재산이 그 사람 앞으로 넘어갔다고 말하자, 그녀가 울음을 터트리며 말했다.

— 그 사람과 어머니가 섬에 나타나지 않아 설마 했는데, 어떻게 그럴 수가? 선생님, 어떻게 그럴 수가 있어요? 그럼 아버님과 피터 팬은 어떻게 돼요? 선생님, 환자를 병원에서 내쫓지는 않을 거죠? 병원비가 없다고요. 그렇죠? 선생님, 대답해 주세요. 선생님은 저와 약속했잖아요.

내가 전화를 한 것이 병원비 때문이라는 것을 미리 짐작했는지 그녀가 엉엉 울면서 말했다. 선생님은 저와 약속했잖아요, 하고 따지듯 말하는 그녀의 목소리가 송곳이 되어 심장에 박히고 있었다.

그런데 그날 오후, 나는 더욱 기막힌 사실을 알게 되었다. 원무과장이 얼굴이 시뻘겋게 되어 진료실로 와서 말했다.

— 과장님, 이거 한 번 보세요.

원무과장이 내민 것은 옛날 제적 등본이었다.

— 이게 뭡니까?

내가 영문을 몰라 묻자, 원무과장이 기가 막힌다는 듯이 말했다.

— 제가 아는 면사무소 직원에게 부탁하여 제적 등본을 떼 봤는데 말입니다. 환자와 애 엄마는 벌써 일 년 전에 이혼을 한 것으로

나타나 있습니다. 재산을 빼돌린 직후입니다.

— 예? 아무려면 그럴 리가?

— 여기 이렇게 나타나 있지 않습니까?

사실이었다. 원무과장이 내미는 제적 등본에는 이혼의 원인으로 '재판상 이혼'이라고 기재되어 있었다. 환자가 의식불명의 상태로 병원에 누워 있는데 어떤 방법으로 이혼 재판을 한 것인지는 모르지만, 제적 등본에는 분명히 그렇게 적혀 있었다. 원무과장이 얼굴을 붉히며 열을 내어 말했다.

— 가짜 재판을 한 것이 분명합니다. 이제는 애 엄마를 찾아 병원비를 청구하는 것도 불가능하다고 합니다. 청구하면 또 뭐하겠습니까? 전 재산을 모두 빼돌려 놔버렸는데…… 원장님께 보고하고 이제는 별도의 다른 조치를 취하는 수밖에 없습니다.

그렇게 말한 원무과장이 씩씩거리며 진료실을 나갔다. 다음 날 오전, 시청의 보건 담당 공무원이 병원으로 왔다. 원무과장이 시청에 알아보고 합법적으로 환자를 내보내는 방법을 강구하고자 시청의 보건 담당 직원을 부른 것이었다. 그러나 해골 같은 얼굴에 욕창으로 고름이 줄줄 흐르는 환자의 모습을 보자마자 그 직원은 기겁을 하고, 자기는 모르겠다고 하면서 줄행랑을 놓아 버렸다. 그래서 합법적으로 환자를 내보낼 방법을 찾지 못한 채 또 며칠이 지났다. 원장의 불만은 이제 머리끝까지 올라 있었다.

— 박 과장, 언제까지 이러고 있을 거요? 당장 사표 내고 짐을 싸요.

출근하자마자 원장실로 불려간 나는 책상을 쾅쾅 두드리며 고함지르는 원장의 원성을 고스란히 뒤집어써야 했다. 난을 가져간 원장의 약점이라도 들이대며 원장의 입을 봉하고 싶었다. 그러나 곰곰 생각해 보니 원장이 그 난을 환자의 집에서 가져왔다는 증거는 내 주장뿐이고, 이를 뒷받침할 다른 증거는 어디에도 없었다. 자칫 잘 못하다간 오히려 내가 무고로 뒤집어쓸 수도 있겠다는 생각이 들었다. 나는 이러지도 못하고 저러지도 못한 채 망설이고 있었다. 김 과장과의 약속도 약속이지만, 아이들과 선생님과의 약속 아닌 약속도 마음에 걸렸다. 짐을 싸라는 원장의 말대로, 나도 모르겠다고 하면서 그냥 사표를 내고 병원을 떠나 버리고 싶은 심정도 들었다.

그날 퇴근이 임박하여 병실에 들렀다. 소년의 눈은 이제 휑하니 꺼져 있었다. 어머니가 남은 재산마저 모두 처분해 버렸고, 어머니와 아들이라는 혈육의 정마저도 끊어 버리겠다는 각오로 아버지와 이혼까지 해버린 상태였다. 이제 소년은 이 세상 누구에게도 의지할 데 없는 혈혈단신 고아나 다름없었다. 그러나 나는 내가 알게 된 그런 사실을 차마 소년에게 말할 수가 없었다. 나는 내가 처한 입장은 잠시 잊어버리고 소년에 대한 연민에 사로잡히고 말았다. 나는 소년의 어깨를 꼭 껴안았다. 가슴에 안긴 소년이 훌쩍거리며 말했다

— 선생님, 보내 주세요. 어젯밤 아빠가 또 말했어요. 해적놀이하러 가자고…….

— 안 된다. 내가 그 말을 믿으라는 거니?

— 선생님은 왜 믿지 못하세요? 그것은 선생님이 마음을 모을 줄 몰라서 그래요. 저는 이제 아빠의 마음을 볼 수 있어요. 아빠가 무슨 말을 하는지도 알아요. 선생님도 한 번 마음을 모아 보세요.

소년의 간절한 눈이 나를 바라보고 있었다. 문득 생각이 들었다.

어머니의 일은 그렇다 하더라도, 모든 생명체는 귀소본능이 있다고 하는데, 그런 자연의 순리에 따르게 해주는 것이 죽음 앞에 선 환자를 진정으로 위하는 길이 아닐까? 김 과장의 생각이 반드시 옳은 것은 아닐 것이다. 의사이기 때문에 생명만을 돌봐야 한다는 그런 절대적 명제는 없다. 환자는 진정 어떤 것을 원할까? 환자는 자신의 비망록에서 최상의 행복의 조건은 영성을 개발하는 것이라고 했다. 무익한 육체적 생명을 붙들고 있는 것이 과연 환자가 말한 영성에 부합하는 것일까? 내가 그 영성의 발현을 막을 자격이 있는가? 그래, 소년의 소망대로, 자연의 순리대로, 이 사람에게 행복하고 거룩한 죽음을 맞게 해주자. 환자 본인도 틀림없이 그것을 원할 것이다. 아빠의 마음을 볼 수 있다는 소년의 말을 믿자. 그래, 환자가 영혼을 바치고자 했던 낙원의 쉼터에서 숨을 거두게 하자. 나의 결심은 점점 굳어지고 있었다.

다음 날부터 나는 고민하기 시작했다. 그러나 소년의 간청을 들어주려고 해도 여전히 현실적인 문제가 앞을 가로막았다. 소년이 미성년자라 환자는 보호자가 없는 상태였다. 그리고 환자가 병원을 나간다면 단 며칠 만에 사망할지도 몰랐다. 아니 며칠이 아니라 곧바로 사망할 가능성이 더 높았다. 안락사가 인정되지 않는 법제도 아래서 보호자도 없는 이런 위급 환자를 강제로 퇴원시키는 일은 보는 관점에 따라선 살인이 될 수도 있는 일이었다. 자칫 법적인 문제로 비화될 수도 있었다. 내가 형사 처벌을 받을 수도 있고, 행정 조치로서 의사면허 취소나 자격 박탈까지 감수해야 할 수도 있었다. 나는 실정법과 가치관, 그리고 당면한 현실 사이에서 오락가락하고 있었다.

어떤 방법으로 내보낼까? 마땅한 방법이 떠오르지 않았다. 그래, 병원에서 강제로 내보낸 게 아니라, 환자가 병원 관계자 모르게 도망갔다고 하면? 말도 안 되는 소리다. 의식조차 없는 전신마비 환자가 어떻게 스스로 병원을 나간단 말인가? 혹시 병원에 몰려오는 그 아이들을 이용하는 방법은 없을까? 아이들이 저들끼리 환자를 빼돌렸다고 하면 되지 않을까? 그러나 그것도 너무 위험한 일이었다. 자칫 내가 아이들을 이용했다는 것이 밝혀지면 나는 천하에 둘도 없는 파렴치범이 되고 말 것이다. 그렇다면 방법은? 결국 이 일은 나와 소년 이외에는 아무도 모르게 비밀로 해야 한다. 내가 이 일에 개입된 사실이 절대로 드러나지 않아야 한다. 그래야 만에 하나 내가 형사처벌을 면할 수 있다.

— 그럼 이렇게 하자.

— 어떻게요?

— 이건 너와 나만의 비밀이다. 반드시 지키겠다고 약속하면 보내주마. 만약 네가 약속을 지키지 않으면 내가 벌을 받게 돼. 그러면 정말 큰일 난다.

— 지키겠어요. 꼭 지키겠어요. 선생님이 절대 벌 받지 않도록 하겠어요.

결국 나는 소년과 함께 살인의 음모 또는 예비를 하고 있었던 것이다.

피터 팬,
후크 선장을 목선에 태워 보내다

그날부터 나는 소년과 함께 환자를 탈출시킬 작업에 착수했다. 우리는 먼저 디데이 날을 10일 후인 일요일로 잡았다. 이 작전에 소년과 나 이외에는 어느 누구도 개입되어서는 안 되었다. 나 이외에 병원 관계자 그 누구도 몰라야 하고, 소년 이외에 여선생이나 아이들도 절대로 모르게 진행해야 하는 비밀 작전이었다.

먼저 디데이 날로 잡은 10일 후, 일요일에는 아이들이 병원으로 오지 않아야 했다. 아이들이 있는 상태에서 환자를 병원에서 빼돌릴 수는 없었다. 여선생도 오지 않아야 했다. 나는 이것이 걱정되었다. 그렇지 않아도 엉엉 울면서 환자를 내보내지나 않을까 걱정하던 그녀였다. 그녀가 알면 이 작전은 결코 성공할 수 없다.

3일 후 토요일, 내 전화를 받고 걱정이 되었던지 여선생이 아이들을 인솔하여 병원으로 왔다. 예전보다 더욱 살이 빠져 이젠 정말 살아 있는 해골 같은 모습으로 변해 버린 후크 선장을 본 그녀는 울음부터 먼저 터뜨렸다. 그녀가 울자, 아이들로 덩달아 훌쩍훌쩍 울기 시작했다.

— 선생님, 후크 선장을 내보내지 않을 거죠?

그녀가 눈물을 줄줄 흘리며 말했다. 나는 이때다 싶은 생각이 들었다. 그녀를 속여야만 했다. 만약 나와 소년이 환자를 탈출시킬 음모를 꾸미고 있다는 사실을 그녀가 알면 펄쩍 뛸 일이었다.

— 자, 진정하고 진료실로 가서 얘기해요.

나는 그녀를 데리고 일반 병동의 진료실로 내려왔다. 그것은 그녀가 없는 동안에 소년이 아이들에게 지시를 할 수 있도록 일부러 자리를 마련해 주기 위한 것이었다. 내가 먼저 말을 꺼냈다.

— 사실, 며칠 전에 위험한 고비를 한 번 넘겼습니다. 이제는 오래 버티지 못할 것 같아요.

— 그래도 내보내지는 않으실 거죠? 선생님, 약속해 주세요.

— 그럼요. 내보내지 않습니다. 제가 약속했잖아요. 최선을 다해 보겠다고.

— 그 약속 꼭 지키실 거죠? 그렇죠? 선생님.

— 예, 지킬 겁니다. 꼭 지키겠어요.

나는 의식적으로 큰소리로 말하면서 그녀를 안심시켰다. 거짓말을 해야 한다는 죄책감에 가슴이 쓰렸다.

— 선생님, 고맙습니다.

또다시 그녀의 눈에서 눈물이 주르르 흘렀다. 그럴수록 내 가슴은 더욱 미어지고 있었다. 한참을 울고 난 그녀가 문득 생각난 듯이 잠긴 목소리로 말했다.

— 선생님, 언젠가 제게 물으셨죠?

— ……?

— 무엇 땜에 외딴 섬마을에 와서 고생을 하냐고요?

— 내가 그런 말을 했던가요?

나는 알면서도 일부러 반문하며 얼버무렸다.

— 전 가르치러 온 것이 아니거든요. 전 배우러 왔거든요. 바다와

섬과 아이들에게서……. 꿈과 순수를요. 그런데 어른들은 너무 잔인해요. 어떻게 피터 팬에게, 후크 선장에게 그럴 수 있죠?

그 말은 소년의 어머니와 스미 아저씨를 두고 하는 말일 것이었다. 그녀의 목소리는 분노로 파르르 떨리고 있었다.

그녀와 아이들이 돌아간 후 소년이 말했다.

― 선생님, 아이들은 다음 주엔 오지 않을 거예요.

― 정말이지?

― 예, 제가 오지 말라고 했어요. 아이들은 제 말은 들어요. 제가 대장 피터 팬이거든요. 선생님에게는 절대로 말하면 안 된다고 했어요.

― 장담할 수 있지?

― 예, 틀림없어요.

다음 주 월요일 저녁, 나는 서울에서 개최되는 의학 세미나에 참석해야 할 일이 있었다. 나는 이 세미나를 이용하고자 했다. 나는 월요일 세미나에서 발표할 자료를 병원에서 준비해야 한다고 하면서 일요일에는 내가 당직을 설 것이라고 간호사에게 미리 말해 두었다. 또한 나는 특별 병동 지하 주차장의 어느 곳이 CCTV 카메라에 잡히지 않는지를 미리 확인했다. 물론 이렇게 한 것은 CCTV에 소년과 함께 환자를 이송하는 내 모습이 잡히는 것을 피하기 위해서였다. 애초에는 지하 주차장의 CCTV 전원을 차단해 놓을까 하는 생각도 해봤지만, 유독 환자가 없어진 그때만 전원이 꺼져 있었다면 의심받을 수 있다는 생각을 했던 것이다. 그리고 병원에서 섬으로 들어가는 여객선 선착장이 있는 해안 마을까지 소요되는 시간도 미리 점검해 보았다. 전에 난을 가져오던 날 원무과장의 차를 타고 선착장까지 가봤지만, 다시 한 번 확인해 둘 필요가 있었다. 그때와 마찬가지로 승용차로 속력을 내면 30분 내에 도착할 수 있을 것 같았다. 병원에서 탈출하여 토끼섬으로 가는 해안 마을 선착장까지 소년과 환자를 실어다 주면 나의 임무는 종료되는 것이었다.

일요일, 드디어 나는 소년과 함께 작전을 개시했다. 오후 2시, 일반 병동에 있던 나는 특별 병동 4층 간호사실로 전화를 걸었다. 간호사실에는 일요일 당직 근무자로 이 간호사 혼자 나와 있었다.

― 이 간호사, 지금 일반 병동 응급실로 좀 내려오세요.

― 무슨 일이 있어요? 선생님.

― 아니, 무슨 일은 아니고 내일 세미나 자료 준비로 급히 어디 좀 다녀올 일이 생겨서, 내가 자리를 비운 동안 잠시 응급실을 좀 지켜 줘요.

― 이곳은 어떻게 하고요?

― 잠시 자리 비우는데, 별일이야 생기겠어. 잠시만 내려오세요.

― 알겠습니다, 선생님.

10여 분 후 이 간호사가 응급실로 내려왔다. 나는 이 간호사에게 한 시간쯤 자리를 비울 테니 무슨 일이 생기면 휴대전화로 연락하라고 지시하고는, 급히 특별 병동으로 올라가 1층 계단 뒤 외부 철제 비상구 계단을 통하여 4층으로 올라갔다. 그 비상구는 CCTV에 잡힐 염려가 없었다. 미리 계획했던 대로 소년은 건물 내부 비상구 계단 입구에서 휠체어에 아버지를 태우고 나를 기다리고 있었다. 물론 이 간호사를 불러낸 것은 소년이 아무도 모르게 간호사실 앞을 지나 이 비상구 계단까지 올 수 있도록 하기 위한 조치였다.

우리가 비상구 계단을 택한 것은 누구에게도 들키지 않고 병원 건물을 탈출해야 했기 때문이었다. 간호사들이나 병원 관계자는 물론 다른 환자나 그 가족들에게도 발견되지 않고 감쪽같이 병원을 빠져나와야 했다. 엘리베이터나 일반 출입문을 이용할 경우 그들에게 발각될 수도 있었고, 병원 내에 설치되어 있는 CCTV에 포착될 것이었다. 건물 외부 철제 비상구처럼 이 비상구 계단에도 CCTV가 설치되어 있지 않았고, 또 이 비상구 계단을 이용하는 사람은 극히 드물었다. 더구나 당직 근무자만 출근한 일요일에 이 비상구를 이용할 사람은 아무도 없었다. 나는 이 점에 착안했던 것이다. 그러나 내가 도와주지 않으면 소년 혼자 환자가 앉아 있는 무거운 휠체어를 끌고 계단을 내려오기는 불가능했다. 내가 도와주어야만 했다.

소년과 나는 조심스럽게 환자가 앉은 휠체어를 아래로 운반하기 시작했다. 우리는 계단에서 덜컹거리지 않도록 휠체어를 마주보고 들다시피 낑낑거리며 지하 1층 주차장까지 내려왔다. 그리고는 주차장 오른쪽 구석진 벽에 바짝 붙다시피 우회하여 아침에 출근하면서 내가 미리 세워 둔 내 승용차로 갔다. 그렇게 벽을 따라 우회해야 주차장의 CCTV에 포착되지 않을 수 있었다. 내 승용차가 주차되어 있는 지점도 물론 CCTV가 포착할 수 없는 곳이었다. 나는 주차장 내에서 CCTV가 포착할 수 없는 사각지대를 미리 알아두었던 것이다.

며칠 전에 나는 내 차의 유리창을 외부에서 안이 보이지 않도록 짙게 선팅을 해두었다. 선팅을 한 것은 주차장을 벗어날 때 입구에서 어쩔 수 없이 내 차가 CCTV에 포착될 것이고, 이때 차에 타고 있는 소년과 환자의 모습이 카메라에 포착되지 않도록 하기 위한 조치였다. 나는 소년과 아버지를 차에 태우고 급히 병원을 벗어났다. 간호사에게도 들키지 않고 CCTV 카메라에 포착되지도 않고 병원을 탈출하려던 우리의 작전은 이렇게 성공했다.

이 간호사에게 한 시간쯤 자리를 비우겠다고 한 것은 선착장까지 소년을 데려다 주고 돌아올 수 있는 시간을 감안한 것이었다. 병원을 빠져나와 선착장으로 급하게 운전하고 있는데, 휴대전화가 울렸다. 병원을 빠져나온 지 20분쯤 지난 뒤였다. 폴더를 열자마자 숨넘어가는 이 간호사의 다급한 음성이 들렸다.

— 선생님, 큰일 났어요.

— 무슨 일인데 그래요?

나는 일부러 약간 짜증을 섞어 말했다. 뭐 그리 별로 대수롭지 않은 일로 그렇게 호들갑을 떠느냐는 투였다.

— 환자가 없어졌어요.

— 환자가 없어지다니? 그게 무슨 소리야?

— VIP 특실에 있던 그애와 환자가 감쪽같이 사라졌어요.

— 뭐라고? 그게 정말이야?

그때서야 나는 놀라는 척 일부러 큰소리로 말했다.

— 예, 이걸 어쩌면 좋죠?

— 당황하지 말고, 혹시 어디 복도나 화장실 같은 데 있나 찾아봐요. 내 지금 곧바로 병원으로 갈게.

— 예, 알았습니다.

나는 더욱 급하게 차를 선착장으로 몰았다. 급히 돌아가지 않으면 의심받을지도 모른다. 약 5분 정도를 더 달리니 멀지 않은 곳에 선착장이 보였다. 그때 소년이 말했다.

— 선생님, 여기에서 세워 주세요.

— 선착장은 저기 저곳이 아니니?

— 바퀴의자를 끌고 여기서 걸어갈게요. 혹시 선착장에 있는 사람들이 선생님의 차를 보면 안 되잖아요.

그러고 보니 그랬다. 들키지 않고 병원을 빠져나오기만 하면 된다는 생각만 했는데, 선착장에서 휠체어에 태워진 다 죽어 가는 환자의 모습을 누군가가 본다면, 필시 그 사람들이 내 얼굴을 기억할 것이었다. 차의 속도를 줄이고 운전하면서 적당한 장소를 찾아 둘러보니, 멀지 않은 곳에 국도에서 갈라져 나가 높은 둔덕 뒤로 이어지는 시멘트 포장 농로가 보였다. 나는 핸들을 꺾어 그 농로로 진입하여 둔덕을 넘었다. 그곳은 높은 둔덕에 가려져 국도를 오가는 차들의 눈에도 띄지 않았다. 이미 11월 하순으로 접어든 둔덕 뒤 들판에는 아무도 없었다. 나는 둔덕 뒤 농로에 차를 세우고 먼저 휠체어를 내리고, 다음으로 소년과 함께 환자를 내려 휠체어에 앉혔다. 다행히 초겨울 날씨답지 않게 맑은 가을 햇살이 퍼지고 있는 들판은 바람도 불지 않고 따뜻했다.

— 선생님, 고맙습니다. 전 이곳에 잠시 숨어 있다가 선생님이 간 후에 나갈게요.

— 그래라, 그것이 좋겠다. 내일 내가 주사약과 링거액을 가지고 섬으로 가겠다. 내일 아침까지는 주사를 맞지 않아도 되도록 내가 조치해 놓았으니 걱정하지 않아도 된다. 대신에 약은 시간에 맞춰

꼭 드시도록 해야 한다. 알았지?

— 예.

나는 내일 월요일, 서울에서 있을 세미나에는 가지 않을 작정이었다. 대신 환자에게 필요한 약과 링거액 등을 준비하여 소년의 섬마을 집으로 갈 생각을 했던 것이다. 일부러 세미나가 있는 날을 택한 이유였다. 나는 서둘러 다시 차에 올랐다.

— 선생님, 잠깐만요.

막 시동을 걸어 출발하려는데 소년이 뭔가 잊어버린 것을 새삼 생각한 듯 말했다.

— 무슨 일인데?

— 선생님 지갑 제게 주세요.

— 왜, 돈이 필요해서 그러니?

— 아뇨, 돈은 있어요.

그러면서 어디에서 났는지 소년은 호주머니에서 꼭꼭 접힌 만 원짜리 지폐 한 장을 내보였다.

— 그런데 왜?

— 꼭 필요할 것 같아서요. 나중에 반드시 그대로 돌려드릴게요. 약속해요.

— 알았다. 그렇게 하렴.

나는 소년의 의중을 모른 채 신분증과 신용카드 등을 꺼내고 약간의 현금만 들어 있는 지갑을 소년에게 주었다.

— 아뇨, 신분증이랑 카드가 있는 그대로요.

— 뭐라고?

— 있는 그대로의 지갑이 필요해요.

소년이 차 앞을 막아서고는 지갑을 주지 않으면 물러나지 않을 듯이 말했다. 시계를 보니 병원을 나온 후 이미 40분이 지나 있었다. 한시 바삐 병원으로 돌아가야 하는데, 내 마음은 조급해졌다.

— 모두 다 선생님을 위해서예요. 지갑은 그대로 선생님께 돌려드릴게요. 약속해요.

이제는 더욱 다급해졌다. 소년에게도 돈은 필요할 것이었다. 나는 할 수 없이 지갑을 통째로 소년에게 주고는 급히 차를 돌려 나왔다. 국도에서 소년이 숨어 있는 둔덕 쪽을 바라보니, 소년은 보이지 않고 높다란 둔덕 위에 철 지난 노란 들국화가 초겨울 새파란 바람을 맞으며 하늘거리고 있었다.

— 도대체 뭘 하고 있었어요? 환자가 없어지는 줄도 모르고…….

병원에 도착하자마자 나는 대뜸 이 간호사에게 큰소리부터 질렀다.

— 선생님이 부르셔서 일반 병동으로 간 사이에 도망갔나 봐요. 선생님, 이를 어떡해요?

이 간호사가 덜덜 떨면서 어쩔 줄을 몰라 했다.

— 그걸 내게 물으면 어떡해.

나는 일부러 계속 화를 냈다. 이 간호사에게는 미안했지만, 나는 연극을 해야 했다.

— 선생님, 경찰에 신고해야 하지 않을 까요?

— 큰일 날 소리. 찾는 데까지 찾아보고 원장님께 보고부터 해야지. 우리끼리 어쩌자고. 그리고 제 발로 돌아올지도 모르잖아. 그놈이 다 죽어 가는 환자를 데리고 가봐야 어디로 가겠어.

나는 이 간호사에게 다시 한 번 버럭 화를 내며 핀잔을 주었다. 소년이 선착장에 도착하여 여객선을 타고 섬에 갈 수 있는 시간이 필요했다. 오후 4시에 선착장에서 섬으로 가는 마지막 여객선이 있었다. 둔덕을 돌아 나올 때가 2시 40분경이었으니까, 소년이 아버지를 태운 휠체어를 끌고 가는 것을 감안하더라도, 그곳에서 선착장까지는 넉넉잡고 1시간이면 충분할 것이었다. 그렇다면 소년은 4시에 떠나는 여객선을 타고 섬에 들어갈 수 있다. 최소한 그때까지는 시간을 벌어 두어야 했다. 경찰에 신고하자는 이 간호사의 말을 일부러 핀잔까지 주면서 일축한 이유였다.

— 이 자식이 끝까지 말썽을 부리네.

나는 이 간호사가 들으라는 듯 일부러 투덜거렸다. 다른 간호사들과 함께 병원 1층부터 4층까지 한 곳도 빠짐없이 샅샅이 찾아보라고 이 간호사에게 지시하고는, 나는 옥상정원이며 숲 속 산책로 등 병원 외부를 수색해 보겠다는 핑계를 대고 일부러 밖으로 나왔다. 그렇게 호들갑을 떨면서 수색하는 척하고, 혹시 제 발로 돌아올지도 모른다고 핑계를 대면서 3시간 가까이나 시간을 죽이다가, 오후 6시가 다 되어서야 원장에게 전화로 보고를 했다. 그리고는 원장의 지시에 마지못해 경찰서에 환자의 거짓 실종신고를 했다. 물론 이런 연극을 한 것도 소년에게 섬으로 갈 수 있는 최대한의 시간을 벌어주고자 한 것이었다. 소년이 타고 갔을 4시의 그 여객선이 그날 토끼섬으로 가는 마지막 배편이었다. 아마도 경찰이 섬에서 소년을 찾아내려면 빨라도 내일 첫 번째 여객선 시간이 지난 오전 10시쯤은 되어야 할 것이었다.

나는 퇴근하기 전에 마지막으로 소년과 환자가 머무르던 VIP 병실로 가보았다. 소년과 후크 선장의 체취가 그대로 병실에 머물고 있는 것 같았다. 혹시 돌아올지도 모른다는 생각에 아직 치우지 않고 있는 병실 침대를 바라보면서 나는 여전히 그곳에 후크 선장이 누워 있는 것 같은 착각에 빠졌다. 그러나 소년과 후크 선장은 이제 돌아오지 않을 것이었다. 나는 벽에 붙은 붙박이 수납장을 열어 보았다. 아래 위 두 칸으로 된 수납장 위 칸에는 꽤 큼직한 배낭 하나와 그 옆에 후크 선장의 비망록 노트가 있었다. 집에서 가져왔던 의복이나 세면도구 등 잡다한 사물은 배낭에 함께 넣어 두고 비망록만 별도로 챙겨 놓은 것 같았다. 아래 칸에는 내가 민속주점에서 빌려다 주었던 째깍시계가 모두 들어 있었다. 배낭은 꽤 무거웠다. 중학 1학년 어린 소년이 무거운 배낭까지 지고 환자가 탄 휠체어를 밀고 가기에는 힘이 부칠 것 같았다. 나중에 가져갈 생각으로 그곳에 그대로 남겨 두고 간 것 같았다. 아버지 다음으로 중요한 것이 그 비망록일 터였다. 그 비망록만은 내가 보관하고 있다가 나중에 기회가 닿으면 소년에게 직접 전해 주어야겠다고 생각했다. 나는 비망록을 들고 병실을 나와 퇴근했다.

　다음 날 월요일 아침 병원에 출근하자마자 나는 미리 준비해 두었던 약과 주사기, 링거액이 든 가방을 챙겨 섬으로 갈 준비를 했다. 원장이 진료실까지 내려와 고함을 질렀다.

　─ 환자가 없어진 마당에 지금 어디 가려는 거요?

　─ 어제 밤에 곰곰 생각해 보니 환자가 갈 곳은 그 섬마을뿐이라는 생각이 들었습니다. 그래서 직접 가보려고…….

— 제 발로 없어졌다니 고맙기는 하다만, 혹시 경찰에서 연락이 올지도 모르니 조금 더 기다려 봅시다. 밤새 경찰이 환자를 찾아냈을 수도 있지 않겠소.

원장과의 한바탕 소동 때문에 아침 일찍 토끼섬으로 가려던 내 계획은 차질을 빚고 말았다. 나는 초조했다. 그렇게 우왕좌왕하는 사이에 어느덧 시간은 점심시간이 다 되어 가고 있었다. 오후에는 소년의 집에 도착하여 환자에게 새로운 링거 주사를 놓아 주어야 했다. 나는 더 이상 참지 못하고 가방을 들고 진료실을 나왔다. 낚싯배라도 대절해서 섬으로 갈 요량이었다. 그런데 진료실을 나와 병원 출입문으로 향하면서 출입문 옆 안내 데스크에 막 배달된 그날 지방 석간신문이 눈에 들어왔다. 아직 아무도 펼치지 않은 채 신문의 1면 상단이 그대로 눈에 띄었다.

비정한 존속살인
범인은 중학 1학년 어린 아들

혹시? 소년과 아버지 후크 선장일 수도 있다는 생각이 무심결에 들었다. 나는 나도 모르게 신문을 집어 들고 소제목을 읽었다.

전신마비의 식물인간 아버지를 목선에 태워 바다로 떠내려 보내 살해하다.

어제 밤에 토끼섬에서 일어난 소년과 그 아버지 후크 선장의 기사였다. 이럴 수가? 어떻게 이럴 수가……? 나는 기사를 읽기 시작했다. 그러나 기사는 커다란 제목에 비해 알맹이는 없었다. 경찰의 보도 자료만을 짧게 인용한 것이고, 자세한 경위나 내막은 아직 실려 있지 않았다. 바다 위 목선에서 죽어 있는 환자를 발견한 것이 그날 새벽이었고, 신문의 발행 시간까지 경찰의 보도 자료 외에 상세한 내막을 취재할 시간적인 여유도 없었던 것 같았다.

나는 신문을 안내 데스크에 그대로 올려놓고 다시 진료실로 돌아왔다. 겨우 정신을 가다듬고 차근차근 생각해 보았다. 덜컥 소년에게 지갑을 줘버린 일이 생각났다. 갑자기 눈앞이 노래지면서 심장이 격렬하게 뛰기 시작했다.

이걸 어쩌나? 그 영악한 녀석에게 속고 말았다. 어쩌면 녀석의 어머니와 스미 아저씨라는 사람이 획책한 다른 음모가 있는지도 모른다. 아니, 처음부터 그들이 계획한 음모일 가능성이 더 높다. 재산을 모두 빼돌려 놓고 법적으로 이혼까지 한 여자였다. 그 여자 뒤에 있는 남자는 변호사 사무실에서 오랫동안 근무한 법원 실무 전문가라고 했다. 그들이 작당하여 처음부터 병원을 상대로 뭔가 음모를 꾸몄을 것이다. 그들이 이를 빌미로 어떤 협박을 해올지…….

이것도 문제지만, 그 녀석이 아버지를 살해했다고 하는데, 내게도 불똥이 튀는 것은 아닐까? 나도 형사처벌을 받게 되는 것은 아닐까? 내 지갑을 갖고 있는 녀석이 나를 끌고 들어가면, 나는 속절없이 그 녀석과 공범이 되어 버릴 것이다. 아아, 어쩌다가 이런 실수를? 다시 한 번 덜컥 심장이 내려앉으며 온몸에서 힘이 송두리째 빠져나가는 것 같았다. 그러나 땅을 치며 후회한들 이미 늦은 뒤였다.

피터 팬,
체포되다

일주일 후 이 간호사가 참고인으로 경찰서에 불려갔다. 오전 출근과 동시에 경찰서에 간 이 간호사는 퇴근 무렵이 다 되어서야 돌아왔다. 경찰관이 집요하게 꼬치꼬치 캐묻더라고 했다. 사색이 되어 돌아온 이 간호사가 자신이 신문받은 내용을 자세하게 얘기했다.

— 환자가 없어진 사실을 언제 알게 되었나요?

— 오후 두 시 반경쯤이었습니다.

— 그때 참고인은 어디서 무엇을 하고 있었나요?

— 박 과장님이 일반 병동 응급실로 잠시 내려오라고 해서 거기에 가 있었습니다.

— 박 과장님이란 누구를 말하는가요?

— 그날 당직 의사이신 저희 병원 신경외과 과장님이십니다.

— 박 과장은 무슨 일로 참고인을 거기로 오라고 했던가요?

— 어디 잠시 다녀올 데가 있다고 하면서 그동안 응급실을 지키라고 했습니다.

— 박 과장이 어디를 간다고 하던가요?

— 어디에 간다고 특정한 장소를 말하지는 않았습니다.

— 그 환자는 어떤 환자였나요?

— S병원에서 전원을 해온 환자였는데, 올 때부터 전신마비에다 의식불명 상태였습니다.

— 그 환자의 보호자는 있었던가요?

— 중학교 일학년 아들이 있었습니다.

— 다른 보호자는 없었는가요?

— 없었습니다.

— 그런 환자가 어떻게 특별 병동의 최고 특실에 입원하게 되었는가요?

— 거기에 대해 자세한 내용은 저는 모릅니다.

— 그 환자는 병원비를 내지 않았지요?

— 예.

— 병원비를 내지 않았기에 어린 학생에게 강요하여 강제 퇴원을 시킨 것은 아닌가요?

— 그에 대해서도 저는 아는 바가 없습니다.

— 그런데 움직이지도 못하는 환자가 어떻게 병원을 나갈 수 있었나요?

— 그게 이상한 일입니다. 그날 응급실에서 돌아와 보니 환자가 없어졌습니다.

— 병원비도 내지 않고 그럴 경제적 능력도 없었기 때문에 병원에서 강제로 퇴원시킨 것이 아니란 말인가요?

— 아닙니다. 절대로 그런 것은 아닙니다.

— 그 이전부터 원장은 그 환자를 빨리 내보내라고 지시를 했다는데, 맞는가요?

— 저는 잘 모릅니다. 저는 그런 지시를 받은 적이 없습니다.

— 그 환자의 담당 의사는 누구였나요?

— 박 과장님이었습니다.

— 박 과장이 그 환자를 내보내라고 지시한 적은 없었나요?

— 없었습니다.

— 환자가 없어진 시간에 참고인은 응급실에 있었고, 박 과장은 병원에서 나갔단 말이지요?

— 예.

이 간호사의 말을 듣는 동안 나는 심장이 오그라들고 있었다. 그러나 내색할 수 없었다. 그 다음 날 경찰이 압수수색영장을 가지고 병원으로 와서 특별 병동의 CCTV 녹화 테이프 원본과 환자의 의료 기록부 등을 가져갔다. 다시 일주일 후 원무과장이 경찰서에 불려갔다. 여섯 시간에 걸쳐 조사를 받고 온 원무과장의 얼굴도 사색이 되어 있었다. 아무래도 경찰은 병원에서 강제로 환자를 내보낸 것이라고 믿고 있는 것 같다고 했다. 특히 환자가 언제 없어졌는지, 병원에서 환자에게 퇴원을 종용한 사실이 있는지, 환자를 내보내라는 지시를 받은 사실이 있는지 등에 대하여 상세하게 묻더라고 했다. 원무과장이 조사받은 주요 내용은 다음과 같았다.

— 그 환자에게 보호자가 있었는가요?

— 중학교 일학년 아들이 있었습니다.

— 다른 보호자는 없었나요?

— 어머니가 있다고 했는데 오지 않았습니다.

— 그 환자는 병원비를 냈는가요?

— 한 번도 내지 않았습니다.

— 현재까지 밀린 병원비는 얼마인가요?

— 정확한 액수는 지금 자료가 없어 모르겠고, 그 병실은 특실 중의 특실이라 상당한 금액에 달할 겁니다.

— 환자의 강제 퇴원을 막기 위해 아이들이 병실에 휘발유 화염병을 넣어 두고 있었다는 것이 사실인가요?

— 예, 그런 얘기를 들은 적이 있습니다. 그러나 그것은 아이들이 물감을 탄 물병으로 우리를 속인 것이었습니다.

— 특별 병동에 있던 다른 환자들이 그 환자를 내보내지 않으면 퇴원하겠다고 하면서 병원에 항의를 한 적이 있었다는 것은 사실인가요?

— 예, 그런 적이 있었습니다.

— 그리고 실제로 그것 때문에 퇴원한 사람도 있었다는 것도 사실인가요?

— 그것 때문인지는 모르지만, 그 아이들이 병원에 있을 동안 조기 퇴원한 환자는 있었습니다.

— 참고인은 그 환자가 없어진 것을 언제 알았는가요?

— 월요일 아침, 출근한 직후입니다.

— 병원 원장이 참고인에게 그 환자를 내보낼 방안을 강구하라고 지시한 적이 있었다는데, 사실인가요?

— 예, 사실 원장님은 그 환자 때문에 많은 고민을 하고 있었습니다.

— 그래서 참고인이 원장의 지시를 받고 환자를 강제로 내보낸 것이 아닌가요?

— 아닙니다. 원장님이 그런 지시를 한 적은 있었지만, 강제로 내보낸 것은 절대로 아닙니다.

— 원장이 참고인 이외의 다른 누구에게 그런 지시를 내린 적은 없었나요?

— 그것은 모르겠습니다.

— 담당 의사인 박 과장에게 그런 지시를 내린 적은 없었나요?

— 얼마 전 원장실에서 박 과장님에게 무슨 조치를 취해야 하지 않느냐고 야단치는 모습을 본 적이 있습니다.

— 그 무슨 조치라는 것이 환자를 강제로 내보낼 방안을 말하는 것이지요?

— 그렇다고 볼 수 있습니다.

— 그런 야단을 맞은 박 과장의 태도는 어땠나요?

— 박 과장님이 원장에게 따졌습니다.

— 어떻게 따졌다는 말인가요?

— 만약에 보호자도 없는 환자를 내보내 문제가 생기면 누가 책임지겠느냐고 했습니다. 그러면서 박 과장님은 절대로 안 된다고 했습니다.

— 참고인은 박 과장을 두둔하기 위하여 지금 그렇게 말하는 것이지요?

— 아닙니다. 박 과장님은 실제로 그렇게 말했습니다. 그것은 내 눈으로 똑똑히 본 사실입니다.

— 다시 한 번 묻겠습니다. 그 환자는 병원비를 내지 않고 있었지요?

— 예.

— 그 병실의 다른 환자들도 그 환자를 내보내라고 병원에 항의하고 있었지요?

— 예.

— 그 환자는 병원비를 낼 경제적 능력이 없었지요?

— 예.

— 원장은 그 문제 때문에 많은 고민을 하고 있었지요?

— 예.

— 원장은 참고인과 박 과장에게 그 환자를 내보낼 방안을 강구하라는 지시를 내렸지요?

— 예.

— 그 병실에 있던 아이들은 환자를 지키기 위하여 가짜 휘발유 병으로 소동을 벌인 적이 있지요?

— 예.

— 그런데 환자는 없어졌지요?

— 예.

— 참고인, 이제 바른 말을 하세요. 이래도 병원에서 그 환자를 강제로 내보내지 않았단 말인가요?

— 아닙니다. 절대로 아닙니다. 그런 일이 있었지만, 강제로 내보낸 것은 절대 아닙니다.

— 더 이상 하고 싶은 말은 없는가요?

— 참말입니다. 병원에서는 내보내지 않았습니다. 특히 담당 의사인 박 과장님이 절대로 안 된다고 했습니다. 만약 환자를 내보내려면 자기를 먼저 내보내라고 했습니다.

그나마 원무과장이 그렇게 진술한 것이 다행이라는 생각이 들었다. 그러나 이러한 원무과장의 말을 경찰이 믿을 것 같지는 않았다.

원무과장의 말대로 경찰은 원장의 지시를 받은 내가 환자를 내보낸 것으로 의심하고 있는 모양이었다. 그럴수록 나는 심장의 피가 바짝 바짝 마르는 것 같았다. 소년이 나와 함께 환자를 병원에서 데려갔다고 하면 모든 것이 끝장이었다. 설사 소년이 나에게 그렇게 요청하여 환자를 내보냈다고 하더라도, 그 책임은 분명 내가 질 수밖에 없었다. 하늘이 무너지는 것 같았다. 아니, 이미 하늘은 무너지고 있었다. 분명 경찰은 나에게 혐의를 두고 있었다. 어떻게 대처할 것인가? 나는 단단히 마음을 다잡았다. 끝까지 발뺌하는 수밖에 없었다. 소년이 그렇게 자백한다고 해도 나는 끝까지 부인해야 했다.

이번에는 원장이 경찰에 불려갔다.

— 참고인은 원무과장과 박 과장에게 환자를 내보내라는 지시를 한 적이 있지요?

— 내보내라고는 하지 않았습니다. 다만 무슨 조치를 취해야 하지 않느냐고 한 적은 있습니다.

— 그 말이 그 말 아닙니까? 아실 만한 분이 왜 그렇게 생떼를 씁니까? 병원비도 내지 않았고, 앞으로 낼 능력도 없고, 보호자도 없고, 다른 환자들이 그 환자를 내보내지 않으면 집단으로 퇴원하겠다고 하는 마당에, 원장이 무슨 조치를 취하라고 한 것이 환자를 내보내라는 말과 무엇이 다릅니까?

— ·······.

— 그렇다면 참고인은 그 환자를 내보내라는 직접적인 지시를 한 적이 없지만, 무슨 조치를 취하라는 말로 간접적인 지시를 한 적은 있지요?

― 예. 그렇습니다.

― 그런 지시를 받은 박 과장이 환자를 내보낸 것이 맞지요?

― 아닙니다. 절대로 그렇지 않습니다. 박 과장은 만약 환자를 내보내려거든 자기를 먼저 내보내라고 했습니다. 그렇게 온순한 사람이 내게 그렇게 대들 줄 몰랐습니다. 그런 박 과장이 환자를 내보냈을 리가 만무합니다.

― 박 과장의 행위에 참고인은 전연 관여하지 않았다는 말인가요?

― 그렇습니다.

― 지금까지의 진술 외에 참고인은 더 하고 싶은 말은 없나요?

― 내가 무슨 조치를 취하라고 짜증을 낸 적은 있었지만, 실제로 환자를 내보내라는 그런 의미로 얘기를 한 것은 아닙니다. 그런 것은 박 과장이나 원무과장이 더 잘 압니다. 병원에서 환자를 내보낸 것이 아닙니다. 그놈이 제 아비를 병원에서 빼내어 도망친 겁니다. 병원비를 떼먹으려고요. 정말입니다.

원장은 조사받은 내용을 이야기하면서 경찰이 생사람을 잡는다고 분통을 터뜨렸다. 당장 내보내지 않으면 짐을 싸라고 노발대발하던 때는 언제고, 이제는 언제 그런 일이 있었냐는 듯이 표변하는 원장의 행동에 어이가 없었다. 속이 메스꺼워지려고 했다. 그러나 원장은 이내 겁먹은 목소리로 말했다.

― 박 과장, 이 일을 어쩌면 좋나? 만약 정말로 박 과장이 환자를 내보냈다면 나까지 처벌받게 된다는데, 병원이 망하게 생겼어. 무슨 속 시원한 말이라도 한 번 해보게.

정말로 박 과장이 환자를 내보냈다면? 원장이 다시 염장을 질렀다. 그렇게 내보내라고 달달 볶아 대더니, 정작 내보내고 나니까 이제 그 책임은 모두 내가 지라는 태도였다. 원장도 은근히 내가 환자를 내보낸 것으로 속으로 의심하고 있는 것이 분명했다. 내가 환자를 빼돌린 일은 그 어느 누구도 몰라야 했다. 원장도 믿을 수 없었고, 원무과장이나 이 간호사는 더욱 믿을 수 없었다. 그들이 이 사실을 알게 되어 경찰에 다시 불려가서 내가 환자를 빼돌린 것이라고 실토하는 날에는 나는 끝장이었다. 먼저 원장을 안심시켜 놓아야 한다는 생각이 들었다.

― 그런 일은 없을 것입니다. 저는 절대로 환자를 내보내지 않았습니다.

나는 목소리에 힘을 주어 말했다. 이제는 원무과장과 원장이 경찰에서 한 말에 맞춰 끝까지 버티는 수밖에 없었다.

원장이 불려갔다 온 지 2주일이 지나도록 이상하게도 경찰은 나를 부르지 않았다. 나는 그것이 오히려 더 걱정되었다. 경찰은 나의 혐의를 입증하기 위하여 내 주변을 온통 뒤지고 있는 것 같았다. 드디어 경찰서로 출두하라는 소환장이 왔다. 나는 이제까지 조사를 받은 다른 사람들처럼 참고인 신분으로서가 아니라 피의자 신분으로서였다. 그 소환장에 적힌 '살인방조 혐의'라는 여섯 글자가 내 심장을 바짝 얼어붙게 만들었다. 내 소환장을 본 원장이 부들부들 떨면서 말했다.

― 박 과장, 이 일을 어쩌면 좋나? 변호사라도 사야 하지 않겠나? 박 과장이 잘못되면 나도 무사하지 못할 것 같은데…….

원장의 이 말을 다르게 해석하면, 만약 자기만 무사할 수 있다면 나는 어찌되어도 상관없다는 말에 다름아니었다. 원장의 이기적인 행동에 화가 났지만, 내색할 수 없었다. 원장의 말대로 변호사라도 선임해야 될 것 같았다. 그러나 변호사에게도 사실을 말할 수는 없다고 생각했다. 틀림없이 변호사는 미리 자백하고 선처를 호소해야 한다고 권유할 것이다. 나는 변호사를 선임하지 않기로 했다. 이 일은 소년과 나만의 비밀 약속이었고, 나는 지푸라기라도 잡는 심정으로 오직 소년을 믿는 수밖에 없다고 생각했다. 그러나 소년이 경찰의 신랄한 추궁을 견뎌 내지는 못할 것이다. 소년이 견디지 못하고 자백해 버리면 어떻게 하나? 그것도 그렇지만, 만약 이 일을 스미 아저씨와 소년의 어머니가 계획적으로 꾸민 것이라면? 그렇다면 나는 그야말로 독안에 든 생쥐 꼴이 될 수밖에 없다. 내 지갑이 명백한 증거가 아닌가? 아, 어쩌다가 그 영악한 녀석에게 지갑을 주었단 말인가. 그러나 나는 마음을 굳게 먹었다. 어쨌든 끝까지 버티는 수밖에 다른 방도는 없었다.

드디어 소환일이 다가오고, 나는 경찰서로 갔다. 나를 신문할 수사관은 눈매가 날카로운 삼십대 중반의 젊은 형사였다.

— 환자가 병원에서 사라진 시간은 몇 시였나요?

— 이 간호사 말로는 오후 2시 30분경쯤이라고 했습니다.

— 피의자는 그때 어디에 있었나요?

— 다음 날 있을 세미나 자료를 가지러 집으로 가고 있었습니다. 아침에 나오면서 깜빡 잊고 가져오지 못한 자료가 있었습니다.

— 그 자료가 어떤 자료였나요?

— 세미나에서 내가 발표할 자료입니다. 그 자료가 없으면 다른

자료의 정리를 할 수가 없었습니다.

— 피의자는 그 다음 날 세미나가 있었다는 사실을 증명하고 가지러 갔었다는 자료를 제출할 수 있나요?

— 지금은 가져오지 않았지만 필요하면 제출하도록 하겠습니다.

나는 힘주어 말했다. 이런 질문을 예상하고 미리 준비해 둔 말이었다. 신문은 내 의도대로 되는 것 같았다.

— 그날 집으로 가서 그 자료를 가져왔나요?

— 집으로 가는 도중에 환자가 없어졌다는 연락을 받고 곧바로 병원으로 돌아왔습니다.

— 피의자, 자, 이 CCTV 화면을 보면서 얘기합시다.

형사가 소매를 걷어 올렸다. 나는 형사가 가리키는 컴퓨터 화면을 보았다. 먼저 소년이 환자가 앉은 휠체어를 밀고 병실을 나와 간호사실 앞을 지나 비상구 계단 출입문 쪽으로 가는 화면이 나타났다. CCTV에 잡히지 않고 병실에서 비상구 계단 출입문까지 나갈 방법은 없었다. 그것은 나도 이미 예상하고 있었다. 비상구 출입문이 열리고 소년의 모습이 사라졌다. 다른 화면이 나타났다. 선팅을 한 내 차가 지하 주차장을 빠져나가는 화면이 나타났다. 비상구 계단에서 나와 구석진 통로를 통하여 사각지대에 미리 세워 둔 내 차에 오기까지는 CCTV에 잡히지 않을 수 있었다. 그러나 주차장 출구로 빠져나가는 통로를 CCTV에 잡히지 않을 방법은 없었다. 이 장면도 이미 내가 예상하고 있었다. 형사가 컴퓨터에서 눈을 떼고 다시 물었다.

— 피의자, 4층 병실에서 나온 그애가 비상구 계단 출입문으로 나가고 난 약 8분쯤 후 피의자의 차가 주차장을 빠져나갔습니다. 뭔가

짚이는 것이 없습니까?

— 무슨 말을 하는지 모르겠습니다.

— 주차장을 빠져나간 피의자의 차에 그애와 환자가 타고 있었지 않았느냐 하는 말입니다.

— 그것은 억측입니다. 그때 내 차에는 아무도 타고 있지 않았습니다.

— 4층 비상구 계단에서 지하 주차장까지 계단으로 오는 시간은 보통 어른걸음으로는 약 2, 3분, 늦어도 4분 정도 걸립니다. 그것은 내가 확인한 사실입니다. 그러나 피의자와 그애는 환자가 앉아 있는 휠체어를 끌고 계단을 내려와야 했으니 그보다는 더 많은 시간이 걸렸겠지요. 약 7, 8분 정도요. 내가 그런 상황을 가정하여 실제로 내려오며 재어 본 시간입니다.

— 무슨 말을 하는지 모르겠습니다.

— 소년이 비상구 계단으로 사라지고 약 8분 후에 피의자의 차가 주차장을 빠져나간 것이 우연이라고 하지는 않겠지요.

— 나는 정말 모르는 일입니다.

— 피의자는 평소 출근하면서 일반 병동 주차장에 주차하지요?

— 평소에는 그렇습니다.

— 그런데 그날 특별히 특별 병동 주차장에 차를 주차시켜 둘 필요가 있었습니까?

— 특별한 일이 있었던 것은 아니고, 그날은 일요일이라 그곳에 주차했을 뿐입니다.

— 일반 병동의 진료실에서 세미나 자료를 준비했다면서요?

― 그날은 일요일이라 진료가 없어 산책도 할 겸 일부러 그곳에서 걸어서 갔습니다. 평소에도 특별 병동 회진을 마치고 걸어서 일반 병동으로 갑니다.

― 피의자가 차창을 갑자기 짙은 색으로 선팅을 한 이유는 무엇입니까?

내가 선팅을 한 것을 어떻게 알았을까? 그냥 넘겨짚어 보는 것은 아닐까? 그러나 선팅을 하지 않았다고 부인하다가 들통이 나면 더 큰 의심을 사게 된다.

― 내가 차에 선팅을 한 것이 그 환자의 실종과 무슨 관계가 있습니까?

― 그렇게 능청떨지 마세요. 그런다고 속아 넘어갈 줄로 아셨다면 오산입니다. 피의자가 선팅을 한 이유를 내가 말해 볼까요? 그 이유는 주차장을 빠져나가는 피의자의 차 안에 탄 환자가 보이지 않도록 하기 위해서였죠. 이래도 계속 고집을 피우시겠습니까?

나는 진땀이 흘렀다. 형사는 마치 내 머릿속에 들어와 내가 한 일을 지켜보고 있었던 것처럼 추궁했다. 여기서 무너지면 안 된다. 끝까지 가보자.

― 말도 안 되는 억측입니다. 평소에 선팅을 하려고 마음먹고 있었는데, 시간이 없어 하지 못하고 있다가 우연히 그때 했을 뿐입니다.

― 피의자, 계속 이렇게 나올 겁니까? 이미 그애가 모든 것을 다 실토했습니다.

형사가 더 이상 참지 못하고 고함을 질렀다. 실토했다고? 아닐 것이다. 밀리면 안 된다. 갈 데까지 가는 수밖에 없다. 넘겨짚는 소리일 것이다. 나는 눈을 크게 뜨고 되물었다.

— 그애가 무슨 실토를 했다는 말입니까? 그애가 내 차를 타고 병원을 나갔다고 하던가요? 내가 강제로 퇴원을 시켰다고 하던가요? 그애를 여기 좀 데려다 주십시오. 그애가 뭣 때문에 그런 거짓말을 했는지 내가 좀 물어봐야겠습니다.

내가 큰소리로 다그치자 형사는 좀 수그러들었다. 소년이 아직 실토하지 않았구나. 형사가 넘겨짚고 있구나. 나는 희망을 가졌다.

— 피의자, 중학교 일학년인 그애 혼자 의식불명 상태에 있는 환자가 탄 휠체어를 끌고 4층 계단을 내려온다는 것이 가능한 일이라고 생각하세요?

— 누군가의 도움을 받았을 수도 있겠죠. 그러나 나는 아닙니다.

— 다시 처음으로 돌아가서 얘기합시다. 피의자는 평소와는 달리 그 환자가 없어진 날 특별 병동 주차장에 차를 주차시켜 두고 있었지요?

— 예.

— 환자가 병원에 없던 시간에 피의자도 병원에 없었지요?

— 우연인지 어쩐지는 모르지만, 결과적으로는 그렇게 된 셈이군요.

— 그애가 비상구 계단을 내려간 직후 피의자의 차가 주차장을 빠져나갔지요?

— 나로서야 모르는 일이지만, CCTV를 보니 그런 것 같군요.

— 그 환자는 병원비를 내지 않고 있었고, 낼 경제적 능력도 없었지요?

— 병원비 문제는 원무과의 소관이지 내 소관이 아닙니다.

— 그것 때문에 원장이 그 환자를 내보내라고 피의자를 채근하고 있었지요?

— 아닙니다. 원장님이 직접적으로 그런 말을 한 적은 없습니다.

— 어쨌든 무슨 조치를 취하라고 지시를 하고 있었던 것은 맞지요?

— 예.

— 그 환자 때문에 다른 환자들이 퇴원하겠다고 항의를 했고, 실제로 퇴원한 사람들도 있었지요?

— 퇴원한 이유가 그 때문인진 모르지만, 퇴원한 환자는 있었습니다.

— 그 전날 피의자는 갑자기 자동차 유리창을 짙게 선팅했지요?

— 그것에 대해서는 이미 말했습니다.

— 선팅을 한 것은 맞지요?

— 예.

— 피의자는 평소에는 일요일에 출근하지 않지요?

— 가끔은 합니다.

— 그날은 특별히 병원에 출근할 이유가 없었지요?

— 세미나 자료 준비 때문에 출근했다고 하지 않았습니까?

— 세미나 자료 준비를 하려면 방해받지 않고 집에서 조용히 하는 것이 더 낫지 않습니까?

— 발표할 주제에 대한 환자의 차트 등 기록이 병원에 있어서 그것을 참고해야 했기 때문입니다.

— 그러다가 응급 상황이 발생하면 아예 준비를 못 할 수도 있지 않습니까?

— 그런 경우는 별로 없었습니다. 응급 상황이 발생하는 경우에는 집에 있어도 마찬가지입니다. 집이 아니라 다른 외부 장소에 있다가도 병원으로 달려가야 할 때도 있습니다.

— 막무가내로 우긴다고 될 일이 아닙니다. 이제까지 내가 말한 것이 모두 우연이라고 하겠습니까?

— 어쨌든 난 아닙니다.

— 내 참, 더 이상 실랑이하지 합시다. 아실 만한 분이니까. 끝까지 고집 피운다고 될 일이 아니잖습니까? 나도 피곤합니다.

— 나는 아닙니다. 내가 무엇 때문에 그런 일을 하겠습니까? 자칫 잘못되어 내 의사면허가 취소될 수도 있고, 그렇게 되면 내 인생이 끝장나는데, 당신이라면 그런 모험을 하겠습니까? 내게 무슨 이득이 있다고.

— 정말 이러시면 바로 구속영장이 청구될 수도 있습니다. 그냥 겁주려고 하는 소리가 아닙니다.

— 그렇게 하고 싶다면 그렇게 하십시오.

— 환자를 내보낸 정황에 대해서는 그렇고, 그 환자에 대해 물어보겠습니다. 피의자가 병원에서 환자를 내보낼 당시 그 환자의 상태는 어땠습니까?

형사는 아예 내가 환자를 강제로 퇴원시킨 것으로 단정하고 나왔다. 이런 유도 신문에 걸려들면 안 된다.

— 내가 내보내지 않았다고 하지 않았습니까?

— 허허, 알겠습니다.

형사가 냉소를 흘리며 말했다.

― 그럼 실종되기 직전, 그 환자의 상태는 어땠습니까?

― 무슨 소린지 모르겠습니다.

― 나는 지금 담당 의사에게 실종되기 직전 환자가 어떤 상태에 있었는지 물어보는 겁니다. 담당 의사가 그것도 모른다고 합니까? 아예 모른다는 소리가 입에 붙었군요.

형사가 소리를 질렀다.

― 뭐라고요? 이렇게 인격을 모독한다면 나는 당신에게 조사받지 않겠습니다. 지금 당신이 한 말도 그 조서에 분명히 기재하십시오. 나도 이제는 더 이상 못 참겠습니다.

나는 벌떡 일어서며 언성을 높였다. 형사는 수그러졌다.

― 그럼 이렇게 쉽게 묻겠습니다. 실종되기 전, 그 환자는 살아 있었지요? 담당 의사가 환자가 죽었는지 살았는지를 모르고 있었다고 는 하지 않겠지요?

이 말은 나를 대놓고 비웃는 말이었다. 속에서 불길이 솟았지만 어쩔 수 없었다.

― 살아 있었습니다.

나도 조금은 비꼬는 표정으로 씁쓸하게 말했다.

― 그 환자는 치료를 중단하면 생명이 위태로운 그런 환자였지요?

― 예, 치료를 중단하면 생명이 위태로웠고, 치료를…….

― 아, 됐습니다. 치료를 중단하면 곧바로 생명이 위태롭다. 분명 그런 말이지요?

― 예. 그러나 치료를 계속…….

― 됐습니다. 묻는 말에만 대답하세요.

나는 치료를 계속한다고 해도 상태가 호전될 가능성은 전연 없었다는 말을 하고 싶었다. 그러나 형사가 내 말을 여지없이 자르고 말았다. 형사가 틈을 주지 않고 계속 말했다.

— 그 환자에게는 보호자가 없었지요?

— 예, 없었습니다.

형사와 나의 실랑이는 무려 10시간 이상이나 계속됐다. 형사가 신랄하게 추궁하다가 호통을 치면 내가 대들기도 하고, 식은땀을 몇 번이나 흘렸는지 몰랐다. 그나마 다행인 것은, 내가 내심 난처하게 여기고 있던 점에 대해서는 추궁하지 않았다는 점이다. 그것은 내가 미리 대비하지 못했던 부분이었다. 그것은 소년과 아버지를 태운 내 차가 병원을 빠져나와 해안 마을 선착장까지 가는 동안에 행여 도로에 설치되어 있을 방범 카메라에 포착되지는 않았을까 하는 점이었다. C시 시내에 있는 내 아파트와 그 해안 마을 선착장은 방향이 달랐다. 그런데 자료를 가지러 집으로 갔다는 내 차가 선착장으로 가는 방향의 도로에서 포착되었다면, 이제까지의 내 진술은 앞뒤가 맞지 않게 되는 것이었다. 만약 이 부분을 추궁한다면, 나는 집으로 가기 전에 복잡한 머리도 식힐 겸 잠시 바닷가로 나가 바람이라도 좀 쐬고 집으로 갈 작정이었다고 얼버무릴 참이었다. 그러나 이러한 변명이 궁색하다는 것은 스스로 인정하고 있던 차였다. 그런데 병원에서 선착장까지의 도로에 방범 카메라가 없었는지, 아니면 형사가 이 부분은 미처 간과했는지는 모르지만, 이 부분을 추궁하지 않은 것은 그나마 다행이라는 생각이 들었다. 나는 겨우 조사를 마치고 파김치가 된 몸으로 조사실을 나와 복도를 걸어가고 있었다. 그때 그 형사와 수사과장이 안에서 얘기하는 소리가 밖에까지 들렸다.

— 과장님, 의사 새끼들 다 저렇습니까? 뻔히 알 만한 새끼가 말입니다. 그 악질 애새끼보다 더하네요.

— 제 모가지가 떨어질 판인데, 끝까지 버티는 거겠지. 신경 끄고 기소 의견으로 검찰에 송치해. 검찰에서 제 지갑을 들이대면 꼼짝도 못 할 거야. 오늘 지갑을 꺼내지 않은 것은 잘한 일이야.

그 소리를 듣는 순간, 그렇지 않아도 파김치가 된 몸이 스르르 무너지고 말았다. 경찰서 복도의 형광등이 무당의 춤사위처럼 흔들렸다. 불빛이 노랗게 보이더니 주위가 깜깜해졌다.

후크 선장과의 바위섬 대화

낯선 해안가였다. 밤이었다. 나는 해적들에게 생포되어 한 그루 나무에 묶여 있었다. 내가 묶여 있는 나무 앞에 쌓아 올린 장작더미에서 불길이 타오르고, 이글거리는 불빛 속에서 상체에 온통 문신을 새긴 사내 하나가 망나니 칼을 들고 다가왔다. 그 사내가 누런 이빨을 드러내고 웃으며 나를 바라보았다. 앞니 두 개가 빠진 데다 지저분한 수염에 덮인 흉측한 얼굴이었다. 사내가 들고 있는, 앞날이 넓은 망나니 칼날이 섬뜩했다. 사내가 내 주위를 빙글빙글 돌고 칼을 휙휙 휘두르며 덩실덩실 춤을 추기 시작했다. 휙휙 스쳐 지나가는 칼날에 바람이 일었다. 검무를 추는 사내의 그림자가 불빛을 타고 일렁거렸다. 사내가 일순 동작을 멈추고 칼날을 내 목에 갔다 댔다. 잘 벼려진 날카로운 칼날의 감촉에 오싹하는 전율이 일었다. 그 전율을 타고 칼 든 사내의 징그러운 웃음소리가 들렸다. 타오르는 불길을 가운데 두고 하나같이 흉측하고 사나운 모습을 한 해적들이 나를 둘러싸고 낄낄거리며 웃고 있었다. 문신을 하고 칼을 겨누고 있는 이 사내는? 그래, 빌 주크스였지. 그리고 팔뚝을 드러낸 저자는 이탈리아인 쎄코. 양복 윗도리를 입은 저 사내가 바로 신사 스타키. 우스꽝스럽게 생긴 저 사람은? 갑판장 스미. 그런데 후크 선장은? 나는 그렇게 생포되어 있는 와중에서도 후크 선장을 찾아보았다. 보이지 않았다. 분명 있어야 할 사람이 보이지 않았다. 나는 이곳저곳 고개를 돌려 두리번거리며 후크 선장을 찾아보았다. 그러나 어디에도 보이지 않았다. 나는 너울거리는 장작 불빛 너머 바다를 바라보았다. 이상한 모자를 쓴 아이가 검은 바다 물결 위를 달려가고 있었다. 나는 눈을 부릅뜨고 그 아이를 바라보았다. 피터 팬이었다. 피터 팬이 휠체어를 끌고 검은 바다 위를 달려가고 있었다. 나는 휠체어에 앉아 있는 사람을 바라보았다. 후크 선장이었다. 피터 팬이 후크 선장을 휠체어에 태워 물 위를 달려가고 있었다. 이상하게도 무슨 요술을 부리고 있는지, 피터 팬도 후크 선장이 앉아 있는 휠체어도 물에 빠지지 않았다. 피터 팬과 휠체어는 마치 갈매기가 물 위를 가볍게 스치듯 먼 바다로 달려가고 있었다. 빌 주크스의 망나니 칼이 다시 춤을 추며 나에게 다가왔다. 윙윙, 번쩍거리는 칼날이 바람소리를 내며 내 목을 내리치려 하고 있었다. 나는 공포에 질려 다급하게 외쳤다.

— 안 돼, 살려 줘. 피터 팬, 가지 마. 날 구해 줘.

꿈이었다. 온몸이 땀에 후줄근히 젖어 있었다. 주위를 둘러보았다. 나는 병원 침대에 누워 있었다. 병실에는 아무도 없었다. 경찰서 복도에서 쓰러지던 순간이 어렴풋이 떠올랐다. 창밖으로는 아무것도 보이지 않았다. 깜깜했다. 병실 문이 열리며 흰 가운을 입은 김 과장과 아내가 들어섰다. 김 과장의 병원인 모양이었다.

— 이런 꼬락서니하고는…….

— 어떻게 된 거야? 내가 왜 여기에 있어?

— 119 구급차에 실려왔다. 아무 생각 말고 며칠 푹 쉬어라. 자식들이 아주 생사람을 잡을 모양이구나. 날이 밝으면 내가 경찰서에 가볼게.

그러고 보니 내가 조사를 받았던 경찰서에서 이 병원까지의 거리가 가장 가까운 거리라는 생각이 들었다.

— 아니, 그렇게 할 것 없어. 이제 끝났으니까. 그만 가봐야겠어.

나는 몸을 일으켜 침대에서 내려가려 했다. 휘청거렸다.

— 그 몸으로? 오늘은 그냥 여기서 푹 쉬어.

— 그래요. 며칠간 푹 쉬어요. 병원 일은 당분간 잊어버려요.

아내가 말했다. 조사받던 생각이 다시 되살아났다. 경찰은 이미 내 지갑을 확보해 두고 있다. 이제 빠져나갈 구멍은 없다. 나는 체념하고 눈을 감았다. 몸과 의식이 송두리째 천 길 낭떠러지 아래로 떨어지고 있었다.

다음 날 나는 여전히 S병원에 있었다. 퇴근 시간쯤에 김 과장이 왔다. 그의 얼굴은 벌겋게 상기되어 있었다. 김 과장이 말했다.

— 오늘 오후에 경찰서에 갔다 왔다.

— 그곳에 네가 뭐 하러?

— 네가 정말 그런 건 아니지?

— 뭘 말이야?

— 그렇게 시침 뗄 일이 아니잖아? 경찰의 얘기를 들으며 설마 하는 생각밖에 들지 않더라. 하지 않았지? 고귀한 죽음을 맞게 해주자던 우리 약속 어기지 않았지?

— 좋을 대로 생각해.

나는 피식 웃고 말았다. 이미 엎질러진 물, 김 과장이 도저히 믿을 수 없다는 표정으로 나를 멍하니 바라보았다.

— 참, 나, 어이가 없어 말이 안 나오네.

그 말투에는 약속을 어긴 나에 대한 분노와 경멸이 담겨 있었다. 나는 보호자도 없는, 목숨이 경각에 달려 있는 의식불명 환자를 병원비가 밀렸다고 강제 퇴원시킨 파렴치한 의사가 되고 만 것이다. 모든 사람들이 나를 비난하며 침을 뱉을 것이다. 이제까지 내가 의사로서 쌓아 놓은 사회적 신분과 지위뿐만 아니라, 심지어 내 의사면허까지 박탈될지 모른다. 어쩌면 나는 살인을 공모한 혐의로 기소되어 교도소에 갈지도 모른다.

— 그래, 앞으로 어떻게 대처할 참이야?

이번에는 김 과장이 걱정스러운 눈빛으로 물었다. 사실 일이 이렇게 된 것은 김 과장이 다분히 장난삼아 벌인 일이 발단이 된 것이었다. 김 과장이 그것을 생각하고 미안함과 죄책감이 인 것 같았다.

다음 날 나는 집으로 왔다. 아내에게도 말할 수 없었다. 물론 내가 자초지종을 설명하면, 아내만은 나를 이해하고 위로해 줄 것이었다. 내 편이 되어 줄 것이었다. 그러나 그렇게 하고 싶지 않았다. 반대로 어쩌면 아내도 김 과장과 마찬가지로 나를 파렴치한 의사로 취급할지도 몰랐다. 내색은 하지 않았지만, 아내 역시 눈치를 채고 있는 것 같았다. 내 눈치만 살피는 표정이 내내 어두웠다.

다시 3일이 지났다. 나는 출근하지 않고 집에 있었다. 다음 날 오후 다소 기운을 차린 나는 집을 나와 토끼섬으로 갔다. 섬에는 얼음같이 차가운 바람이 불고 있었다. 마을은 조용했다. 병원에 왔던 아이들의 섬마을 분교를 먼저 찾아갔다. 그러나 겨울방학 중이라 학교에는 아무도 없었다. 1월 하순으로 접어드는 추운 날씨 탓인지, 마을 사람들은 한 사람도 보이지 않았다. 마치 무인도 같았다. 나는 차가운 바닷바람을 맞으며 마을 왼쪽 바닷가 길을 따라갔다. 얼마 가지 않아 소년과 아이들이 해적놀이를 했다는 모래사장이 나왔다. 그 모래사장의 왼쪽 끝에 아이들이 '귀양살이 바위'라고 이름 붙인 토끼머리 바위섬이 있었다. 나는 모래사장을 천천히 걸어 그 바위섬 쪽으로 갔다. 마침 썰물이었다. 바위섬으로 가는 길이 열려 있었다. 나는 그곳을 건너 바위섬으로 올라갔다. 가장자리에서 아래를 내려다보니 수면에서 내가 서 있는 곳까지의 높이는 어른 키의 서너 배는 될 것 같았다. 소년이 파도에 휩쓸리면서 매달렸다는 소나무가 차가운 해풍을 맞으며 바위섬 허리에서 굳게 뿌리를 내리고 있었다.

나는 고개를 돌려 모래사장을 바라보며 아이들과 마을 사람들이 해적놀이하는 정경을 그려 보았다. 장작불을 가운데 두고 뛰노는 아이들의 웃음소리와 마을 사람들의 흥겨운 노랫소리가 들리는 것 같았다. 피터 팬이 나무칼을 흔들며 소리치고 있었다. 웬디, 존, 마이클, 슬라이틀리, 투틀즈가 함성을 질렀다. 빌 주크스, 쎄코, 스타키, 해적단의 일원이 된 아이들의 아버지와 후크 선장이 아이들을 향하여 진격하고 있었다. 스미 갑판장은 보이지 않았다. 아이들은 이 바위섬에서 인어들의 얘기를 듣는다고 했다. 별과 인어들을 통하여 먼 아프리카에서 선생님이 들려 주는 얘기를 듣는다고 했다. 소년의 아버지 후크 선장은 바다가 하는 말을 듣고 바다의 영혼을 느낀다고 했다. 소년은 그런 아버지의 말을 믿는다고 했다. 마음을 모으면 영혼이 열린다고 했다. 소년은 열린 영혼으로 아버지의 말을 들었다. 그런 소년의 부탁이었다.

내 판단이 진정 잘못된 것인가? 병원의 VIP실, 그곳은 물질문명을 상징하는 곳이다. 물질이 반드시 행복한 삶을 보장할 수 없듯이, 반드시 그런 최고급 병실에서 숨을 거두어야만 고귀한 임종이 되는 것은 아니지 않는가? 고귀한 죽음이란 물질보다 정신적 가치가 우선되는 영적인 삶의 종착지여야 한다. 물질의 안일을 거부하고 영적인 삶을 찾아 스스로 유배 생활을 택한 후크 선장이었다. 그런 후크 선장이 과연 어느 곳에서 죽기 원했을까? 자명하지 않은가? 그때 바위 아래 물결이 너울거리며 수면 위에 후크 선장의 모습이 나타났다. 나는 후크 선장에게 말을 걸었다.

— 후크 선장, 지금 당신은 어디에 있소?

— 나는 바다에 있소.

— 그 바다란 곳은 어떤 곳이오?

— 자궁인 동시에 관이기도 한 곳이오.

— 그게 무슨 소리요?

— 바다란 생명이 탄생하는 어머니의 자궁이기도 하고, 죽은 자들이 돌아가는 관이기도 하다는 소리요.

— 그럼 지금 당신은 자궁 속에 있소, 아니면 관 속에 있소?

— 오늘은 자궁 속에 있다가 내일은 또 관 속에서 놀기도 한다오. 바다에는 죽음과 생명이 공존한다오.

— 그런 당신은 편안하오?

— 편안하다는 말은 육체와 정신이 존재하고 있을 때에 쓸 수 있는 말이오. 육체를 떠나고, 정신까지 초월해 있을 때는 그런 언어조차 부질없는 것이오.

— 지금 당신은 그런 초월 상태에 있다는 말이오?

― 모든 살아 있는 유기체는 육체와 정신에 종속될 수밖에 없지요. 그런 유기체의 관점에서는 지금의 나의 상태를 초월 상태라고 할 수 있을 것이오. 그러나 유기체의 상태에서 이곳으로 다시 돌아와 근원의 존재와 하나가 되었을 때는 초월이라는 언어도 부질없는 것이라오.

― 근원의 존재와 하나가 된다는 당신의 말을 이해하지 못하겠소.

― 그것은 이해의 문제가 아니오. 시간과 공간이 해체된 직관의 문제이지요. 아니, 직관의 문제도 아니오. 굳이 언어로 표현하자면 존재조차도 존재하지 않는 자아, 초월적 자아의 상태를 말하는 거요.

― 그 말은 더욱 난해하여 나는 혼란스럽소.

― 바다는 자기가 바다인지 모른다오. 하늘은 자기가 하늘인지 모른다오. 땅이 당신에게 '나는 땅이다'라고 말하던가요? 그것은 그저 존재하는 것이오. 바다를 바다라고 하고, 하늘을 하늘이라고 하는 것은, 단지 육체와 정신에 종속되어 있는 살아 있는 유기체들이 편의상 붙인 이름일 뿐이오. 당신 같은 유기체들은 육체와 정신이 존재할 때의 상태를 생명이라고 하고, 그것이 존재하지 않는 상태를 죽음이라고 하지요. 그러나 초월적 자아의 상태에서는 생명과 죽음이라는 구별조차 부질없는 것이오. 시간조차 의미 없는 것이라오. 내가 곧 바다이고 바다가 곧 나인데, 나와 바다를 구별할 이유가 어디 있겠소. 나는 하늘인 동시에 땅이고, 빛인 동시에 어둠이기도 하다오. 생명인 동시에 죽음이기도 하지요. 굳이 당신들의 언어로 표현하자면, 그 어떤 것에도 구속되지 않는 '존재의 초자연 상태'라고 할 수 있지요.

— '존재의 초자연 상태'라고요? 그것은 또 어떤 것입니까?

— 존재가 존재를 자각하는 순간, 절대적 자유는 소멸해 버린다오. 왜냐하면 존재를 의식하는 순간, 존재가 그 스스로를 유기체라는 관념의 틀 속에 가둬 버리기 때문이오. 존재가 존재 그 자체조차 의식하지 못하는 그런 초월적 상태가 바로 '존재의 초자연 상태'라고 할 수 있을 것이오.

— 그런 말은 더욱 어렵소. 나는 철학자가 아니고, 철학적 지식이나 사유도 빈약하오. 그러나 이것만은 물어보고 싶소. 당신은 그런 '존재의 초자연 상태'가 되기 전, 아니 당신은 지금 '바다가 되어 있다고 하니, 그냥 쉬운 말로 '바다'라고 합시다. 당신은 바다가 되기 전 당신의 아들, 그래요, 피터 팬이었지요. 그 피터 팬에게 당신을 바다로 데려가 달라고 얘기한 적이 있소?

— 나는 얘기한 적이 없소. 당신도 알다시피 그때 내 육체는 물론 의식조차 마비되어 있었지 않았소?

— 그럼 그애가 나에게 거짓말을 한 거요?

— 아니, 그렇지는 않소.

— 그럼, 그애가 왜 내게 그런 말을 한 거요?

— 그애는 존재의 근원에서 나오는 소리를 들었던 거요. 초자연 상태에 있는 존재의 소리를 들었던 거요. 그 소리를 듣고 그애는 그 말이 내가 하는 것이라고 잠시 착각했던 것이라오.

— 그러면 당신이 하지 않은 그 말을 따른 나는 결국 나쁜 의사였다는 말이오?

— 나쁜 의사라? 허허, 그 말이 참 우습게 들리오. 초자연 상태에

서는 선악이란 존재하지 않는다오. 선이나 악이란 것은 살아 있는 유기체의 관념에 도덕적 의미가 부여되었을 때 탄생하는 것이오. 그 애는 그런 도덕적 의미가 배제된 존재 자체의 소리를 들었던 것이오. 그런 존재의 소리를 유기체가 선악이라는 이분법으로 어찌 판단할 수 있겠소?

— 당신의 말에 의하면, 결국 그애의 말을 들은 내 행위도 판단의 대상이 되지 않는다는 그런 말이오?

— 그것은 존재에게만 해당되는 말이오. 개개의 유기체가 고유한 존재의 소리에 제 각각 다른 의미를 부여하고, 또 제 나름의 기준으로 제 각각 다른 판단을 한다고 하여, 그것을 존재가 어찌 막을 수 있겠소.

— 당신은 금방 판단할 수 없다고 하면서 또 이번에는 판단을 막지 못한다고 하니, 나는 혼란스럽소.

— 내 말은 존재의 판단 기준과 유기체의 판단 기준은 다르다는 것이오. 아니, 애당초 판단이라는 것은 유기체에게만 해당되는 말이오. 그러니 유기체가 존재의 소리를 판단한다고 하여 존재가 개입할 수는 없는 일 아니오?

— 결국 당신의 말은 내 행위에 대한 평가는 살아 있는 유기체의 문제이고, 그 유기체의 판단에 나는 복종해야 한다는 그런 소리로 들리는군요. 그런 말은 듣지 않는 것만 못하오. 존재로서의 당신은 유기체로서의 나에게는 전혀 무용지물이군요.

— 내 한 가지만 말하리다. 유기체도 존재의 일부라는 것이오. 그 어떠한 유기체의 판단도 존재의 진리를 능가하지 못하오. 당신은 지

금 유기체의 세계에 있소. 유기체에게는 보이지 않는 영역이 있고, 그러나 보이지 않는다고 하여 그 영역이 존재하지 않는 것은 아니요. 보이지 않는 영역에 대한 유기체의 판단이 존재의 진리에 항상 부합하는 것은 아니요. 아니, 그것에는 항상 오류가 있소. 그것은 유기체의 숙명이지요. 유기체로서는 결코 극복할 수 없는 한계 말이오. 당신의 행위가 존재의 진리에 부합하는 행위였다면 당신은 그것으로 떳떳하오. 오류투성이로 가득 찬 유기체의 판단을 비난할 필요도 없고, 두려워해서도 안 되오. 당신이 그러한 행위를 할 수 있었던 것은 그애가 들은 존재의 소리에 당신의 영혼이 감응했기 때문이오. 당신의 의식이 모르는 사이에 당신의 영혼이 그 존재의 소리를 들었던 것이오. 당신은 존재의 소리를 들은 그애의 말을 따랐고, 그런 모습이 존재를 갈구하는 유기체의 참모습이라오. 참모습은 존재의 소리를 듣지 못하는 유기체들에게도 아름다운 법이라오. 그 유기체들이 비록 그 존재를 의식조차 못하고 있더라도……

차가운 해풍에 파도가 일렁거렸다. 후크 선장이 손을 흔들며 말했다.

— 살아 있는 유기체의 관점에서 당신이 할 수 있는 모든 일을 하시오. 존재의 진리를 믿으시오. 미리 포기하지 마시오. 내 아들이 내 영혼의 소리에 따랐던 것처럼.

— 그러면 나는, 그리고 당신의 아들은 어떻게 되오?

— 그걸 내가 어찌 알겠소. 그러나 당신의 행동이 존재의 진리에 맞는 행위였다면, 당신은 그것으로 떳떳하오. 삶과 죽음, 그것은 자연의 순리이자 섭리라오. 두려움과 경외의 대상이 아니라, 지극히

아름다운 것이라오.

차가운 해풍에 파도가 몰아쳤다. 후크 선장이 다시 한 번 손을 흔들며 말했다.

— 두려워 마시오. 당신은 훌륭한 의사였소. 내 아들도 제 나름의 판단과 신념대로 살아갈 것이오. 존재의 진리에 부합하는 그런 신념으로 말이오. 그 신념이 내 아들을 지켜 줄 것이오.

후크 선장과 나의 대화는 여기서 끝났다. 후크 선장의 모습이 사라졌다. 갑자기 가슴에서 뜨거운 기운이 뭉클뭉클 솟아나는 기분이 들더니, 이상하게도 편안해졌다. 차가운 바닷바람에도 별로 추위가 느껴지지 않았다. 그동안 그렇게 노심초사하던 불안이 씻은 듯 사라지면서 머리가 맑아졌다.

나는 바위섬을 내려와 다시 모래사장을 되돌아 걷기 시작했다. 언덕 위에 후크 선장의 빨간 벽돌집이 보였다. 여전히 폐가가 된 채로 방치되고 있을 것이었다. 나는 나도 모르게 집 쪽으로 발길을 옮기고 있었다. 한참을 올라가다 보니 집과 토끼머리 바위섬 중간 어귀 지점에 새로 생긴 무덤 하나가 보였다. 혹시? 나는 그 무덤으로 갔다. 내 추측대로였다. 봉분 앞 작은 평판 묘지석에 후크 선장의 이름이 적혀 있었다. 마을 사람들이 바다가 보이는 그곳에 그의 무덤을 조성한 것 같았다.

나는 후크 선장의 봉분 앞에 엎드려 두 번 절했다. 두 번째 절을 하고 일어서는 순간 경찰서 복도에서 쓰러지기 직전, "그 악질 애새끼보다 더하네요."라고 말하던 형사의 말이 문득 떠올랐다. 그렇다. 그 말의 의미는……? 형사는 왜 소년을 악질 새끼라고 했을까? 소년이 끝까지 무엇인가 부인했기에 그런 말을 했을 것이다. 소년이 내 지갑의 출처를 실토하지 않았는지도 모른다. 그때 소년은 분명히 말했었다. 내 지갑을 가져가는 것은 모두 나를 위해서라고. 그렇다면, 그렇다면 희망은 있다. 소년을 의심했던 것이 부끄러워 얼굴이 화끈거렸다.

다음 날 나는 평소처럼 출근했다. 그리고 일주일 후 나는 진료실에서 한 통의 전화를 받았다.

— C지방 검찰청의 강 검삽니다. 307호실로 좀 나와 주셔야겠습니다.

— 언제 갈까요?

나는 담담하게 대답했다. 이상하게 하나도 두렵지 않았다. 이제까지 미뤄 두고 있던 일을 비로소 하게 되었다는 그런 홀가분한 마음이 들었다.

피터 팬,
기지를 발휘하다

강 검사의 전화를 받은 그날 석간신문에 나의 검찰 소환 사실이 보도되었다. 식물인간 아버지를 목선에 태워 바다로 떠내려 보내 살해한 비정한 소년의 이야기는 이미 전국적 이슈가 되어 있었다. 신문을 본 김 과장이 걱정이 되어 전화를 해왔다. 처음에는 싸늘한 눈초리로 화를 내던 김 과장도 이제는 이렇게 된 일이 모두 자기 때문인 것처럼 미안해했다. 퇴근하니 아내도 사색이 되어 안절부절못하고 있었다.

— 모두 다 잘될 거야. 아무 걱정하지 마.

나는 일부러 확신에 찬 목소리로 아내의 등을 토닥이며 안심시켰다. 다음 날 아침 출근 시간에 맞추어 나는 검찰청으로 갔다. 원장은 원무과장을 시켜 나를 검찰청사까지 병원차로 태워다 주도록 했다. 내가 탄 차가 검찰청 정문을 통과하여 들어서자, 어떻게 알았는지 보도진들이 벌떼같이 몰려들었다. 내가 차에서 내리자, 기자들이 카메라를 연신 펑펑 터트리며 마이크를 들이밀고 질문을 했다.

— 혐의 사실을 인정하는 겁니까?

— 소년과 함께 환자를 병원에서 내보낸 사실은 있습니까?

— 어떻게 병원에서 나왔습니까?

— 보호자도 없었다는 것이 맞습니까?

— 한 말씀 해주시죠?

이들의 태도로 보아 나는 이제 천하에 둘도 없는 파렴치범이 되어 가고 있었다. 검찰청 직원들이 달려 나와 길을 열어 주었다. 나는 말 없이 보도진 사이를 지나 청사 건물 안으로 들어갔다. 검찰청 직원 한 사람이 나를 인도했다. 나는 청사 중앙 엘리베이터를 타고 3층으로 올라가 307호실로 들어섰다. 방 안에는 강 검사 혼자 있었다. 검찰 수사관이나 다른 여직원도 없이 검사 혼자 앉아 있었다. 나보다도 더 젊은 삼십대 초반의 남자였다. 패기만만한 얼굴에 금테 안경을 낀 날카로운 인상이었다. 그 표정이 이제 더 이상 빠져나갈 구멍은 없다고 무언의 시위를 하는 것 같았다. 강 검사가 말했다.

― 박 과장님이십니까?

― 예, 그렇습니다.

― 경찰청 복도에서 쓰러졌다고 하던데, 몸은 회복되었습니까?

― 예, 견딜 만합니다.

나는 침착하게 말했다.

― 자, 이쪽으로 앉으시죠.

책상 앞에 놓인 바퀴 달린 의자 두 개 중 하나를 가리키며 강 검사가 말했다. 내가 의자에 앉자, 강 검사가 느긋하게 말했다.

― 시작하기 전에 커피라도 한 잔 드릴까요? 보도진들이 이렇게 몰려올 줄은 저희들도 몰랐습니다. 놀라지는 않았습니까?

강 검사가 일어나 정수기 위에 놓인 인스턴트 커피 봉지를 가위로 잘라 종이컵에 붓고는 뜨거운 물을 받아 커피를 탔다.

― 고맙습니다. 좀 당황하긴 했지만, 괜찮습니다.

나는 강 검사가 내미는 커피를 받아 반쯤 마시고 내려놓았다. 드디어 강 검사가 사건과 관련하여 입을 열었다.

— 경찰에서 한 진술을 여기서도 반복하겠습니까?

강 검사는 뻔히 들여다보이는 그런 거짓말은 여기서는 통하지 않는다, 그러니 빨리 자백하는 것이 서로에게 덜 피곤하지 않겠냐는 투로 내 눈을 쏘아보며 말했다. 돌변한 눈초리가 매서웠다. 그러나 나는 내가 할 수 있는 한 최선을 다할 것이다. 포기하지 않을 것이다. 나는 속으로 다시 한 번 마음을 다잡았다.

— 경찰에서 있었던 그대로를 말했을 뿐입니다.

— 그래요? 무의미한 실랑이는 하지 않는 게 서로에게 좋지 않겠습니까? 자, 자리를 옮길까요? 함께 가시죠.

강 검사가 일어섰다. 이곳에서 조사하는 것이 아닌가? 나는 강 검사를 따라 일어섰다. 강 검사가 왼편 복도를 따라 걸어가더니 어느 방 앞에서 걸음을 멈췄다. 출입문 우측 벽에 '특별 조사실'이라는 세로로 된 나무 입간판이 붙어 있었다.

— 자, 들어가시죠. 이곳에서 조사를 하게 됩니다.

나는 강 검사를 따라 특별 조사실로 들어섰다. 그곳에는 중앙에 직사각형의 책상 하나가 놓여 있고, 그 앞에 역시 바퀴 달린 의자 두 개가 놓여 있었다.

— 자, 이곳에 앉으시죠.

강 검사가 책상 앞에 놓인 의자 하나를 가리키며 말했다. 강 검사가 양복 윗도리를 벗어 구석에 세워진 옷걸이에 걸고는 돌아와 책상에 앉았다.

— 지금부터 피의자의 살인방조 혐의에 대한 정식 피의자신문조

서를 작성하도록 하겠습니다. 피의자는 불리한 사실에 대하여는 진술을 거부할 권리가 있습니다. 피의자는 신문에 응하겠습니까?

— 예.

와이셔츠 소매를 팔뚝까지 걷어 올린 강 검사가 나를 매섭게 쏘아보며 말했다. 나는 바짝 긴장했다. 강 검사가 내 이름과 주소 등 몇 가지를 먼저 물었다.

— 오래 끌지 맙시다. 이렇게 명백한 증거가 있는데, 부인한다고 해서 될 일이 아니잖습니까?

강 검사가 책상 서랍을 열고 누런 서류봉투 하나를 꺼내더니, 그 봉투에서 내 지갑을 꺼내 책상 위에 올려놓으며 말했다. 결국 올 것이 오고 말았다. 그러나 나는 버틸 것이다. 강 검사가 추궁했다.

— 이 지갑, 피의자 것이 맞지요? 지갑에 신분증이랑 카드가 고스란히 있는데, 설마 이것마저 부인하지는 않겠지요?

— 이 지갑이 어떻게 여기에 있습니까?

— 그애가 가지고 있었습니다. 모두 자백했어요, 피의자가 주었다고. 이제 더 이상 실랑이하지 맙시다.

강 검사가 타이르듯 말했다.

— 내가 지갑을 그애에게 줄 이유가 어디 있습니까?

— 정말 끝까지 이러실 겁니까?

강 검사가 화난 음성으로 대뜸 쏘아붙였다.

— 그애가 왜 그런 터무니없는 얘기를 했는지 모르겠습니다.

— 정말 이러실 겁니까? 피의자의 차를 타고 병원을 나왔다고 그애가 모두 자백했습니다. 순순히 자백하면 정상 참작이라도 해주려

고 했는데, 당신 정말 안 되겠어.

강 검사가 벌떡 일어나 손바닥으로 책상을 탁 내리치며 말했다. 그애가 모두 자백했다고? 경찰도 그렇게 말했었다. 경찰에서 자백했으면 그때 소년과 대질시켰을 것이 아닌가? 지금도 소년은 이 자리에 없다. 경찰에서와 마찬가지로 소년이 자백했다면 소년부터 이 자리에 있어야 하지 않는가? 바로 대질시킬 것이 아닌가? 악질 애새끼보다 더하네. 악질 애새끼⋯⋯. 그래, 소년은 여기서도 사실대로 말하지 않았음에 틀림없다. 끝까지 가자. 무너질 때 무너지더라도 끝까지 가보자.

— 그애를 불러 주십시오. 왜 그런 터무니없는 말을 했는지 내가 한 번 물어봅시다.

나도 얼굴을 붉히며 일어나 강 검사에게 소리쳤다.

— 좋습니다. 이렇게 끝까지 우긴다면 소원대로 해드리죠.

그렇게 말한 강 검사가 대뜸 전화기를 들고 말했다.

— 강 검삽니다. 애를 데려오세요. 특별 조사실입니다.

나는 가슴이 덜컥 내려앉았다. 드디어 소년과 나를 대질시키는 것으로 보아 강 검사의 말이 사실인지 모른다. 그애가 정말 자백했다면? 10분쯤 후, 교도관 유니폼을 입은 직원이 정말 소년을 데리고 들어왔다. 푸른 수의 소매 밖으로 드러난 가냘픈 손목에 수갑이 채워져 있었다. 홀쭉하게 살이 빠진 얼굴에 눈만 커다랗게 박혀 있는 것 같았다. 말없이 나를 바라보는 소년의 표정과 눈빛이 잠시 흔들렸다. 그러나 이내 정색하더니, 다시 눈에 힘을 주고 오히려 나를 쏘아보았다. 이 눈빛은?

— 이리 와 앉아.

강 검사가 대뜸 호통을 쳤다. 소년이 쭈뼛쭈뼛 걸어와 내 옆의 의자에 앉았다. 그러나 조금 전의 그 강렬한 눈빛과는 달리 고개를 푹 숙인 소년의 눈에서 이내 굵은 눈물이 뚝뚝 떨어졌다. 이 눈물은? 그래, 자백하고 말았구나. 절대로 나는 처벌받지 않게 하겠다고 철석같이 약속했는데, 그 약속을 지키지 못한 죄책감에서 이렇게 눈물을 흘리고 있구나. 나는 지레 짐작했다. 이런 생각이 들자 나는 그동안 단단히 붙들고 있던 마음이 스르르 풀어지고 말았다. 이미 엎질러진 물이 아닌가? 강 검사의 말대로 더 이상 버텨 봐야 무슨 소용이 있을까? 그래, 경찰이나 검사의 추궁에 이 어린애가 버틸 재간이 없었을 것이다. 아니, 검사의 호통 한 마디에 곧바로 술술 불고 말았을 것이다. 내가 어리석었다. 자백하지 않았을지도 모른다는 내 생각이 얼마나 순진한가? 경찰과 검찰이 어디 허수아빈가? 나는 깊숙이 숨을 한 번 들이마시고 천천히 내뿜었다. 그래, 이제는 어쩔 수 없다. 내 지갑이 발견되었고, 자백한 증인이 이렇게 내 앞에 있는데, 더 이상 우겨 보았자 승산 없는 싸움이다. 강 검사의 말대로 서로에게 피곤한 일일 뿐이다. 이제 모든 것이 끝이다. 나는 병원비를 내지 않는다는 이유로 보호자도 없는 환자를 강제로 유기한 악덕 의사일 뿐이다. 목숨이 경각에 달려 있는 환자를 아무것도 모르는 환자의 어린 아들과 공모하여 병원에서 강제로 내쫓아 죽게 만든 천하에 둘도 없는 파렴치한 살인 의사일 뿐이다. 나는 눈을 감았다. 그리고 체념했다.

그때, 강 검사가 곧바로 나를 추궁했다면 나는 정말 자백하고 말았을 것이다. 그러나 강 검사는 무슨 생각을 하는지 소년과 나를 물끄러미 바라보면서 잠시 뜸을 들였다. 그런데 그때, 그 짧은 순간, 내 가슴을 쿵 하고 두드리는 어떤 소리가 들렸다. 어디에서 들리는지 알 수 없는 목소리 하나가 뇌성처럼 귀에 울렸다.

(— 존재의 진리를 믿으라고 하지 않았소.)

이게 무슨 조화인가? 후크 선장의 목소리였다. 나는 내 귀를 의심했다.

(— 내가 미리 포기하지 말라고 했잖소.)

다시 한 번 목소리가 들렸다. 후크 선장의 목소리가 분명했다. 나는 그 소리에 후다닥 정신을 차렸다. 아니다. 아직 포기해서는 안 된다. 나는 다시 한 번 마음을 새롭게 다잡았다. 이윽고 강 검사가 의자를 책상 앞으로 바짝 당겨 앉고 나를 쏘아보며 입을 열었다.

— 피의자……?

그때였다. 강 검사의 책상 위 전화기가 울렸다. 강 검사가 다음 말을 멈추고 송수화기를 들었다.

— 예, 강 검삽니다.

— ……?

— 그래요? 알겠습니다. 지금 곧 가겠다고 말씀드려 주세요.

통화를 끝낸 강 검사가 일어나 와이셔츠 소매를 여미고 양복 윗도리를 입으며 말했다.

— 청장님께서 급하게 찾는다고 하니, 잠시만 기다려 주세요. 곧 돌아올 겁니다.

그렇게 말한 강 검사가 서둘러 조사실을 나갔다. 아무리 급한 일이라도 그렇지, 조사실에 교도관은 물론 다른 직원은 아무도 없는데, 조사를 받는 피의자들만 달랑 남겨 놓고 방을 나가다니? 만약 우리가 도망이라도 가버리면 어떻게 하려고? 나는 영문을 몰라 잠시 어리둥절했다.

아무도 없는 방에 소년과 나만 남게 되었다. 나는 고개를 옆으로 돌려 소년을 바라보았다. 소년은 그대로 고개를 숙인 채 눈물만 뚝뚝 흘리고 있었다. 그것을 보자 나는 내가 처한 입장도 잠시 잊어버리고 소년에 대한 연민에 사로잡히고 말았다. 그래, 모든 것이 내 불찰이다. 그때 내 마음속에도 벌레 원장의 마음이 내재되어 있었는지도 모른다. 아니, 틀림없이 그랬다. 나는 해적놀이를 하겠다는 터무니없는 소년의 말을 들어 주는 척하면서 사실은 환자를 내보내고 싶었던 것이다. 그래서 다른 사람이 들으면 실소를 금치 못할 어리석은 약속을 하고 만 것이다. 이것이 어찌 이 어린 아이의 잘못인가? 모두 내 탓이다. 나는 자괴감에 떨면서 소년을 다독거려 주려고 손을 들었다. 그때 소년이 갑자기 벌떡 일어나 내 의자 아래 발치에 무릎을 꿇었다. 그리고는 수갑이 채워진 두 손으로 내 바짓가랑이를 움켜잡으며 울음 섞인 소리로 말했다.

— 선생님, 제가 잘못했어요.

전혀 예상하지 못한 소년의 돌출 행동이었다. 나는 그때까지도 소년의 의도를 간파하지 못한 채 여전히 소년에 대한 연민에 사로잡혀 있었다. 이 어린 아이가 무슨 죄가 있나? 모두 다 내가 잘못 판단한 내 어리석음이 초래한 일이다. 내가 허락하지 않았더라면, 아니 내가 공범이 되지 않았더라면, 이 아이는 아버지를 죽인 살인범이 되지는 않았을 것이다. 이 아이를 살인범으로 만든 건 바로 나다. 내 어리석은 판단이 이 아이를 살인범으로 만들었다. 나는 앉은 채로 허리를 구부리고 팔을 뻗어 소년을 잡아 일으켜 세우려 했다. 그때 내 종아리를 무엇인가 꼭꼭 찌르는 느낌이 들었다. 내 바짓가랑이를 잡은 소년이 손가락 끝을 세워 종아리 뒤쪽 근육을 꼭꼭 찌르고 있었던 것이다. 그때서야 나는 퍼뜩 생각이 들었다. 소년은 내 바짓가랑이를 잡고 잘못했다고 비는 시늉을 하며 무엇인가 내게 신호를 보내고 있었던 것이다. 처음 조사실에 들어올 때 보았던 소년의 강렬한 눈빛이 생각났다. 소년이 바짓가랑이를 잡은 채로 고개를 치켜들어 나를 올려다보았다. 눈물이 뺨을 타고 내리고 있었다. 소년이 말했다.

— 선생님, 제가 잘못했어요. 선생님이 병원에서 내보내 주지 않아 제가 도망쳤어요. 아빠를 데리고…….

소년은 눈물을 흘리면서도 태연하게 거짓말을 했다. 그러면서도 소년은 바짓가랑이를 잡은 손으로 다시 한 번 내 종아리 뒷부분을 꼭꼭 찔렀다. 분명했다. 소년이 잘못을 빈다는 핑계로 엎드려 내 바짓가랑이를 잡은 것은 내게 무엇인가 메시지를 보내기 위한 것이었다.

— 그만 일어나. 그래, 어떻게 된 일인지 들어 보기나 하자.

나는 소년의 어깨를 잡고 일으켰다. 그때서야 소년이 바짓가랑이를 잡은 손을 놓고 일어나 앉았다. 의자에 앉은 소년이 주먹 쥔 손등으로 눈물을 닦아 내며 말했다.

— 아빠가 계속 해적놀이 가자고 했어요. 그런데 선생님은 절대로

병원에서 내보내 줄 수 없다고 하고…….

— 그래서 할 수 없이 도망쳤다 이거야?

— 예, 아무리 말해도 선생님이 안 된다고 해서.

내 종아리를 찌른 것이 이거였구나.

— 병실에서는 어떻게 나갔니?

— 일요일 날, 간호사 누나가 없는 틈을 타서 뒷문 계단으로 나왔어요. 정문으로 나오면 들킬 것 같아서.

— 움직이지도 못하는 아버지를 어린 네가 어떻게 데리고 나갔어?

— 바퀴의자에 태워서 끌고 나왔어요.

— 휠체어를 끌고 섬까지 간 것은 아닐 테고, 집에는 어떻게 갔어?

연극이다. 신명나는 굿판이다. 소년이 주연이고 나는 조연이고…….

— 병원 뒷문으로 나와 한참 내려오니 택시가 한 대 왔어요. 그 택시를 타고 갔어요.

— 무슨 돈으로 택시를 탔니?

— 선생님, 죄송해요. 집에 가려고 제가 선생님 지갑을 훔쳤어요.

"모두 다 선생님을 위해서예요."라고 말하며 차를 가로막다시피 하고 지갑을 달라던 소년의 맑고 진지한 눈빛이 떠올랐다. 아하, 나는 속으로 무릎을 쳤다. 소년은 내가 강 검사에게 어떻게 진술해야 하는지를 미리 가르쳐 주고 있었다. 소년이 이미 자백했다는 강 검사의 말은 술책이었다. 두려워하지 마시오, 후크 선장의 목소리가 다시 울렸다. 존재의 진리, 후크 선장의 영혼에서 울리는 존재의 소리가 소년에게 암시를 주었을 것이다. 이것은 틀림없이 후크 선장의 계시에서 비롯된 소년의 연출일 것이다.

— 그래? 어디서 잃어버렸나 했더니, 네가 훔친 거였구나.

— 죄송합니다. 아빠와 해적놀이하러 집에는 가야 하는데 돈은 없고, 그래서…….

연극은 계속 진행되었다. 그때 소년은 둔덕 뒤 농로에서 헤어지고 난 이후에 있었던 일에 대해서도 얘기했다. 나는 그 얘기는 사실이라고 믿었다. 그 이후의 일에 대해서는 소년이 거짓말을 할 이유가 없었다. 아버지를 휠체어에 태우고 섬으로 간 소년이 그날 밤 마을 아이들과 함께 벌인 해적놀이 얘기를 들으면서 나는 가슴이 흠뻑 젖도록 속으로 울었다.

곧 돌아오겠다던 강 검사는 30분이 넘어서야 돌아왔다. 소년의 얘기가 막 끝났을 때, 문이 열리며 강 검사가 들어왔다. 의외로 그렇게 기세등등하던 강 검사의 표정과 태도가 훨씬 누그러져 있었다.

— 이 지갑, 박 과장님 것이 맞습니까?

이미 소년으로부터 언질을 받은 뒤였다.

— 예, 맞습니다. 그런데 어떻게 이 지갑이?

— 이 녀석이 이 지갑을 훔쳤다고 하는데요. 잃어버린 것이 맞습니까?

이상하게도 강 검사는 추궁하지 않았다. 말투도 온화했다. 나는 오히려 그것이 더 이상했다.

— 예, 이애가 병원에서 사라지기 이틀 전쯤 지갑이 없어진 것을 알았습니다. 어디 다른 곳에서 분실했다고 생각했는데, 이애가 훔쳤던 모양이군요.

— 이 녀석 말로는 박 과장님의 이 지갑을 훔쳐 택시를 타고 집에

갔다고 하는데, 없어진 현금이 얼마인지 확인해 주시겠습니까?

강 검사는 추궁하지도 않고 오히려 소년이 한 진술을 확인하는 정도로 내게 묻고 있었다. 나는 일부러 지갑에 든 돈을 헤아려 보는 시늉을 했다. 지갑은 그대로였다. 현금도 신용카드도 고스란히 그대로 있었다.

— 글쎄요. 당시 현금이 얼마나 들어 있었는지는 정확히 모르지만, 한 5, 6만 원 정도는 없어진 것 같습니다.

나는 얼버무렸다. 지갑이 그대로라는 말을 하면 택시를 타고 집으로 갔다는 소년의 말이 거짓말이 될 것이고, 이를 수상하게 여긴 강 검사가 다시 추궁할 것이라는 생각이 들었기 때문이었다.

— 야 임마. 고개 들어. 얼마 꺼내 썼어?

강 검사가 그때까지 고개를 푹 숙이고 있는 소년의 이마에 꿀밤 한 대를 먹이며 말했다.

— 6만 원요.

— 무슨 용도로? 어디에서?

— 택시비와 배 값으로 썼다고 했잖아요. 몇 번이나 말해야 돼요?

소년이 왜 자꾸 귀찮게 묻느냐는 투로 큰소리로 검사에게 대들었다. 그것은 소년이 내게 보내는 또 다른 암시라는 생각이 들었다.

— 이 자식이! 여기가 어디라고 고함을 질러?

강 검사가 다시 한 번 소년의 머리에 꿀밤을 먹이면서 말했다. 소년은 자신이 경찰에 체포될 줄을 예상하고 있었다. 그런데 휠체어에 앉은 아버지를 데리고 병원에서 빠져나와 어떻게 섬까지 갔는지 추궁당하면 변명 거리가 있어야 했다. 내 지갑을 훔쳐 그 돈으로 병원에서 선착장까지 가는 택시비를 내고, 선착장에서 섬에 가는 여객선의 뱃삯을 냈다고 해야 앞뒤가 맞게 되는 셈이었다.

— 이 녀석 말이 맞네요. 사실 혼자서 병원을 탈출하여 택시를 타고 갔다는 이 녀석의 말을 믿지 않았습니다. 병원에서 환자를 빼내는 데 분명 누군가 공범이 있고, 그 사람은 분명 박 과장님이라고 확신했습니다. 박 과장님이 만약 이 녀석과 함께 환자를 빼돌렸다면, 자신의 신분이 드러날 지갑을 주지는 않았겠지요. 미안합니다. 괜한 의심을 해서…….

강 검사가 말했다. 나는 소년을 바라보았다. 소년이 고개를 돌려 내 눈을 바라보고 가볍게 입술을 비틀며 빙긋 웃었다. 강 검사가 눈치 못 챌 극히 짧은 찰나였다. 소년의 눈이 말하고 있었다. '거 봐요, 제가 선생님 지갑이 필요할 거라고 했잖아요?'라고.

— 이 지갑 증거물로 보관했다가 나중에 돌려 드리겠습니다. 돌아가서도 좋습니다.

강 검사가 말했다. 나는 그제야 겨우 지옥에서 빠져나왔다. 만약 소년에게 지갑을 주지 않았더라면 어떻게 되었을까? 아, 피터 팬, 어린 너의 생각이 어른인 나보다 훨씬 더 치밀했구나. 후크 선장, 이게 당신 계획이었소? 영혼의 고향으로 돌아가고 싶은 당신 계획 말이오? 나는 속으로 후크 선장에게 물었다.

— 이 아이는 어떻게 되는 겁니까?

나는 속으로 가슴을 쓸어내리며 강 검사에게 물었다.

— 휴우! 그만 가서도 좋습니다.

강 검사는 대답 대신 한숨을 푹 쉬며 말했다. 나는 더 이상 묻지 못하고 소년의 어깨를 잠시 다독거려 주고는 일어섰다.

— 죄송해요, 선생님. 안녕히 가세요.

소년이 여전히 고개를 푹 숙이고 기어들어가는 목소리로 말했다. 가슴이 찡하니 눈앞이 흐려졌다. 나는 조사실을 나왔다. 조사실을 나와 복도를 걸어가면서 문득 의문이 들었다. 조금 전까지만 해도 그렇게 기세등등하게 추궁하던 강 검사가 왜 태도를 바꾸어 이렇게 싱겁게 일을 끝냈을까. 내가 청사 복도 중앙에 있는 엘리베이터를 타기 위해 복도를 걸어 나오고 있을 때였다.

— 박 과장님, 잠깐만요.

나는 흠칫 놀라 걸음을 멈추었다. 언제 뒤따라 나왔는지 강 검사가 나를 불러 세웠다.

— 아, 저 녀석 참, 영악한 건지, 아니면 꽉 막힌 건지⋯⋯?

강 검사가 혼잣말인지, 내가 들으라는 소리인지 모를 말을 하면서 다가왔다. 그곳 복도 오른쪽 창가에 작은 휴게실 겸 흡연실이 있었다. 커피 자판기 한 대와 작은 소파가 마주보고 두 개 놓여 있고, 그 사이 탁자 위에 재떨이가 있었다. 그곳으로 먼저 들어간 강 검사가 손에 들고 나온 담뱃갑에서 한 개비를 꺼내 물며 말했다.

— 아, 저 녀석이 일 년 동안 끊었던 담배를 다시 피우게 만드네요. 한 대 피우시겠습니까?

그러면서 강 검사가 내게도 담배를 권했다.

— 아닙니다. 담배를 피우지 않습니다.

— 그럼 커피라도 한 잔 하시죠.

강 검사가 내 대답을 기다리지도 않고 바지 호주머니에서 동전을 꺼내어 자판기 투입구에 넣었다. 자판기에서 먼저 나온 커피를 내게 권하고 다시 한 잔을 더 뽑은 강 검사가 소파에 앉으며 말했다.

— 여기 앉아 잠시 얘기라도 하고 가시죠.

— 예.

나는 강 검사 맞은편 소파에 앉았다.

강 검사가 라이터로 담배에 불을 붙이고 연기를 길게 내뿜고는 말했다.

— 박 과장님, 법에도 눈물이 있다는 말이 있지 않습니까?

— 예, 그렇지요.

나는 그런 말을 하는 강 검사의 의도를 몰라 의아한 눈빛으로 그를 바라보며 대답했다. 강 검사가 내 눈빛을 의식하고는 고개를 가볍게 끄덕이며 말했다.

— 저 녀석 말입니다. 어머니도 없이 혼자 아버지를 간호하며 오죽했으면 그런 짓을 했을까 하는 생각에, 영 불쌍한 겁니다. 그래서 좀 무리를 해서라도 가장 중한 존속살인만은 면하게 해줄 방법이 없을까 하는데, 아, 녀석이 남의 속도 모르고 끝까지 박박 우깁니다. 하도 속이 타서 담배라도 한 대 피우려고 이렇게 나왔습니다.

그러나 나는 여전히 강 검사의 말을 선뜻 이해하지 못했다. 다시 한 번 담배 연기를 내뿜고는 강 검사가 말했다.

— 박 과장님도 의사라서 잘 아시겠지만, 왜 안락사나 존엄사라는 게 있지 않습니까?

— 예, 정확한 법적 요건은 모르지만, 그런 말을 듣기는 많이 들었습니다.

그때까지도 나는 여전히 강 검사가 왜 그런 말을 하는지 이해하지 못하고 있었다. 강 검사가 말했다.

— 녀석이 하도 불쌍해서 어쨌든 존속살인만은 면하게 해주려고, 억지로라도 존엄사 요건에 맞춰보려고 했습니다. 그런데 녀석이 남의 속도 모르고 끝까지 박박 우깁니다. 존엄사가 법적으로 인정되려면 무엇보다도 환자의 생존가능성이 없어야 하고, 또 환자가 자신의 의사로 사망에 이르게 해달라고 적극적으로 요청하거나, 그렇지는 않더라도 최소한 사망에 이르게 해달라는 환자의 의사를 추정할만한 객관적인 증거라도 있어야 합니다.

— 그런 전문적인 법률요건은 잘 모르겠습니다.

내가 말했다.

— 예, 그렇겠지요. 검사인 나도 이제까지 그렇게 깊게 생각해보지 않았으니까요.

강 검사가 말하고는 다시 한 번 담배 연기를 내뿜고는 재떨이에 꽁초를 눌러 껐다. 강 검사가 말했다.

— 그래서 내가 저 녀석에게 물어봤습니다. 혹시 병원에 있을 때, 아버지가 단 한 번이라도 의식을 차려, 이렇게 살 바에야 차라리 죽고 싶다거나 뭐 그런 취지의 말을 한 적이 없었나하고요. 박 과장님이 더 잘 아시겠지만, 녀석이 병원에서 아버지를 데리고 나올 때만 해도 전적으로 산소호흡기에 의존하고 있지도 않았고, 자가호흡을 하고 있어 생존가능성이 전연 없었다고 할 수도 없지만…….

강 검사가 말을 멈추고 답답한지 담배 한 개비를 새로 꺼내 물고 불을 붙였다. 나는 그때 말하고 싶었다. 그 환자는 처음 병원에 왔을 때부터 생존가능성이 전연 없었다고. 그러나 나는 하지 못했다. 경찰에서 조사를 받을 때는 형사가 내 말을 가로막아서 못했지만, 그때는 자유로운 상태인대도 나는 꿀 먹은 벙어리처럼 그 말을 하지 못했다. 나는 그때까지도 강 검사가 왜 그런 말을 하는지 이해하지 못한 채 다음 말을 기다렸다. 강 검사가 고개를 옆으로 돌리고 담배 연기를 길게 내뿜고는 말했다.

 — 생존가능성이 있었느냐 없었느냐 하는 문제는 뭐 그렇다 하더라도, 조금 전에 말한 존엄사의 법적 요건에 맞추기 위해서는 환자가 단 한 번이라도 깨어나, 차라리 죽여 달라거나 뭐 그런 취지의 말이라도 해야 하지 않겠습니까? 아, 그런데 녀석이 뭐라고 하는지 아십니까? 나 참, 녀석이 뭣도 모르고 끝까지 아빠가 눈으로 말했다는 겁니다. 아니, 눈으로 하는 말을 어떻게 알아듣는다는 말입니까? 아버지가 깨어난 적은 단 한 번도 없었고, 뭐, 아버지와 함께 해적놀이를 했다나. 아니, 의식도 없는 전신마비 아버지와 해적놀이를 했다는 게 말이나 되는 소립니까? 그런 얼토당토않은 말로 박박 우기니. 아니, 제 녀석을 봐 주려고 하는데, 설사 거짓말이라도 아버지가 깨어나 그런 말을 했다고 하면 어디 덧납니까? 자식이 남의 속도 모르고……

 강 검사가 새삼 화가 나는 듯 '녀석'이라는 그나마 온순한 말을 '자식'이라고 바꾸어 말하면서 담배를 거칠게 뻑뻑 빨아 연기를 내뿜었다. 강 검사가 다시 말했다.

 — 택시를 타고 갔다고 하는데, 자식을 태워 준 택시기사도 수배되지 않고……

순간 나는 가슴이 뜨끔했다. 강 검사가 계속 말했다.

— 자식이 이런 짓을 하려거든 좀 더 일찍 하든가. 불과 범행 일주일 전에 만 열네 살이 되었어요.

— ......?

이건 무슨 소린가? 나는 강 검사의 다음 말을 기다렸다.

— 일주일 전에만 그랬어도 형사미성년자라 형벌은 받지 않는데*, 자식이 재수도 더럽게 없지.

가슴이 덜컥했다. 강 검사가 계속 말했다.

— 어떠하든지 존속살인만은 면하게 해보려고, 그날 밤 아버지를 배에 태울 때, 그 전에 이미 아버지가 돌아가시지 않았느냐고 넌지시 구슬려도 봤습니다. 그런데 자식이 또 뭐라고 하는지 아십니까? 아, 나 참, 이 자식이 뭣도 모르고 그때까지도 아버지는 살아 있었다고 끝까지 박박 우깁니다. 그때 아빠의 가슴에 귀를 대보았는데, 그때까지 분명 심장에서 쿵쿵 소리가 들렸다고 합니다. 박 과장님이 더 잘 아시겠지만, 가만있어도 죽게 될 아버지를 왜 배에 태웠을까요? 이미 숨을 거둔 아버지를 배에 태웠다면 다소 무리를 해서라도 단순 사체유기로 해볼까 했는데, 아, 그러니 내가 아무리 봐주고 싶어도 봐 줄 방법이 없는 겁니다. 법에도 눈물이 있다는 것을 보여주고 싶어도 도대체 방법이 없단 말입니다. 어쩔 수 없이 가장 중한

---

* 14세 되지 아니한 자의 행위는 벌하지 아니한다(형법 제9조). 다만, 소년 범죄에 있어 14세 이상 19세 미만의 아이는 범죄소년, 10세 이상 14세 미만의 아이는 촉법소년, 10세 미만의 아이는 범법소년으로 구분한다(소년법 제4조). 촉법소년과 범법소년은 형사책임 무능력자로 형사처벌은 하지 못한다. 촉법소년은 소년사건으로 하여 보호처분을 할 수 있지만, 범법소년은 너무 어려서 아무런 법적 제제를 할 수 없다. 14세 이상의 범죄소년의 경우 형사책임 능력자이므로 형사처벌을 할 수 있다.

존속 살해가 될 수밖에요. 며칠 후 존속살인죄에다 박 과장님의 지갑을 훔친 절도죄로 기소할 겁니다.

강 검사가 다소 언성을 높여 말하고는 여전히 화가 나고 속이 타는지 담배꽁초를 거칠게 재떨이에 꾹꾹 눌러 껐다. 그리고는 이미 차게 식어버린 종이컵의 커피를 후루룩 마셨다. 강 검사가 다시 말했다.

— 사실 저 어린애보다는 환자를 내보낸 병원의 처사에 더 분개했습니다. 아무리 돈이 지배하는 세상이라고 하지만, 뻔히 죽게 될 환자를 입원비가 좀 밀렸다고 강제로 내다버리는 그런 병원을 용납하면 안 되겠다 싶었지요. 물론 수사의 초점은 박 과장님과 원장에게 맞춰져 있었고요.

나는 다시 등골이 서늘해졌다.

— 내가 아까 왜 자리를 비웠는지 아십니까?

— 청장님께서 찾는다고 하시지 않았습니까?

— 허허, 그것은 핑계지요. 아무도 없는 방에 피의자 두 사람만 달랑 남겨 둘 검사가 어디에 있겠습니까?

— ……?

강 검사가 웃으면서 말을 이었다.

— 사실 일부러 두 사람만 남겨 놓고 어떤 얘기를 하는지 TV 모니터로 다 지켜보고 있었습니다. 두 사람만 남겨 놓으면 서로 입을 맞추든지, 아니면 그애가 박 과장님에게만은 사실을 실토할 거라 생각했지요. 그런데 그애는 박 과장님에게도 제 발로 도망쳤다고 하더군요. 지갑을 훔쳤다고 했고요. 이제까지 그애가 진술한 내용과 같았

습니다.

— ……?

숨이 막히는 듯했다. 강 검사가 다시 말했다.

— 사실 병원의 간호사나 원장, 원무과장 모두가 박 과장님이 환자를 내보내지 않았다는 말을 했지만, 믿지 않았습니다. 서로 입을 맞춰 놓은 것이라 생각했지요. 그런데 원무과장의 말이 인상적이었습니다. 환자를 내보내는 일로 원장과 다퉜다고 하더군요. 환자를 내보내려면 나를 먼저 내보내라고 대들었다면서요. 그런 원무과장의 진술과 박 과장님의 지갑, 오늘 모니터로 본 정황을 보고 박 과장님이 개입하지 않았다고 최종적으로 판단했습니다.

사실 그때 나는 그렇게 원장에게 대들었지만, 원장이 정말 나를 해고하기라도 하면 어쩌나하는 불안감이 없지도 않았다. 그런데 그런 일이 이렇게 나를 구원해 주는 결과로 나타날 줄이야.

— 그런데 TV나 신문 보도에는 마을 아이들도 함께 있었다고 하던데, 다른 아이들은 어떻게 됩니까?

— 아, 그 아이들은 다행히 직접적인 범죄 행위에는 가담하지 않았더군요. 그리고 너무 어린 애들이라 처벌 대상도 아니고. 범죄라는 인식도 못 하는 아이들이 한 일을 어떻게 처벌하겠습니까?

— 예, 그렇군요.

— 그런데, 박 과장님……?

— 예?

— 저 녀석이나 마을 아이들 모두가 한결같이 해적놀이를 했다고 합니다. 아무리 누가 시켜 입을 맞췄어도 그 어린 애들이 하나같이

그렇게 말할 수는 없을 것 같은데. 박 과장님은 어떻게 생각합니까? 그애들이 정말 해적놀이를 했을까요?

— 해적놀이라고요? 글쎄요. 그걸 제가 어떻게 알겠습니까?

그렇게 말하면서도 나는 가슴이 찌르르 했다. 혹시 강 검사가 눈치 챌까 봐 모르는 척해야 하는 내 처지가 참 딱하다는 생각이 들었다.

— 박 과장님은 혹시 스미 갑판장이라는 사람을 아십니까?

— 스미 갑판장요? 도대체 무슨 말씀을 하시는지……?

— 그애들이 말입니다. 스미 갑판장이 그 환자, 아니 후크 선장을 죽였다고 하더군요. 마치 집단 최면에 걸린 것처럼 말입니다. 아이들과 요상한 실랑이를 하느라 내 머리가 오히려 멍멍해집디다. 어쨌든 그동안 의심을 해서 미안합니다. 그럼 안녕히 가십시오. 저는 그만 들어가서 저 영악한 놈과 좀 더 실랑이를 해야겠습니다.

강 검사가 먼저 일어나 검사실로 들어갔다. 나는 엘리베이터를 타지 않고 그냥 계단을 걸어 내려왔다. 강 검사가 우리 두 사람을 모니터로 지켜보고 있다는 사실을 소년이 알았을까? 소년이 정말 그것을 알았을까. 그래서 강 검사가 눈치 못 채게 일부러 엎드려 비는 척하면서 내게 메시지를 보냈단 말인가? 소년은 어떻게 알았을까? 정말 탄복할 일이다. 그런데 불과 일주일 전에 열네 살이 되었다니, 그래서 처벌을 받을 수밖에 없다니, 그것도 존속살인이라는 가장 중한 죄로……. 강 검사님, 그애들은 진짜 해적놀이를 한 겁니다, 당신은 왜 믿지 못합니까, 소리치고 싶었다. 가슴이 꽉 메어지며 눈물이 핑 돌았다.

피터 팬,
스미 갑판장을 쓰러뜨리다

11월 하순으로 접어든 초겨울이라 잎은 이미 시들어 버렸을 시기였다. 철 지난 노란 들국화가 피어 있었다. 꽃잎의 대부분은 이미 말라 버리고, 그나마 속에 남은 몇 잎이 아직 시들지 않고 새파란 바람을 맞으며 하늘거리고 있었다. 그 꽃잎은 마치 소년에게 "왜 이제 왔어? 얼마나 기다렸는데."라고 말하며 투정부리는 것 같았다. 차가운 해풍을 맞으면서도 끝까지 지지 않고 소년을 기다리고 있었던 것 같았다.

소년은 그들을 태워다 준 의사 선생님의 차가 굽이치는 도로의 모퉁이를 돌아 사라지는 것을 보았다. 그때서야 소년은 휠체어에 앉은 아버지의 몸을 다시 한 번 담요로 여미고, 의자의 손잡이를 뒤에서 밀며 천천히 둔덕 뒤 논 가운데 길을 걸어 나왔다. 그때까지도 들판에는 아무도 보이지 않았다. 시멘트 포장 농로를 걸어 나와 자동차가 다니는 도로로 나서니 멀지 않은 곳에 선착장이 보였다. 소년은 선착장을 향해 걷기 시작했다. 몇 대의 차가 빠른 속도로 지나갔지만, 그 어느 차도 소년에게 관심을 주지는 않았다. 선착장이 있는 바다 쪽에서 갯내를 품은 바람이 불어왔다. 소년은 아버지에게 말을 걸었다.

— 아빠, 이제 바다에 거의 다 왔어.

(— 그렇구나. 이제 가슴이 좀 후련해지는 것 같다.)

— 오늘 밤에 해적놀이할 거지?

(— 그럼, 당연히 해야지.)

— 네버랜드 아이들도 기다리고 있어. 지난 주 일요일, 내가 아이들에게만 미리 살짝 말해 두었어. 오늘 후크 선장이 갈 거라고. 선생님께는 일부러 말하지 않았어.

(— 그래, 잘했다.)

소년은 지난 주 일요일 아이들이 병원에 왔을 때를 떠올리며 빙긋 미소 지었다. 선생님과 의사 선생님이 병실을 나간 뒤였다. 소년이 말했다.

— 어젯밤에 후크 선장이 말을 했어.

— 정말?

어린 마이클이 눈을 동그랗게 뜨고 말했다.

— 무슨 말을 했는데?

웬디가 말했다.

— 다음 주 일요일 해적놀이하러 집에 갈 거라고 했어. 너희들도 한 번 들어 봐.

— 어떻게?

— 이렇게 하면 후크 선장이 하는 말을 들을 수 있어.

그렇게 말하며 소년이 침대에 누운 후크 선장의 가슴에 귀를 갖다 댔다.

— 선생님이 말했잖아. 귀양살이 바위에 귀를 갖다 대면 인어들이 하는 얘기를 들을 수 있다고. 선생님 말씀이 생각나서 후크 선장의 가슴에 귀를 대봤어. 그랬더니 정말 후크 선장이 말을 하고 있었어.

해적놀이하러 가자고. 지금도 말하고 있어. 너희들도 한 번 들어 봐.

— 정말?

먼저 어린 마이클이 소년이 한 것처럼 후크 선장의 가슴에 귀를 갖다 대었다.

— 맞아. 쿵쿵 해적놀이, 쿵쿵 해적놀이, 이렇게 말하고 있어.

다음으로 존이 따라했다.

— 쿵쿵거리는 소리가 들려. 어, 정말이네. 쿵쿵 해적놀이, 쿵쿵 해적놀이.

다음으로 슬라이틀리와 투틀즈가 동시에 이마를 맞대고 귀를 갖다 대었다.

— 쿵쿵, 해적놀이, 쿵쿵 해적놀이, 정말이야.

마지막으로 웬디가 따라했다.

— 쿵쿵 해적놀이, 쿵쿵 해적놀이, 맞아.

— 그럼 다음 주 일요일에는 여기에 오지 말고 해적놀이할 준비를 하고 있어. 내가 후크 선장을 집으로 데려갈게. 선생님은 서울에 가신다고 했어. 우리끼리 해적놀이를 한다면 선생님께서 샘을 낼지도 몰라. 선생님께는 절대로 말해선 안 돼.

소년은 일일이 아이들과 새끼손가락을 걸어 다짐을 주었다. 그렇게 된 것이었다. 아마도 지금쯤 아이들은 해적놀이 준비를 마치고 소년과 후크 선장을 기다리고 있을 것이었다. 어린 마이클은 이미 나무칼을 허리에 차고 있을 것이다. 슬라이틀리와 투틀즈는 네버랜드 참호를 수리하고 있을 것이다. 웬디는 모래사장에 모닥불을 피울 나무를 갖다 나르고 있을 것이다. 소년은 휠체어를 밀고 도로를 따라 걸어가며 후크 선장에게 다시 말을 걸었다.

— 후크 선장, 오늘은 시계소리를 내지 않겠어. 오늘은 정정당당하게 맞붙을 거야.

(— 꼬마 피터 팬, 시계소리만 들리지 않는다면 넌 나의 적수가 될 수 없어.)

— 그렇지 않아. 나에게는 팅크 벨의 금가루가 있어.

(— 그것도 소용없을 것이다. 하늘을 나는 방법은 나도 알아.)

— 어떻게?

(— 그건 비밀이야. 나중에 알게 될 거야.)

그러는 사이에 어느덧 소년은 선착장에 도착해 있었다. 소년은 호주머니에서 꼬깃꼬깃 구겨진 만 원짜리 지폐 한 장을 꺼내 승선권 두 장을 샀다. 그것은 여름방학식 날 학교로 찾아온 어머니가 소년의 손에 쥐어 주고 간 것이었다. 이윽고 토끼섬으로 가는 배가 도착했다. 토끼섬을 경유하여 다른 여러 섬을 돌아 다시 선착장에 회항하는 여객선이었다. 토끼섬으로 가는 사람은 소년밖에 없었다. 소년이 모르는 이웃 섬사람들 몇몇과 낚시꾼 몇 사람이 배에 올랐다. 낚시꾼의 도움을 받아 아버지가 앉은 휠체어를 통째로 들고 배에 올랐다. 서쪽 하늘에 해가 기울고 있었다. 바닷바람이 꽤 차가웠다. 소년은 아버지에게 물었다.

— 아빠, 추워? 선실로 내려갈까?

(— 아니, 시원하다. 그냥 여기 그대로 있자. 여기 이 갑판에서 바다를 바라보고 싶구나.)

소년은 아버지가 그렇게 말한다는 것을 알 수 있었다. 소년은 차가운 바닷바람을 맞으며 갑판 위에 그대로 서 있었다. 다른 섬사람들이 소년과 휠체어에 앉은 아버지를 힐끔거리며 바라보았다. 배가 점점 토끼섬에 가까워지고 있었다. 선창가에 아이들이 나와 있었다. 선생님의 모습은 보이지 않았다. 소년은 안심했다. 소년의 예상대로 이번 주에는 서울 집에 간 모양이었다. 선생님이 소년과 후크 선장이 온다는 사실을 알았다면 아마 병원을 빠져나오지도 못했을 것이었다. 이미 탈출 계획 자체가 어긋나 있었을 것이었다. 아이들이 손을 흔들고 있었다. 소년의 생각처럼 어린 마이클은 허리에 나무칼을 차고 있었다. 꼬리를 흔들며 컹컹 짖는 나나의 모습도 보였다. 소년도 손을 흔들었다. 마을 사람 몇몇이 함께 나와 있었다. 그러나 남자라고는 또복이 할배 혼자였다. 이윽고 배가 도착했다. 낚시꾼의 도움을 받아 휠체어를 들고 배에서 내렸다.

— 이를 우짜노, 이를 우짜노, 아이고! 아이고! 영 반송장이 다 되뿌꾸마.

아버지의 모습을 본 또복이 할매가 연신 손바닥을 마주치며 소란을 떨었다.

— 너거는 마 빨리 집에 가서 방부터 데피라.

또복이 할매가 웬디 어머니 등 마을 사람들을 재촉했다. 소년은 휠체어를 끌고 집 쪽으로 걸어가기 시작했다. 아이들이 소년을 따랐다.

— 대장, 오늘 진짜 해적놀이할 거지?

마이클이 나무칼로 휠체어의 바퀴를 두드리며 말했다.

— 그래, 후크 선장이 오늘 밤 하자고 했어.

소년이 말했다. 모래사장이 나왔다. 모래사장에 모닥불을 피우기 위한 나무더미가 쌓여 있었다. 참호 위에 얼기설기 엮은 나뭇가지가 보였다.

— 우리가 이미 준비를 해놨어.

투틀즈가 퉁퉁한 볼을 흔들며 씩 웃었다.

— 아빠, 내 말이 맞지? 아이들이 미리 준비해 놓았을 거라고 했잖아.

소년은 휠체어에 앉은 아버지에게 다시 말을 걸었다.

(— 그렇구나. 오늘은 정말 신나는 해적놀이가 되겠어.)

소년은 아버지가 하는 말을 들을 수 있었다. 석양이 묻은 하늘이 점점 더 어두워지고 있었다. 배 위에서는 바람이 꽤 불었지만, 오른 쪽 방파제와 왼쪽 귀양살이 바위 사이에 오목하게 자리 잡은 모래사장 앞 바다는 비교적 잔잔했다. 스러지는 저녁 하늘이 잠긴 바다는 마지막 빛으로 붉은 주름을 드리우고 있었다. 소년은 모래사장을 지나 집 마당으로 들어섰다. 마당에는 여름 동안 무성하게 자란 잡초가 이른 서리를 맞아 말라 있었다. 방안은 그대로였다. 방 한 구석에 개어 놓은 이불과 작은 장롱, 그 모든 것이 그대로였다. 언제 다녀갔는지는 모르지만, 가지런하게 정리된 방안에는 엄마의 체취가 남아 있는 것 같았다. 그러나 정작 엄마는 없는 방안은 횅하니 썰렁했다.

— 밥도 몬 묵었제? 너거는 뭐하노. 어영 밥부터 해먹이자.

또복이 할매가 연신 물걸레로 마루를 훔치며 말했다.

— 자자, 춥다. 어영 이불 깔고 눕히라. 아이고, 아이고, 이를 우짜

노, 영 사람도 몬 알아보네.

소년과 함께 또복이 할배가 휠체어에 앉은 아버지를 요에 누이며 연신 혀를 찼다. 오랫동안 비워 둔 집의 거실 싱크대 수도에서 물이 나오지 않아 또복이 할배가 굽은 허리를 뒤뚱이며 물을 길어오고, 웬디와 투틀즈, 슬라이틀리의 어머니가 청소를 하고 쌀을 씻어 전기밥솥에 안쳐 저녁상을 마련했다. 그러는 사이에 날은 이미 어두워져 있었다. 소년은 아이들과 함께 저녁밥을 먹었다. 어른들은 아예 밥 먹을 생각도 하지 않았다. 묵묵히, 연신 안타까운 표정으로 밥을 먹는 아이들을 바라보기만 할 뿐이었다. 어머니가 집에 없다는 사실을 알고 각오는 하고 왔지만, 정작 밥숟갈을 입으로 가져가려니 소년은 그만 목이 메었다. 그러나 억지로 눈물을 참았다.

― 대장, 해적놀이 안 하는 거야?

밥을 먹자마자 어린 마이클이 눈을 빛내며 물었다.

― 야가 무신 소리를 하노? 이 야밤중에 해적놀이는 무신 해적놀이?

또복이 할매가 펄쩍 놀라 소리쳤다.

― 마이 디제(많이 힘들지)? 이제 고마 좀 쉬어라. 낼 아침에 오마.

또복이 할매가 이어 말하며 일어섰다. 웬디 어머니랑 다른 사람들도 일어섰다.

― 해적놀이한다고 해놓고, 씨이~.

어린 마이클이 볼멘소리로 씩씩대며 일어섰다.

― 니가 고마 할 소리를 해라.

웬디 어머니가 마이클의 손을 잡아끌고 방문을 나서며 말했다. 소년도 따라 나섰다. 동쪽 먼 바다에서 달님이 하얀 이마를 내밀고 있었다. 그때까지 마당에서 서성이던 또복이 할배가 앞서고, 다른 사람들이 뒤따라 모래사장을 가로질러 걸어갔다.

— 나오지 말거라. 아부지나 잘 샐피거라.

배웅하기 위해 모래사장까지 따라 나온 소년을 보고 또복이 할매가 말했다. 마을 사람들과 아이들 모두 달빛을 받으며 마을로 돌아갔다. 나나가 소년과 아이들 사이에서 컹컹거리며 두리번거리다가 아이들을 뒤쫓아 달려갔다. 한참을 걸어가던 투틀즈와 웬디가 뒤를 돌아다보더니, 두 손을 입에 대고 고함을 지르는 동작으로 무엇인가 말을 하는 것 같았다. 그 소리가 들리지는 않았지만, 소년은 그들이 무슨 말을 하고자 하는지 알았다. 그들은 곧 돌아올 것이었다. 나중에 어른들이 잠들면 몰래 빠져나와 해적놀이를 하러 올 것이었다.

소년은 한동안 모래사장 위에 서 있었다. 달빛을 받은 바다는 잔잔했다. 밀려온 물결이 쓸려가면서 물가의 조약돌이 자르르 소리를 냈다. 그 소리와 달빛을 받아 은물결로 반짝이는 바다 수면이 새삼 신비롭게 보였다. 소년은 방파제 쪽 모래사장 끝을 바라보았다. 아버지의 낡은 목선이 밧줄에 묶인 채 작은 물결에 흔들리고 있었다. 발동선을 산 이후로 아버지는 목선을 타는 일이 거의 없었다. 그러나 목선은 여전히 거기에 있었다. 그것은 마치 이제는 움직일 수도 없는 아버지의 육체 같았다.

소년은 달빛을 등에 지고 다시 방으로 들어왔다. 아버지는 요 위에 누워 있었다. 마치 시신처럼 누워 있었다. 소년은 아버지의 가슴에 귀를 대어 보았다. 다행히 심장 소리는 들렸다. 그러나 그 소리는 병원에서 들은 것보다 훨씬 더 작았다. 금방이라도 멈추고 말 것 같았다. 아버지의 심장소리가 멎기 전에 물어보아야 했다. 소년은 아버지에게 물었다.

— 아빠, 이제 해적놀이하러 갈까?

(— 그래, 피터 팬. 바다를 보고 싶다.)

— 아빠의 배가 있었어. 예전에 아빠가 타던 목선 말이야.

(— 그래, 다행이구나. 해적놀이에 후크 선장의 배가 없으면 안 되지.)

— 발동선이 있었으면 더 좋았을 텐데.

(— 아니야. 진짜 해적놀이에는 그 목선이 더 잘 어울려. 원래 후크 선장의 배는 발동선이 아니었어. 커다란 돛이 주렁주렁 달린 나무 범선이었어.)

— 그래, 졸리 로저호는 발동선이 아닌 돛배였어. 내가 깜빡했어.

(— 날 태워 다오. 나를 그 목선에 태워 다오.)

— 아빠, 돌아올 거지?

(— 그럼, 반드시 돌아올 것이다.)

— 언제?

(— 잠시 후, 바람이 불면, 나는 후크 선장이 되어 돌아올 것이다. 해적의 검은 깃발을 힘차게 나부끼며 돌아올 것이다.)

— 그럼 기다릴게. 네버랜드 참호에서 후크 선장을 기다릴게.

(— 꼬마 피터 팬, 단단히 대비하고 있어라. 이번에야말로 반드시 네버랜드를 함락시키고 말겠다.)

— 후크 선장, 이 피터 팬이 있는 한 네버랜드는 결코 함락되지 않아.

소년은 아버지를 일으켜 방 한쪽에 세워 둔 휠체어에 앉히고 몸을 담요로 감싸다시피 덮었다. 소년은 아버지가 앉은 휠체어를 밀고 모래사장으로 나왔다. 소년은 잠시 걸음을 멈추고 눈을 들어 먼 바다를 바라보았다. 수면 위에는 막 이지러지기 시작하는 하현달이 시리도록 하얀 달빛을 쏟아내고 있었다. 소년은 다시 휠체어를 밀고 나갔다. 휠체어 바퀴가 구르는 모래 위에도 하얀 달빛이 부서졌다. 서걱서걱 소리를 내며 부서졌다. 이따금씩 휠체어 바퀴가 모래에 빠져 잘 움직이지 않았다. 소년은 끙끙대고 용을 써가며 달빛을 걷어내고 휠체어를 밀었다. 이윽고 소년은 아버지의 목선이 묶여 있는 방파제 옆 모래사장에 도착했다. 소년은 휠체어의 손잡이를 잡은 채로 잠시 숨을 고르며 바다를 바라보았다. 하얀 달빛이 내려앉은 바다 위 수면은 마치 은빛 주단을 깔아 놓은 것 같았다. 그 바다는 아버지가 숨쉬던 아버지의 바다였다. 은빛 물결 주단 주름이 쏴, 하는 바람소리를 내면서 모래사장을 적시며 밀려왔다가 자그르르, 하는 조약돌 소리를 내며 다시 쓸려갔다. 아버지도 저 물결처럼 다시 바다로 돌아가야 할 것이었다. 다시 바다로 돌아가 바다와 같은 큰 숨을 쉬어야 할 것이었다.

소년은 수면 위에서 가볍게 일렁이며 떠 있는 아버지의 목선을 바라보았다. 그 목선은 아버지의 분신이었고, 해적선 졸리 로저호였다. 소년은 목선이 묶여 있는 밧줄을 끌어당겼다. 배는 그리 힘들이지 않고도 수면 위에서 쉽게 끌려왔다. 그러나 배의 바닥이 모래에 닿자 더 이상은 잘 끌려오지 않았다. 소년은 뱃머리가 모래사장 위에 반쯤 올라올 때까지 다리와 허리를 뻗대고 끙끙거리면서 배를 끌어당겼다.

소년은 먼저 아버지를 덮고 온 담요를 걷어 목선 바닥에 깔았다. 휠체어에서 아버지를 안아 들었다. 아버지의 몸은 의외로 가벼웠다. 아버지의 발끝이 뱃머리로 향하도록 조심스럽게 담요 위에 앉혔다. 허리 뒤에 노를 가로질러 대어 등을 기대고 편안하게 앉게 했다. 바닥에 펼쳐진 여분의 담요 자락을 접어 올려 아버지의 몸을 감쌌다. 소년은 운동화와 양말을 벗고 바지자락을 허벅지까지 걷어 올리고는, 뱃머리를 옆으로 밀어 돌리며 물속으로 들어갔다. 맨발과 종아리를 적시며 타고 올라온 은빛 물결이 상체로 번지면서 소년의 가슴과 머리도 온통 은빛으로 물드는 것 같았다. 뱃머리가 먼 바다로 향하도록 배를 돌린 소년은 다시 뒤로 돌아와 배꼬리를 잡고 조심스럽게 앞으로 밀었다. 드디어 모래 바닥을 벗어난 배가 수면위에 둥실 떴다.

이제 아버지는 목선 위에 가로지른 노에 편안하게 등을 기대고 앉아 시리도록 하얀 달빛이 쏟아지는 먼 수평선을 잔잔한 시선으로 바라보고 있었다. 하얀 달빛은 아버지의 시선에도 내려앉고 있었다. 아버지의 입가에 달빛 같은 잔잔한 미소가 번져나고 있었다. 소년은 종아리가 완전히 물에 잠겨들 때까지 배를 밀고 바다로 들어갔다. 마지막으로 수면에 드리워진 배를 묶은 밧줄을 건져 올려 둘둘 말아서 뱃머리 바닥에 던졌다. 그 밧줄은 후크 선장이 된 아버지가 다시 돌아와 배를 정박할 때 필요할 것이었다.

소년은 물속에 가만히 서서 아버지의 배를 잠시 바라보다 천천히 뒷걸음질로 물가로 나왔다. 썰물이었다. 아버지가 탄 배는 가볍게 흔들리며 점점 멀어져 갔다. 수면 위에서 반짝이며 부서지는 은빛 물결 조각처럼, 아버지가 탄 목선도 하얀 빛의 조각으로 부서지며 점차 멀어지고 있었다. 은빛 물결 주단이 깔린 수면 위를 오르락내리락하면서 먼 수평선 쪽으로 소리 없이 흘러가고 있었다.

소년은 몸을 돌려 양말과 신발을 다시 신고 모래사장을 가로질러 아이들이 만들어 놓은 네버랜드 참호로 들어갔다. 이제 바람이 불면 아버지는 후크 선장이 되어 돌아올 것이었다. 그때 방파제 쪽으로 난 마을길에서 아이들의 두런거리는 소리가 들렸다. 소년이 고개를 돌렸다. 아이들이었다. 달빛에 비친 그림자만 보아도 그들이 웬디와 존, 마이클, 투틀즈, 슬라이틀리라는 것을 단박에 알 수 있었다. 깡충거리는 나나의 앙증맞은 그림자도 보였다.

— 이리 와.

소년이 참호에서 나와 아이들을 부르며 손짓했다.

— 대장이다.

어린 마이클의 소리가 들리고, 아이들이 소년이 있는 참호로 달려왔다.

— 후크 선장은?

투틀즈가 물었다.

— 바다로 갔어. 저기를 봐.

소년이 바다를 가리켰다. 아버지가 탄 목선이 먼 바다 위 달빛 속에서 하얀 점처럼 흔들리고 있었다.

— 정말 후크 선장이 타고 갔어?

어린 마이클이 물었다.

— 그럼, 저기 배 위에 후크 선장이 앉아 있잖아.

— 후크 선장이 진짜 돌아올까?

존이 물었다.

— 조금 후 바람이 불면 온다고 했어. 후크 선장에게 물어봐.

— 저렇게 멀리 있는데 어떻게 물어?

— 선생님이 말했잖아. 별들에게 물어보면 된다고.

— 오늘은 별이 없는데? 달뿐인 걸.

존이 불만스럽게 말했다.

— 별은 달빛 뒤에 숨어 있어. 그러나 달도 얘기할 수 있어. 여기에 누워 달을 보고 물어봐.

소년이 말했다. 아이들이 참호 속에서 고개를 젖히고 달을 바라보았다. 웬디가 손으로 동그란 나팔을 만들어 말했다.

— 달님, 달님, 후크 선장은 언제 돌아오나요?

(— …….)

— 방금 후크 선장이 말했어. 잠시 후 바람이 불면 돌아온다고. 마이클, 달빛을 타고 들려오는 후크 선장의 목소리가 들리지?

소년이 말했다.

— 응, 들려.

마이클이 말했다.

— 나도 들려.

존이 말했다.

— 그래 맞아. 후크 선장이 바람이 불면 돌아오겠다고 말하고 있어.

투틀즈와 슬라이틀리가 동시에 말했다.

— 커다란 돛이 달린 해적선이라고 해. 내 귀에도 들려. 후크 선장

의 목소리가 들려.

웬디가 말했다. 후크 선장은 돌아올 것이다. 커다란 돛이 주렁주렁 달린 해적선 졸리 로저호를 타고 돌아올 것이다. 아이들은 참호에서 고개를 내밀고 바다를 바라보았다. 이제 바다에는 아무것도 보이지 않았다. 후크 선장이 탄 목선은 달빛에 스며들어 버린 듯 보이지 않았다. 적막한 달빛만이 고고히 흐르고 있었다.

— 이제 불을 피우자.

소년이 말했다. 아이들이 모두 참호 앞 모래사장에 미리 쌓아 둔 나무더미 쪽으로 갔다. 슬라이틀리가 집에서 가지고 온 일회용 라이터로 나무에 불을 붙였다. 고고한 달빛 아래서 모래사장에 불길이 타올랐다. 아이들이 손을 잡고 원으로 돌며 춤을 추었다. 나나도 덩달아 깡충깡충 뛰며 돌았다. 아이들은 그렇게 춤을 추며 한참을 놀았다.

— 이제 네버랜드로 가서 기다리자.

소년이 말했다. 아이들은 다시 참호 속으로 들어갔다. 참호 앞 모래사장에는 여전히 불길이 타오르고 있었다. 그때 달이 구름 속으로 숨었다. 잔잔하던 바다가 일렁거렸다. 바람이 불기 시작했다. 타오르던 불길이 작은 불꽃별이 되어 하늘로 흩어졌다.

— 바람이 불기 시작했어. 이제 곧 후크 선장이 돌아올 거야.

소년이 말했다. 아이들은 하늘 위로 숫구치는 불꽃별 사이로 검은 바다를 바라보았다. 그러나 바다에는 아무것도 나타나지 않았다. 달빛으로 말갛게 빛나던 하늘은 어느새 짙은 구름으로 가려져 있었다. 그때 갑자기 바람이 세차게 불며 모래바람이 날렸다. 이따금씩 빗방울이 우두둑 모래사장을 두드리기도 했다. 빗방울을 맞은 나무더미 불길에서 푸시시 하얀 수증기 입김이 피어올랐다. 바람과 비를 품은 날씨가 꽁꽁 얼어 가고 있었다. 그러나 바다에는 아무것도 나타나지 않았다.

― 후크 선장은 왜 안 와?

한층 사그라져 버린 불꽃을 바라보며 마이클이 입에서 하얀 입김을 토해 내며 물었다.

― 곧 올 거야.

소년이 말했다.

― 추워.

존이 말했다.

― 조금만 더 기다려 보자. 후크 선장이 온다고 했으니까.

투틀즈가 말했다.

― 후크 선장은 약속을 지켰어. 후크 선장을 기다려야 해.

웬디가 어른스럽게 말했다. 아이들은 그렇게 참호 속에서 어두운 바다를 바라보며 후크 선장이 나타나기를 기다렸다. 시간이 얼마나 흘렀을까? 이따금씩 뿌리던 비는 그쳤지만, 바람은 더욱 심해지고 있었다. 참호 위를 얽은 나뭇가지에 붙어 있던 이파리 몇 개가 차가운 겨울바람에 떠는 문풍지처럼 파르르 떨다가 휑하고 날려갔다. 어린 마이클은 추위에 떨다 웬디의 품에 안겨 잠이 들었다. 추운 날씨에 아이들 중 누군가가 이제 집으로 가자고 할 만도 했다. 그러나 아이들은 무슨 마법에 걸린 것처럼 그대로 참호 속에 웅크려 있었다. 또 다시 얼마나 시간이 지났을까? 투틀즈와 슬라이틀리가 서로 껴안고 추위에 이빨을 딱딱 부딪치며 아더더 어깨를 떨었다. 이제 마이클과 존을 함께 품에 안은 웬디도 심하게 떨며 눈이 가물거리고 있었다. 그런데도 아이들은 어느 누구도 집에 가자고 하지 않았다. 후크 선장이 무슨 마법을 사용하여 아이들의 입을 봉해 버리고, 발을 아예 참호 속에 붙들어 매버린 것 같았다. 아이들은 그대로 참호 속에 엎드려 있었다.

이제 소년도 자꾸만 눈이 감겼다. 추웠다. 다른 아이들과 마찬가지로 이빨이 저절로 딱딱 마주치고 턱까지 얼어붙고 있었다. 어쩌면 후크 선장은 우리가 추위에 떨다 지쳐 쓰러지기를 기다리고 있는지도 모른다. 후크 선장은 그때를 노려 네버랜드를 기습 공격해 올 것이다. 소년은 추위와 피곤에 지쳐 가물거리는 의식 속에서 그렇게 생각했다. 아니, 바람이 너무 세게 불어 배를 띄우지 못했는지도 모른다. 후크 선장은 바람이 잦아드는 새벽을 기다리고 있는지도 모른다. 새벽, 아침 해가 솟는 그때를 기다려 네버랜드를 기습 공격할 계획을 세우고 있는지도 모른다. 그렇게 생각하기도 했다.

지켜야 한다. 끝까지 지켜야 한다. 후크 선장은 이번에야말로 기필코 네버랜드를 함락시킬 것이라고 했다. 단단히 대비하고 있으라고 했다. 잠들면 안 돼. 후크 선장은 내가 잠들기를 기다리고 있는 거야. 비겁하게 내가 잠들기를 기다려 기습 공격을 하려고 이제까지 나타나지 않는 거야. 그러나 이러한 소년의 생각과는 달리 소년의 의식은 점차 흐려져 갔다. 소년은 억지로 눈을 비비며 잠을 쫓아냈다. 그러나 소년의 의지와는 다르게 눈은 계속 감기고 있었다.

또다시 얼마나 시간이 흘렀을까? 갑자기 소년의 머릿속으로 한 줄기 빛이 쏟아져 들어왔다. 소년의 눈이 저절로 크게 열렸다. 저 멀리 어두운 바다에서 소리도 없이 무엇인가가 다가오고 있었다. 소년은 어두운 바다 저편을 뚫어져라 바라보았다. 아, 저게 무엇인가? 그것은 어마어마한 크기의 범선이었다. 그 배는 아버지 후크 선장이 타고 나간 작은 목선이 아니었다. 통통통 검은 연기를 뿜어내던 아버지의 발동선도 아니었다. 그때까지도 소년의 뇌리에 뚜렷이 남아 있는 『피터 팬』 동화책의 삽화처럼 돛이 주렁주렁 매달린 엄청난 크기의 육중한 범선이었다. 그런 어마어마한 범선 한 척이 검은 바다 위에서 소리도 없이 다가오고 있었다. 제일 높은 돛대 끝에 내걸린 펄럭이는 검은 해적 깃발, 하얀 해골에 뼈다귀로 ×자가 그려진 검은 해적 깃발을 매단 진짜 해적선이 천천히 다가오며 그 위용을 드러내고 있었다.

소년은 눈을 부릅뜨고 배를 찬찬히 살펴보았다. 제일 높은 돛대 위 가로대에 매달리다시피 한 사람은 분명 이탈리아인 쎄코, 갑판 중간 돛대 기둥 아래서 술통을 끌어안고 있는 저 사람은 빌 주크스, 그래, 양복 윗도리를 입고 폼을 내며 갑판을 돌아다니고 있는 저 사람은 스타키가 틀림없어. 그들 외에도 갑판 위에서 움직이고 있는 졸개 해적들은 족히 수십 명은 넘을 것 같았다.

후크 선장, 드디어 나타났구나. 소년은 이를 악물었다. 순간 소년은 피터 팬이 되어 있었다. 피터 팬은 허리에 차고 있던 칼을 빼들었다. 그 칼은 이제까지 해적놀이를 하면서 사용하던 가짜 나무칼이 아니었다. 예리하게 벼른 진짜 쇠칼이었다. 그때 뱃머리 갑판 위에 후크 선장이 모습을 드러냈다. 붉은 안감을 댄 검은 망토와 삼각 해적모자에 말꼬리 수염을 위쪽으로 꼬아 올린 차림새였다. 그런데 이상했다. 악어에게 물려 잘려 나간 후크 선장의 오른팔이 멀쩡했다. 갈고리 한 개가 달려 있어야 할 오른팔에 다섯 개의 손가락이 붙은 멀쩡한 손이 붙어 있었다. 더군다나 후크 선장은 그 오른손으로 칼을 빼들고 소리 지르며 해적들에게 뭔가를 지시하고 있었다. 후크 선장의 지시를 받은 해적들이 바쁘게 움직이며 흩어졌다. 돛대 위 가로대 위에 올라가 있던 쎄코가 펼쳐진 돛을 말아 올리기 시작했다. 다른 해적들도 일제히 펼쳐진 돛을 말아 올렸다. 해적선의 속도가 점차 줄어들더니, 이윽고 바다 위에 정박했다. 해변에서 꽤 멀어 보였다. 아마도 배가 너무 커서 물이 얕은 해안까지는 접근하지 못하는 모양이었다.

이윽고 돛을 완전히 걷어 올린 해적들이 이제는 오른쪽 선측에 매달려 있던 보트 하나를 아래로 내리기 시작했다. 그러나 그 보트도 아버지의 목선보다 훨씬 더 클 것 같았다. 해적들이 바다에 띄운 보트 아래로 줄사다리를 내렸다. 먼저 이탈리아인 쎄코와 빌 주크스가 앞뒤 좌우로 위태롭게 흔들리는 줄사다리를 타고 내려가 보트에 탔다. 쎄코와 빌 주크스가 사다리가 흔들리지 않도록 아래서 단단히 잡고, 이어 후크 선장이 졸개 해적들의 박수와 환호성을 받으며 사다리를 타고 내려왔다. 그 뒤를 이어 졸개 해적 셋이 다시 내려왔다. 후크 선장이 보트 가운데에 서고, 쎄코와 빌 주크스, 졸개 해적들이 앞뒤에 나란히 앉아 노를 젓기 시작했다. 후크 선장과 해적단이 보트를 타고 네버랜드 해안으로 상륙하고 있었다. 오냐, 오너라, 후크 선장. 피터 팬은 다시 한 번 칼을 단단히 부여잡았다.

드디어 후크 선장이 탄 보트가 물가에 닿았다. 이탈리아인 쎄코가 보트에서 뛰어내려 물속에서 무릎과 두 손을 짚고 엎드렸다. 빌 주크스도 첨벙첨벙 앞으로 뛰어가 쎄코 앞에 엎드렸다. 다른 졸개 해적이 빌 주크스 앞에, 또 다른 졸개 해적이 그 졸개 해적 앞에 엎드렸다. 후크 선장이 물속에 네 발로 엎드린 졸개 해적들의 등허리를 징검다리 삼아 성큼성큼 걸어오더니, 드디어 모래사장에 발을 올려놓았다. 멀리서 보았을 때는 몰랐지만, 모래사장 위에 올라선 후크 선장의 덩치는 엄청나게 컸다. 소년이 턱을 들고 치켜보아야 할 정도로 큰 키에 표정도 험상궂었다. 그 모습을 본 피터 팬은 저절로 움츠러들고 말았다. 시계소리에 놀라 도망쳤던 어리숙한 모습과는 완전 딴판이었다. 그런데 피터 팬은 그런 후크 선장의 얼굴이 어딘가 낯익다는 생각이 들었다. 험상궂은 표정과 감아 올린 꼬리 수염이 아니라면 금방 알아볼 수 있을 정도로 분명 어딘가에서 본 얼굴이었다. 후크 선장이 허리에 차고 있던 칼을 빼어들고 피터 팬이 숨어 있는 참호를 향하여 칼끝을 겨누며 소리쳤다.

— 꼬마 피터 팬. 네 녀석이 거기 숨어 있는 줄 다 안다. 어서 나와 항복해라. 그러면 목숨만은 살려 주마.

어두운 밤바다에 쩌렁쩌렁 울려 퍼지는 천둥 같은 소리였다. 소리가 너무 크게 울려 귀가 먹먹해지는 것 같았다. 그러나 그 정도의 소리에 겁을 집어먹을 피터 팬이 아니었다. 피터 팬은 항상 이겼다. 나는 이긴다. 피터 팬은 속으로 다짐하고 칼 쥔 손에 힘을 주며 참호에서 뛰쳐나와 소리쳤다.

— 오냐. 후크 선장. 여기 피터 팬이 나왔다. 오늘은 사생결단을

내자.

— 하하하, 꼬마 녀석이 겁도 없구나. 그런데 꼬마야. 내가 어디 후크 선장처럼 보이냐?

후크 선장이 비꼬는 어조로 말했다.

— 뭐라고? 그럼 너는 누구냐? 왜 후크 선장의 흉내를 내느냐?

— 하하하, 잘 봐라, 내가 누군지. 내가 누군지 알게 되면 너는 기절초풍하겠지. 하하하.

피터 팬은 후크 선장의 차림새를 한 거인을 찬찬히 살펴보았다. 아, 그런데 이자가 누구인가? 피터 팬은 깜짝 놀랐다. 후크 선장처럼 검은 삼각모자를 쓰고 수염을 말아 올린 거인은 바로 스미 갑판장이었다. 후크 선장의 검은 망토 안에 악어가죽으로 만든 단단한 갑옷을 받쳐 입고 있었다.

— 아니, 너는 스미 갑판장!

— 하하하, 꼬마야. 이제야 날 알아보겠느냐?

— 후크 선장은 어디 있느냐? 네가 왜 후크 선장의 흉내를 내느냐?

— 하하하, 그 바보 같은 후크는 내가 이미 지옥에 보내 버렸다. 내가 단칼로 후크를 처치해 버렸단 말이야.

— 뭐라고? 거짓말하지 마라. 후크 선장은 너에게 당할 사람이 아니다.

— 이 바보 같은 꼬마야. 그럼 저 돛대 꼭대기를 봐라. 내 말이 맞는지, 안 맞는지.

스미 갑판장이 몸을 돌려 칼끝으로 바다 위 범선을 가리켰다. 피터 팬이 돛대를 바라보았다. 돛대 꼭대기에 누군가가 묶인 채 매달려 있었다. 긴 머리카락이 풀어져 바람에 휘날렸다. 피터 팬은 눈을 깜박이며 그 사람이 누군지 살펴보았다. 아, 그런데 그 사람은 바로 엄마였다. 스미 갑판장과 함께 갔던 엄마가 해적선의 돛대 꼭대기에 묶여 있었다.

— 엄마, 엄마잖아? 엄마가 왜 저기에 묶여 있어?

— 하하하, 이 바보 같은 꼬마야. 이제 알겠느냐? 내가 후크를 처치하고 네 엄마를 노예로 삼았단 말이야. 이제 알겠느냐?

— 이 나쁜 놈. 살려 주지 않겠다.

— 하하하, 이 꼬마야. 너 같은 꼬마가 무슨 재주로 날 이길래? 네가 『피터 팬』 동화처럼 정말 하늘을 날 수 있을 것 같아? 이 바보 녀석아. 세상에 하늘을 날 수 있는 사람은 아무도 없어. 그것은 환상일 뿐이야. 팅크 벨의 금가루, 한 마디로 웃기는 얘기야. 이 세상에 요정이 어디 있어?

— 날 수 없어도 너를 이길 수 있어. 피터 팬은 항상 이겼어.

피터 팬은 악에 받쳐 소리쳤다.

— 하하하, 꼬마야. 피터 팬이 항상 이긴다고? 어리석은 녀석! 그것은 어른들의 거짓말일 뿐이야. 순진한 녀석, 그것을 믿다니.

— 여러 말 할 것 없다. 어서 이 피터의 칼이나 받아라.

피터 팬이 칼을 빼어들고 스미 갑판장에게 달려들었다. 그러나 그것은 무모한 짓이었다. 피터 팬은 스미 갑판장에게 다가가기도 전에 그가 내지르는 발길질에 모래사장에 얼굴을 박으며 나가떨어지고 말았다. 놓쳐 버린 칼은 이미 저만치 멀리 날아가 모래사장에 뒹굴었다.

— 꼬마야. 이래도 덤빌 테냐? 이제 시계소리를 내보렴. 내가 도망 갈 것 같아? 시계를 삼킨 악어? 하하하, 꼬마야. 그 악어는 이미 내가 잡아 죽였어. 그놈 가죽을 벗겨 내 갑옷을 만들었단 말이야. 이 갑옷이 네 눈에는 보이지 않느냐?

스미 갑판장이 안에 받쳐 입은 악어 갑옷이 드러나도록 검은 망토의 끈을 풀어 제치며 이죽거렸다. 그리고는 타이르듯 다시 말했다.

— 자, 꼬마야, 보았느냐? 이제 그만 항복해라. 그만 항복하고 나와 함께 해적선으로 가서 내 노예가 되어라. 그러면 목숨만은 살려 주겠다.

— 차라리 죽여라. 죽어도 항복하지 않겠다.

피터 팬은 눈을 치켜뜨고 악을 쓰며 소리 질렀다.

— 오냐, 그러면 할 수 없다. 이 스미의 비위를 거스르는 자는 그 누구도 살아남지 못해. 너를 죽이기 전에 먼저 네 엄마부터 죽여 주마.

— 뭐라고? 엄마를 죽이겠다고?

— 그래, 엄마를 살리려거든 그만 항복해라. 이 스미의 마지막 경고다.

피터 팬은 망설였다. 항복하고 노예가 되어 엄마를 살릴 것인가, 이대로 죽을 것인가? 그때 후크 선장의 목소리가 천둥처럼 모래사장에 울려 퍼졌다.

(— 아들아, 싸워라. 노예로 사느니 차라리 싸우다 죽어라.)

피터 팬은 화들짝 놀라 깨어났다. 피터 팬은 엉금엉금 기어가서 모래사장에 떨어져 있는 칼을 집어 들었다.

― 싸우다 죽겠다. 덤벼라.

그리고는 허리를 반쯤 구부린 자세로 웅크리고 서서 스미 갑판장을 향해 칼을 겨누었다.

― 하하하, 하룻강아지 범 무서운 줄 모르는 녀석 같으니. 오냐, 정 그렇게 원한다면 죽여 주마. 어서 덤벼 보아라.

스미 갑판장이 오른손에 칼을 들고 왼손으로는 악어가죽 갑옷을 입은 배를 통통 두드리며 성큼성큼 다가왔다. 피터 팬이 달려들어 칼을 휘둘렀다. 스미 갑판장은 칼을 막거나 피하지 않았다. 피터 팬이 휘두른 칼은 오히려 악어가죽 갑옷 위에서 통통 튕겨 날 뿐이었다.

― 하하하.

스미 갑판장의 비웃는 웃음소리가 모래사장에 가득 퍼졌다.

― 이놈아, 얼마든지 휘둘러 봐라. 어디 내 손끝 하나 다치나. 자, 자, 여기도, 여기도, 옳지, 그래, 그래, 잘한다.

피터 팬은 안간힘을 다해 이리저리 칼을 휘둘렀다. 그러나 스미 갑판장의 악어 갑옷은 너무도 단단했다. 피터 팬의 힘으로 그 갑옷을 뚫기란 역부족이었다.

― 에라, 이놈아.

스미 갑판장이 귀찮다는 듯 다시 한 번 발길질로 피터 팬을 냅다 내질렀다. 피터 팬은 또다시 저만큼 쿵 하고 나가 떨어졌다. 그러나 이번에는 칼을 놓치지 않았다. 스미 갑판장이 성큼성큼 다시 다가와 말했다.

― 이래도 계속 까불 테냐? 이번에는 정말 마지막 경고다.

― 차라리 죽여라.

― 좋다. 이 스미는 그렇게 인내심이 없어. 꼭 그렇게 원한다면 소원을 들어 주마. 애들아, 신호를 보내라.

스미 갑판장이 뒤에 선 쎄코와 빌 주크스를 돌아보며 말했다. 그때 스미 갑판장의 왼쪽 가슴 날개 갑옷 단추가 열렸다. 심장이 있는 곳이었다. 피터 팬은 그것을 놓치지 않았다. 쎄코와 빌 주크스가 바다에 정박해 있는 해적선을 향하여 손을 흔들며 뭔가 신호를 보냈다. 돛대 위에 올라가 있던 졸개 해적 하나가 그 신호를 보고 어머니가 매달려 있는 밧줄을 칼로 내리쳤다. 엄마의 몸이 바다 아래로 떨어지고 있었다.

― 안 돼. 엄마, 엄마! 안 돼.

순간 피터 팬이 외치며 스미 갑판장에게 달려들었다. 단단하게 부여잡은 피터 팬의 칼끝이 스미 갑판장의 열려 있는 가슴 날개 갑옷 틈새를 파고들었다. 스미 갑판장이 칼을 떨어뜨리고는 가슴을 부여안고 털썩 모래 위에 무릎을 꿇었다.

― 아이고, 이를 우짜노. 야들이 꽁꽁 얼얼어 삣네(얼어 버렸네).

누군가가 소리쳤다. 또복이 할매의 목소리인 것 같았다. 소년은 그때까지도 가물거리는 의식 속에 있었다. 엷은 햇살이 얼굴에 비쳐 든다는 느낌이 들었다. 그 여린 햇살에 설핏 눈을 떴다. 웬디의 품에 안긴 마이클이 새파란 입술로 빠끔히 고개를 내밀고 천진하게 소년에게 물었다.

― 대장, 후크 선장은?

― 죽었어. 스미 갑판장에게 당했어.

— 뭐? 그럼 스미 갑판장은?

— 내가 처치했어. 나는 피터 팬이야.

소년은 희미하게 웃으며 기어들어가는 목소리로 겨우 말했다. 스르르 다시 감은 눈에 아버지의 목선이 보였다. 목선 위에 서 있는 아버지가 보였다. 검은 망토에 삼각 해적모자를 쓰고 있었다. 아버지가 웃고 있었다. 아버지의 호탕한 웃음소리가 메아리처럼 소년의 귓가를 맴돌았다. 바다가 보였다. 망망대해였다. 바다가 거대한 소용돌이를 일으키기 시작했다. 아버지가 탄 목선이 맴을 돌며 소용돌이치는 바다 속으로 빠져들어 갔다. 급하게 달려오는 발자국 소리가 어지럽게 들렸다.

— 김 형사, 빨리 애들부터 옮겨.

소년은 그 소리를 어렴풋이 들으며 아버지의 목선과 함께 깊은 바다 속으로 빨려 들어갔다.

피터 팬,
법정에 서다

검찰 수사 결과 내가 무혐의 처분을 받자, 언론은 소년의 범죄에 대한 관심 못지 않게 소년에 의해 희생된 환자를 치료한 병원에 대해서도 큰 관심을 보였다. 병원이 언론의 집중 조명을 받았다. 분명 원장이 미리 언론에 줄을 대 놓았기 때문일 것이다. 언론의 병원에 대한 태도가 눈에 띄게 우호적으로 바뀌었다. 일부 언론은 이전과는 영 딴판이라고 할 수 있을 정도로 칭찬 일색이었다. 원장을 인터뷰하기 위해 C시 지방 언론은 물론이고 중앙 언론의 기자들도 병원으로 찾아왔다. 원장은 각 방송사와 신문 기자들이 올 때마다 최대한 자세를 낮추고 겸손하게 말했다.

— 모름지기 병원은 환자의 경제력에 상관없이 오직 최선을 다해 치료를 해야합니다. 환자가 병원비가 있느냐 없느냐 하는 것은 그 다음의 문제입니다. 이것은 의료인의 가장 기본적인 사명이자 본분입니다. 저는 이러한 사명과 본분을 잊어버리지 않도록 항상 스스로를 경계하고 있습니다. 저는 다만 의료인의 한 사람으로서 당연히 해야 할 본분에 충실했을 뿐입니다.

본색을 감추는데 능수능란하고 이재에 밝은 원장의 술수가 뻔히 눈에 보였다. 원장이 기자들에게 어떻게 손을 썼는지는 몰라도, 신문과 방송은 하나같이 원장을 치켜세웠다. 낙도의 가난한 아내가 병원에 버리다시피하고 가버린 식물인간 남편이라고 했다. 그러한 환자를 돈 한 푼 받지 않고 병원에서 가장 시설이 좋은 VIP 병실에 입원시켜 최선을 다해 치료를 해준 원장의 선행은 모든 의료인의 귀감이 될 것이라고 평가했다. 반대로 원장의 이러한 선행에도 불구하고 환자를 병원에서 몰래 빼돌려 목선에 태워보내 살해한 소년의 행위는 그 어떤 이유로도 용서받을 수 없는 범죄행위라고 비난했다. 원장은 이 시대의 의인으로 둔갑하고, 소년은 하늘 아래 둘도 없는 패륜 아들이 되고 말았다.

검찰의 '혐의 없음' 처분 통지서를 받은 지 한 달여가 지난 후, 나는 소년의 재판이 열린다는 신문 보도를 보았다. 그 전날 섬마을 분교의 그 여선생이 내게 전화를 하여 소년의 재판 소식을 알려주었다. 그녀는 개학이 되어 다시 학교에 와 있었다. 나는 그녀에게도 사건의 진실을 얘기하지 않았다. 불안하고 두려웠다. 비록 '혐의 없음' 처분은 확정되었지만, 소년이 법정에서라도 내 차를 타고 병원에서 나갔다고 실토하면 나는 낭패였다. 곧바로 수사가 재개될 것이었다. 검사실에서 소년이 하는 말을 들어서 소년을 믿고 있었지만, 그래도 혹시 모를 일이었다. 내가 법정에 있으면 소년이 차마 그런 말을 하지는 못할 것이다. 내 편한 대로 그렇게 생각하는 한편, 소년이 걱정되기도 했다. 나는 혹시나 내가 처벌받을 일이 생기지는 않을까 하는 두려움에 가슴을 졸이며 법정으로 갔다.

생전 처음으로 가보는 법정의 느낌은 어둡다는 것이었다. 판사석과 그 아래 좌우에 있는 변호인석과 검사석을 치워 버리고, 판사석 뒤 벽에 화면을 설치한다면 영락없이 영화관이 되겠다 싶을 정도로 법정은 어두침침했다. 언론의 보도 때문인지 법정은 방청객들로 꽉

차 있었다. 소년의 재판은 이미 전국적인 이슈가 되어 있었다. 기자로 보이는 사람들의 모습도 많이 눈에 띄었다. 나는 분명 미리 와 있을 여선생과 아이들을 찾아 법정 안을 빙 둘러보았다.

그녀와 아이들은 방청석의 제일 앞줄 좌석에 나란히 앉아 있었다. 그녀의 왼쪽 방청석 하나가 비어 있고, 그 좌석 위에 그녀의 손가방이 놓여 있었다. 그녀가 나를 기다리며 자리를 잡아 둔 모양이었다. 나는 그 자리로 갔다. 그녀가 가볍게 목례를 하며 가방을 들어 무릎 위에 얹었다. 그녀의 오른쪽으로 어린 마이클, 존, 웬디, 투틀즈, 슬라이틀리가 차례로 앉아 있었다. 나를 보고 마이클이 밝은 얼굴로 옆에 앉은 존에게 말했다.

— 환상의 새 의사 선생님이야.

마이클은 병원에서처럼 짧은 나무칼을 허리에 차고 있었다. 그 모습에 웃음이 나와 긴장이 풀어지면서 잠시 마음이 편안해졌다.

— 선생님.

웬디가 나를 보고 인사했다. 아이들이 모두 고개를 돌려 나를 바라보았다. 그녀가 고개를 오른쪽으로 돌려 아이들을 보면서 오른손 집게손가락을 세워 입술에 갖다 댔다. 개정 시간이 임박해 있었다. 이윽고 검사와 국선변호인이 먼저 법정으로 들어와 자리에 앉았다.

— 모두 일어서 주십시오.

정리廷吏의 말이 끝남과 동시에 세 사람의 판사가 들어와 판사석에 앉았다. 중간에 앉은 판사가 사건번호와 소년의 이름을 불렀다. 소년이 법정 왼쪽의 쪽문을 통하여 들어와 판사 앞에 섰다. 소년에 대한 간략한 인정신문이 끝나고, 검사실에서 본 강 검사가 아닌 다른 공판 검사가 소년을 신문하기 시작했다.

— ○○○○년 11월 ○○일 오후 2시경, 보호소년은 C시에 있는 H병원에서 아버지를 병원 관계자 모르게 데리고 나왔지요?

— 예.

— 왜 나왔나요?

— 아빠가 가자고 했습니다. 아빠가 해적놀이하러 바다로 가자고 했습니다.

— 아버지는 전신마비 환자로서 말을 하지 못했는데, 보호소년은 어떻게 아버지가 말을 했다는 것인가요?

— 아빠가 제게 눈으로 말했습니다.

— 눈으로 하는 말을 보호소년은 어떻게 알아들었다는 말인가요?

— 아빠는 언젠가 바닷가에서 말했습니다. 바다의 소리는 귀로 듣는 게 아니라 마음으로 듣는 거라고. 마음을 모으면 느낌이 열리고, 느낌이 열리면 눈이 열린다고. 그래서 아빠가 말한 것처럼 마음을 모아 보았습니다. 그랬더니 들렸습니다.

— 그 아버지의 말이 해적놀이를 하러 바다로 가자던 것이었나요?

— 예.

— 걷지도 못하는 전신마비 아버지를 어떻게 병원에서 데리고 나왔나요?

— 아빠를 바퀴의자에 태워 비상구 계단을 통해 나왔습니다.

---

* 형사재판에서의 '피고인'에 해당하는 말이다. 성인의 경우에는 형사재판에서 피고인이라고 부르지만, 이 소설에서와 같은 소년범의 경우 피고인이라는 호칭 대신 '보호소년'이라고 칭한다.

― 왜 비상구를 이용했나요?

― 의사 선생님이나 간호사 누나들에게 들키지 않으려고 그랬습니다.

― 어린 보호소년 혼자서 환자가 앉아 있는 휠체어를 끌고 비상구 계단을 내려오기가 쉽지 않았을 텐데, 어떻게 내려왔나요?

나는 가슴이 덜컥 내려앉았다. 만약 소년이 나와 함께 휠체어를 들고 내려왔다고 하면 큰일이었다. 나는 가슴을 졸이며 소년의 대답을 기다렸다. 심장이 두근거리고 이마에서 땀이 났다.

― 제가 뒤에서 휠체어의 손잡이를 잡고 한 계단 한 계단 조심해서 일층까지 내려왔습니다. 그리 힘들지 않았습니다.

― 밖으로 나왔을 때 아무도 없었나요?

― 일요일이라서 그런지 아무도 없었습니다.

― 선착장까지는 어떻게 갔나요?

다시 한 번 조마조마했다. 내 차를 타고 갔다고 하면 어쩌나.

― 밖에 나와 휠체어를 끌고 내려오는데, 택시 한 대가 왔습니다. 그래서 그 택시를 타고 갔습니다.

― 택시비는 어떻게 마련했나요?

― 그 전날 의사 선생님이 아빠의 엉덩이에 난 상처를 치료한 후 가운을 벗어 놓고 잠시 화장실에 간 사이에 가운 주머니에 있는 지갑을 훔쳐 두었습니다. 그 지갑에 있는 돈을 꺼내어 택시비를 주었습니다. 그 아저씨가 두 배로 주지 않는다면 가지 않겠다고 하여, 할 수 없이 두 배로 더 주었습니다.

어떻게 저렇게 능청스럽게 거짓말을 할까? 물론 소년이 저렇게 하는 것은 나를 위해서다. 그러나 소년의 저 진술이 과연 거짓말일까? 소년의 마음이 실제로 그런 행동을 했다고 믿고 있는 것은 아닐까? 소년은 스스로 건 최면에 걸려 있는지도 모른다. 나는 그렇게 생각하고 있었다.

— 선착장에서 섬까지는 어떻게 갔나요?

— 지갑에 있는 돈으로 배를 탔습니다.

— 그 배의 요금이 얼마였나요?

— 학생인 제가 이천 원, 어른인 아빠가 사천 원이었습니다. 만 원짜리를 주고 사천 원을 거스름돈으로 돌려받았습니다.

나는 그 둔덕 뒤 길에서 꼭꼭 접은 만 원짜리 한 장을 내보이던 소년의 모습을 떠올렸다.

— 배를 내려 보호소년의 집으로 갔나요?

— 예.

— 집에서 무엇을 했나요?

— 저녁을 먹었습니다.

— 저녁은 누구와 함께 먹었나요?

— 아이들과 함께 먹었습니다.

— 아이들 외에 다른 사람은 없었나요?

— 어른들이 있었지만 밥을 먹지는 않았습니다.

— 저녁을 먹고 보호소년은 날이 어두워지기를 기다렸지요?

— 아닙니다. 저녁을 먹고 나니 이미 날이 어두워져 있었습니다.

— 저녁을 먹은 후 아이들과 마을 어른들은 모두 집으로 돌아갔지요?

— 예.

— 다른 사람들이 모두 집으로 돌아간 후 보호소년은 아버지를 휠체어에 태웠지요?

— 예.

— 왜 태웠나요?

— 아빠가 해적놀이를 하자고 했습니다.

— 아버지가 그렇게 말했다는 것인가요?

— 예.

— 보호소년, 말을 하지 못하는 아버지가 유독 그때만 말을 했다는 것인가요?

— 아빠의 가슴에 귀를 대어 보았습니다. 아빠의 가슴에서 쿵쿵거리는 심장이 그렇게 말을 하고 있었습니다.

— 그래서 보호소년은 아버지의 심장이 얘기하는 소리를 듣고 휠체어에 태웠다는 말인가요?

— 예.

— 보호소년은 아버지를 휠체어에 태우고 모래사장으로 갔지요?

— 예.

— 무얼 하려고 갔나요?

— 해적놀이를 하려고요.

— 보호소년, 움직이지도 못하는 아버지가 어떻게 해적놀이를 할 수 있다는 말인가요?

— 해적놀이는 마음만 있으면 할 수 있어요. 바다만 있으면 할 수 있어요. 아빠가 그렇게 말했어요.

— 그 말이라는 것도 아버지의 심장에서 나오는 말이었나요?

— 예.

— 보호소년은 그 모래사장에서 아버지를 낡은 목선에 태웠지요?

— 예.

— 그 목선은 누구의 배였나요?

— 아빠의 배였습니다.

— 보호소년은 그 배에 아버지를 태워 바다로 떠내려 보냈지요?

— 아닙니다. 아빠가 그렇게 바다로 보내 달라고 했습니다. 저는 아빠의 말씀대로 해드렸습니다.

— 아버지가 무엇 때문에 배에 태워 달라고 하였나요?

— 해적놀이를 하자고 했습니다. 배에 태워 주면 잠시 후에 해적 깃발을 달고 다시 돌아오겠다고 했습니다.

— 그 말도 보호소년이 아버지의 심장을 통하여 들은 말인가요?

— 그때는 아빠의 심장에 귀를 대지 않았습니다. 그러나 저는 마음으로, 느낌으로 알 수 있었습니다.

— 보호소년, 전신마비 환자인 아버지가 어떻게 해적놀이를 한다는 거야? 말이 되는 소리를 해야지.

그때까지 고분고분하게 신문을 하던 검사가 더 이상 참지 못하고 버럭 역정을 내며 말했다.

— 할 수 있어요. 아빠는 바다만 있으면 할 수 있다고 했어요. 검사 아저씨, 정말이에요. 해적놀이는 바다만 있으면 누구나 할 수 있어요. 아빠는 이제까지 한 번도 제게 거짓말을 하지 않았어요.

소년이 억울하다는 듯 울먹이며 말했다. 그때 방청석에 앉아 있던 어린 마이클이 발딱 일어섰다. 그리고는 허리에서 나무칼을 빼어 검사를 가리키며 말했다.

― 맞아요. 대장 말이 맞아요. 후크 선장이 해적놀이하자고 했어요. 나도 들었어요. 쿵쿵 해적놀이, 쿵쿵 해적놀이, 그랬단 말이에요.

이번에는 존이 발딱 일어섰다.

― 맞아요. 쿵쿵 해적놀이, 나도 들었어요.

이번에는 웬디가 일어섰다.

― 저도 들었어요.

투틀즈와 슬라이틀리가 동시에 일어섰다.

― 우리도 들었어요. 거짓말 아니에요.

― 조용, 조용! 아니, 이 아이들이 어떻게 법정에 들어왔지? 이 아이들 보호자가 누굽니까?

중간에 앉은 판사가 말했다. 판사는 물론이고 정리도 그때까지 아이들이 방청석 맨 앞줄에 앉아 있는 것을 보지 못한 것 같았다. 그녀가 일어섰다.

― 죄송합니다.

― 아이들을 법정에 둘 수는 없어요. 데리고 나가세요.

― 판사님, 이애들은 저 아이와 같은 섬 아이들입니다. 같은 섬 학교를 다녔습니다. 형제처럼 같이 지내던 아이들입니다. 저는 이애들의 담임선생입니다. 판사님, 이애들이 저 아이의 재판을 지켜볼 수 있도록 허락해 주십시오. 부탁드립니다. 어쩌면 이애들이 저 아이를 볼 수 있는 마지막 기회이지 않습니까. 간곡하게 부탁드립니다.

그녀가 피고인석에 서 있는 소년을 '저 아이'라고 지칭하면서 공손하게 허리를 숙이고 판사에게 부탁했다. 판사가 잠시 망설이다가 말했다.

— 그러나 한 번만 더 법정을 소란하게 하면 모두 퇴정시키겠습니다. 주의하세요.

— 예, 알겠습니다. 감사합니다.

그녀가 판사에게 다시 한 번 고개 숙여 절을 하고는 아이들에게 앉으라고 손짓했다. 아이들이 골난 표정으로 힐끔거리다가 다시 자리에 앉았다. 판사에게는 공손하게 말했지만, 그러나 마지막으로 자리에 앉은 그녀의 쌔근거리는 숨소리가 내 귀에까지 들렸다. 꼭 말아 쥔 두 주먹을 무릎에 얹은 채로 눈을 동그랗게 뜨고 판사들을 똑바로 응시하고 있었다.

— 그래서 보호소년은 해적놀이를 하기 위해 전신마비 아버지를 목선에 태웠나요?

— 예.

— 보호소년은 아버지를 목선에 태워 바다로 떠내려 보냈지요?

— 아닙니다. 제가 떠내려 보낸 것이 아니라 아빠가 그렇게 하라고 했습니다. 그때 아빠가 말했습니다. 나를 배에 태워 다오. 잠시 후 바람이 불면 해적 깃발을 달고 돌아오겠다, 이렇게 말했습니다.

— 보호소년, 이곳은 엄숙한 법정이야. 네가 장난하는 곳이 아니야.

검사가 더 이상 참지 못하고 소리를 꽥 질렀다.

— 장난하는 게 아니에요. 진짜란 말이에요. 아저씨들은 저보다도 더 많이 배우고, 느끼고, 보았잖아요? 그런데 아이인 저도 들을

수 있는 아빠의 말을 왜 듣지 못하나요? 저보다도 훨씬 더 어른이면서…….

그때 또다시 마이클이 발딱 일어섰다.

— 맞아요. 후크 선장은 돌아온다고 했어요. 달님이 나한테 말했어요.

존이 일어섰다.

— 달님이 하는 얘기를 나도 들었어요.

투틀즈, 슬라이틀리가 동시에 일어서서 외쳤다.

— 우리도 들었어요. 달님이 말했단 말이에요.

웬디가 일어서서 두 팔로 커다랗게 원을 그리며 말했다.

— 맞아요. 큰 돛이 달린 배를 타고 오겠다고 했어요.

— 조용, 조용! 애들이 도대체 왜 이래? 보호자, 자꾸 떠들면 정말 퇴정시키겠어요.

중간에 앉은 판사가 신경질적으로 손바닥으로 책상을 탁탁 두드리면서 그녀를 쏘아보며 말했다. 그녀는 입술을 꼭 깨물고 앉은 채로 숨을 쌔근거리며 눈을 부릅뜨고 있었다. 여전히 꼭 말아 쥐고 있는 두 주먹이 무릎 위에서 바르르 떨렸다. 고개를 꼿꼿하게 세우고 판사를 똑바로 응시하면서 죄송하다는 말도 하지 않았다. 어린 마이클도 분이 풀리지 않는 모양이었다. 골이 나서 씩씩거리며 들고 있던 나무칼로 제 무릎을 툭툭 쳤다. 그녀가 마이클의 손을 꼭 잡았다.

— 검사는 계속 신문하세요.

중간의 판사가 다시 근엄한 표정으로 돌아가 검사에게 말했다. 검사가 다시 소년을 신문했다.

— 보호소년은 아버지를 목선에 태워 바다로 보낸 후 무엇을 하고 있었나요?

— 네버랜드 참호에 숨어서 아빠를 기다렸습니다.

— 네버랜드 참호? 그것이 무엇인가요?

— 아빠와 해적놀이를 하면서 만들어 놓은 피터 팬과 아이들의 네버랜드 은신처입니다.

— 그래서요? 그곳에서 보호소년은 무엇을 하고 있었나요?

— 제가 혼자서 아빠를 기다리고 있는데 아이들이 모두 왔습니다.

— 이거 참, 그래 그곳에서 보호소년은 아이들과 함께 있었나요?

— 예.

— 그럼, 아버지의 말대로, 잠시 후 아버지가 정말 해적 깃발을 펄럭이며 돌아왔나요?

— 아뇨, 아빠는 돌아오지 않았습니다.

— 그래서 보호소년은 어떻게 했나요?

— 계속해서 아빠를 기다렸습니다. 그런데도 돌아오지 않아 그 이유를 곰곰 생각해 보았습니다.

— 그 이유는요?

검사가 가당치도 않다는 듯 빈정대는 표정으로 말했다.

— 아빠가 깊은 밤을 틈타 네버랜드를 기습 공격하기 위하여 우리가 잠들기를 기다리고 있다고 생각했습니다. 그때까지 아빠는 한 번도 이기지 못했으니까요.

검사가 기가 막힌다는 듯 고개를 돌리고 하, 하고 한숨을 토해 냈다. 검사가 어처구니없다는 표정으로 다시 물었다.

― 그런데도 아버지는 돌아오지 않았지요?

― 예.

― 왜 아버지가 돌아오지 않은 것일까요?

― 그날, 비가 오고 바람이 불었습니다. 아빠가 오지 않는 것은 그 비바람 때문에 늦어진 거라고 생각했습니다.

― 다행히 배는 뒤집히지 않았지만, 그 비바람 때문에 의식불명의 아버지가 추위에 떨다가 배 위에서 사망했지요? 보호소년이 아버지를 목선에 태워 보내지 않았더라면, 아버지는 배 위에서 그렇게 죽지는 않았겠지요?

― 경찰관 아저씨도 그렇게 말했습니다. 그러나 그것은 거짓말입니다. 아빠는 목선을 잘 몰았습니다. 배가 뒤집히지 않은 것은 아빠가 목선을 잘 몰았기 때문입니다. 아빠는 진짜 후크 선장보다도 배를 더 잘 몰았습니다.

― 보호소년은 그때까지도 그 네버랜드 참호에 있었나요?

― 예, 아빠가 기습 공격을 해올 것 같아 대비하고 있었습니다.

― 늦은 밤이 되었는데도 아버지는 오지 않았지요?

― 예, 그래서 저는 새벽이 되어 바람이 잔잔해지면 아빠가 분명 네버랜드를 공격해 올 것이라고 생각했습니다.

― 그런데 그 새벽이 되어도 아버지는 오지 않았지요?

― 예. 그런데 아빠 대신 스미 갑판장이 왔습니다.

― 스미 갑판장은 누군가요?

― 아빠의 배, 해적선 졸리 로저호의 갑판장이었습니다.

― 정말 그 스미 갑판장이 왔더란 말인가요?

― 예, 스미 갑판장이 해적선을 타고 악어가죽 갑옷을 입고 왔습니다.

― 그 스미 갑판장이 무슨 말을 하던가요?

― 자기가 후크 선장을 죽였다고 했습니다. 엄마를 노예로 삼았다고 했습니다.

― 그러니까 지금 아버지를 죽인 사람은 보호소년이 아니라 그 스미 갑판장이라는 말인가요?

― 예. 그때 스미 갑판장이 분명히 말했습니다. 내가 후크 선장을 처치했다고.

― 보호소년, 왜 이렇게 얼토당토 않는 거짓말을 해? 넌 지금 꿈속 일을 실제로 착각하고 있어. 계속 이런 거짓말로 장난할 거야?

검사가 더 이상 참지 못하고 고함을 질렀다. 그때 마이클이 또다시 발딱 일어섰다.

― 아니야. 스미 갑판장이 후크 선장을 해쳤어. 대장은 거짓말하지 않아. 대장은 피터 팬이야.

아이들이 동시에 일어섰다.

― 맞아요. 피터 팬은 거짓말하지 않아요.

― 조용, 조용, 이 아이들 내보내요.

판사가 손바닥으로 책상을 탁탁 두드리며 말하고는 정리를 손짓으로 불렀다. 정리가 아이들 앞으로 다가왔다. 그때 그녀가 발딱 일어서며 울부짖었다.

― 피터 팬 말이 맞아요. 피터 팬은 거짓말을 할 줄 몰라요. 피터

팬 말은 모두 진실이에요. 당신들이 어떻게 알아요? 당신들이 이 아이들의 맑은 영혼을 어떻게 아냐고요?

그녀가 꼭 말아 쥔 주먹을 아래위로 흔들고 발을 구르며 소리쳤다. 정리가 깜짝 놀라 그녀의 팔을 잡고 끌었다.

— 이거 놔요.

그녀가 정리의 팔을 세차게 뿌리쳤다. 깜짝 놀란 정리가 다시 그녀의 팔을 잡고 강제로 끌었다. 그녀의 눈에서 소나기 같은 눈물이 흘렀다. 그녀는 정리에게 끌려 나가면서 눈을 부릅뜨고 판사를 바라보며 계속 울부짖었다.

— 당신들이 영혼이 무엇인지 알기나 해요? 인간의 참된 영혼이 무엇인지 당신들이 알기나 하냐고요? 저 아이는 지금 아빠의 영혼과 교감하고 있는 거예요. 저 아이는 아빠의 영혼의 소리를 들었던 것이에요. 피터 팬은 거짓말을 할 줄 몰라요. 피터 팬은 거짓말을 할 줄 모른다고요.

아이들도 그녀를 따라가며 함께 울부짖었다.

— 피터 팬은 거짓말을 안 해요.

— 피터 팬은 거짓말을 안 해요.

이제 그녀는 마이클의 왼손과 존의 오른손을 양손에 잡고 출입문 쪽으로 걸어 나가고 있었다. 그 뒤를 웬디와 투틀즈, 슬라이틀리가 따랐다. 출입문에 당도한 마이클이 그녀에게 왼손을 잡힌 채 멈춰서 돌아보았다. 그녀도 뒤돌아보았다. 그러자 웬디 등 나머지 아이들도 고개를 돌렸다. 소년과 그녀, 아이들의 눈길이 서로 오갔다. 모두가 눈물을 흘리고 있었다. 그녀가 소년을 보고 눈물을 줄줄 흘리며 고개를 끄떡여 보였다. 소년도 눈물을 흘리며 고개를 끄떡였다. 그때 마이클이 그녀에게 잡혀 있던 손을 빼내어 손등으로 눈물을 문지르고는 허리에 차고 있던 나무칼을 빼어 들었다. 마이클이 먼저 검사를 겨누고, 다시 칼끝을 판사에게 돌려 겨누며 당돌하게 말했다.

― 아저씨들은 나빠. 모두 다 거짓말쟁이들이야. 씨이~.

검사가 어처구니없다는 듯 고개를 흔들며 허허, 실소를 터트렸다. "거 참." 누군가 방청석에서 탄식했다. 여선생과 아이들은 그렇게 법정에서 쫓겨나고 말았다. 이제 법정에는 소년 혼자 우두커니 서 있었다. 아이들의 소란이 가라앉자 검사가 다시 소년을 신문했다.

― 스미 갑판장이라는 것은 보호소년이 지어 낸 말이지요?

― 아니에요. 스미 갑판장이 정말 왔단 말이에요. 해적선 돛대 꼭 대기에 엄마가 매달려 있었어요. 분명히 보았어요.

― 그래서 보호소년은 어떻게 했나요?

― 그래서 저는 스미 갑판장에게 달려들었습니다. 칼을 들고요.

― 보호소년이 피터 팬이 되어 스미 갑판장과 칼싸움을 했다는 말인가요?

― 예.

이제 검사는 소년을 아예 제 정신을 가진 아이로 취급하지 않는 것 같았다. 검사는 오히려 소년과의 어처구니없는 말싸움을 즐기고 있는 것 같았다.

― 그 칼싸움 결과는요?

― 제가 이겼어요. 제가 스미 갑판장의 악어가죽 갑옷 틈새로 가슴을 찔러 처치했어요.

— 그런데 보호소년이 처치한 그 스미 갑판장은 어디로 갔을까요?

소년은 대답하지 못했다. 고개를 숙이고 있던 소년이 기어들어가는 목소리로 한참 만에 겨우 말했다.

— 몰라요.

— 보호소년이 봤다는 그 해적선은 어디로 갔을까요?

여전히 고개를 숙인 소년의 눈에서 다시 눈물이 떨어졌다.

— 몰라요.

검사가 근엄한 표정으로 신랄하게 추궁했다.

— 보호소년은 그날 아버지를 낡은 목선에 태워 바다로 떠내려 보냈지요? 그날 바람이 심하게 불었고, 비가 내렸지요? 그래서 배 위에 있던 아버지가 추위에 정신을 잃고 죽었지요? 이제는 인정하지요?

소년은 여전히 고개를 숙이고 눈물을 흘렸다. 긴장한 사람은 오히려 나였다. 아, 결국 저 아이가 버티지 못하는구나. 저애의 순수한 영혼이 이렇게 처참하게 짓밟히고 마는구나. 안 돼. 피터 팬! 굴복하지 마. 아버지 후크 선장의 목소리를 들어 봐. 나는 속으로 외쳤다. 순간 소년이 고개를 치켜세웠다.

— 아닙니다. 그날 스미 갑판장이 아빠를 해치지 않았다면 아빠는 분명히 돌아왔을 겁니다. 검은 해적 깃발을 펄럭이며 돌아와 네버랜드를 공격해 왔을 겁니다. 나는 그런 아빠를 기다리고 있었단 말이에요.

— 이상입니다.

검사의 신문에 대답하는 소년의 말을 들으면서 나는 울었다. 법정에 있는 사람들이 해적놀이를 한 소년의 마음을 어떻게 이해할까?

마음을 모으면 보고 들을 수 있다는 소년의 말을 생각이나 해볼까? 어린 자기도 들을 수 있는 아빠의 말을 어른들은 왜 듣지 못하느냐고 따지는 저 소년의 말을 판사들은 어떻게 받아들일까? 내 눈에서는 걷잡을 수 없는 눈물이 흘러 내렸다. 그때 소년이 나를 돌아보며 말했다.

— 선생님, 울지 마세요. 저는 괜찮아요. 저는 언제까지나 기다리고 있을 거예요. 목선을 탄 아빠가 해적 깃발을 펄럭이며 네버랜드를 공격해 오는 그날을요.

나는 더 이상 앉아 있을 수 없어 그만 법정을 나오고 말았다. 가슴이 미어터질 것만 같았다. 쏟아지는 눈물을 겨우 진정하고 건물 밖으로 나오니, 주차장으로 이어지는 통행로 옆 오래된 느티나무 아래 나무벤치에 그녀와 아이들이 앉아 있었다. 내가 나오기를 기다리고 있었던 것 같았다.

— 환상의 새 의사 선생님이야. 선생님.

나를 먼저 발견한 웬디가 달려오고, 뒤이어 다른 아이들도 몰려왔다. 나는 두 팔을 가득 벌려 달려오는 아이들을 한꺼번에 안았다. 다시 눈물이 흘렀다. 아이들도 눈물이 글썽한 눈으로 나를 올려다보았다. 아이들과 함께 느티나무 아래로 갔다. 나를 바라보고 있던 그녀의 눈은 벌겋게 충혈되어 있었다. 코도 훌쩍거렸다. 어린 마이클이 고개를 뒤로 바짝 젖히고는 눈물이 글썽글썽한 눈으로 나를 빤히 올려다보며 말했다.

— 선생님은 왜 울어요?

— 으응?

나는 대답할 수 없었다. 그러다가 잠시 틈을 두고 말했다.

— 후크 선장을 치료해 주지 못해서…….

— 괜찮아요. 그래도 후크 선장을 보내 주셨잖아요.

투틀즈가 뚱뚱한 몸을 비틀어 보이며 우스꽝스럽게 말했다.

— 맞아요. 바퀴의자 둥지에 태워서요.

슬라이틀리가 휠체어를 미는 시늉을 하며 말했다.

— 그래서 신나게 해적놀이를 한 걸요.

존이 말했다.

— 선생님은 환상의 새가 맞아요. 선생님, 고맙습니다.

웬디가 어른스럽게 말했다. 나는 선 채로 아이들의 머리를 차례차례 쓰다듬어 주다가 돌아섰다. 내가 몇 걸음 걸어 나왔을 때 그녀가 뒤에서 나를 불렀다.

— 저, 선생님.

나는 걸음을 멈추고 돌아보았다.

— 그날 일요일, 내가 집에만 가지 않았더라도…….

소년이 그렇게 된 것이 마치 자기의 잘못인 것처럼 그녀가 울먹이며 중얼거렸다. 나는 차마 그녀를 쳐다볼 수가 없어 고개를 숙이고 말았다. 날카로운 비수가 심장을 관통하는 느낌이었다. 속으로 아, 하는 탄식이 절로 새어 나왔다. 그녀가 다시 말했다.

— 피터 팬은 어떻게 될까요?

— ……?

나는 아무 말도 할 수 없었다. 강 검사의 말이 떠올랐다. 존속살인죄, 그것은 형법전에 기재된 범죄 중에서도 가장 무거운 범죄 중의 하나가 아닌가? 자책감이 날카로운 비수가 되어 다시 한 번 심장의 살을 도려내는 것 같았다. 나는 대답 대신 고개를 젖혀 하늘을 올려다보았다. 시리고 파란 겨울 하늘은 소년이 감내해야 할 아득한 영어[囹圄]의 시간만큼 끝이 보이지 않았다.

나는 그때 끝내 그녀의 얼굴조차 마주보지 못하고 그대로 걸어 나왔다. 뒤를 돌아보지도 않았다. 굳이 변명을 하자면, 그렇게 순수하고 천진한 아이들과 그 여선생의 눈을 차마 똑바로 바라볼 용기가 없기 때문이었다. 그날 이후, 나는 단 한 번도 소년과 그 여선생, 아이들을 찾지 않았다. 그들도 나를 찾지 않았다.

낮달을 타고 떠난 후크 선장

소년의 재판이 있은 직후 나는 원장에게 사표를 내고 서울로 왔다. 그리고는 곧바로 인도로 여행을 떠났다. 소년과 그 여선생에 대한 죄책감에서 잠시라도 벗어나고 싶었다. 6개월 후 인도에서 돌아와 강 검사에게 전화로 알아봤더니 소년은 10년 형을 언도받았다고 무덤덤하게 말했다. 그즈음 항소가 기각되어 형이 확정되었다고 했다. 물론 가장 중한 존속살인죄가 적용되었다고 했다. 소년원에 송치되기 전에 보호감호 조치를 받아 먼저 정신과 치료를 받게 될지도 모른다고 했다. 그 말을 듣는 순간 내 가슴에는 낡은 폐선 한 척이 무겁게 가라앉았다.

그날 검찰청 복도에서 강 검사가 한 말과 같이, 내가 단지 일주일만 더 일찍 소년의 애원을, 아버지를 보내 달라는 소년의 그 절박한 애원을 들어 주었더라면, 소년은 형사미성년자가 되어 그런 중벌로 처벌받지는 않았을 것이다. 그러나 나는 머뭇거렸다. 물론 내가 김 과장의 의견처럼 처음부터 소년의 요구를 딱 잘라 거절하던가, 그렇지 않더라도 소년과 공범이 되지만 않았더라도, 애초 이런 문제는 발생하지도 않았을 것이다. 그러나 나는 이도저도 아닌 중간에서 갈팡질팡하고 말았다. 그리고 재판에서 낡은 목선에 아버지를 태워 바다로 떠내려 보내지 않았느냐는 검사의 집요한 추궁에, 소년이 순순히 자백하고 용서를 빌었더라면 정상이라도 참작되었을 것이다. 그러나 소년은 그렇게 하지 않았다. 소년은 끝까지 아버지와 함께 해적놀이를 했다고 했다. 아버지는 스미 갑판장이 죽였다고 막무가내로 우겼다. 스미 갑판장만 아니었다면 틀림없이 아버지는 검은 해적 깃발을 펄럭이는 목선을 타고 돌아와 네버랜드를 공격했을 것이라고 했다.

소년의 이러한 진술은 자신을 변호하기 위해 선정된 국선변호인에게도 마찬가지였다. 국선변호인 또한 강 검사처럼 어찌하든지 가장 중한 존속살인만은 피해보려고, 소년을 접견한 자리에서 알아듣기 쉽게 설득해 보았다. 그러나 소년은 끝까지 진술을 번복하지 않았다. 그것은 그날 내가 법정을 나온 후에 있었던 국선변호인의 반대신문에서도 마찬가지였다. 소년은 끝까지 아버지가 눈을 통하여 어떤 말을 하는지 알아들을 수 있었고, 아버지의 심장 소리를 통하여 아버지가 무엇을 원하는지 알 수 있었다고 했다. 아버지의 말씀대로 마음을 모아보면 그것은 쉽게 알 수 있다고 했다. 마음을 모우기만 하면 어린 자기도 쉽게 알 수 있는 그것을 어른들은 왜 모르냐고 울면서 항변했다. 그날 그 달빛 시린 밤, 아버지를 목선에 태우기 직전에 마지막으로 들어본 아버지의 가슴이, 그 가슴에서 쿵쿵거리는 심장의 고동소리가 분명히 이렇게 말했다고 했다.

"나를 목선에 태워 다오. 나는 잠시 후 바람이 불면 돌아오겠다. 해적의 검은 깃발을 펄럭이며 반드시 돌아와 네버랜드를 공격하겠다."

재판을 받은 소년이 보호감호 조치를 받아 어느 정신병원에 보내졌는지, 아니면 어느 소년원에 송치되어 수형 생활을 하고 있는지 나는 알아보지 않았다. 그 후 지금까지 나는 다시는 인양할 수 없는 내 가슴속 폐선에 갇혀 자책의 나날을 보내고 있었던 것이다.

그러나 과연 그때의 재판에서처럼 소년이 아버지를 목선에 태워 바다에 떠내려 보내 살해한 것일까? 해적놀이를 했다는 소년의 말이 과연 거짓이었을까? 우리가 눈으로 바라보는 사물이 과연 그 사물의 본질일까? 우리가 귀로 듣는 소리가 과연 그 현상의 진실한 울림일까? 아니, 진실이란 것이 아예 존재하기나 하는 것일까?

바닷가에서 불어온 바람이 후크 선장의 묘소 위에 나 있는 키 큰 잡초를 흔들고 지나갔다. 풀들은 낮게 누웠다가 이내 다시 일어섰다. 시집에 적힌 시인의 말을 낭송한 나는 물기에 젖은 눈으로 노을이 짙어 가는 바다를 물끄러미 바라보았다.

멀리 아스라이 펼쳐진 수평선 위로 후크 선장의 해적선이 다가오고 있다. 그 돛대 꼭대기에 이탈리아인 쎄코가 앉아 있다. 그 아래 갑판 위에 빌 주크스가 술통을 끌어안고 뒹굴고 있다. 양복쟁이 스타키가 갑판 위를 오가며 멋을 부리고 있다. 헤헤, 두목, 하면서 이상하게 생긴 모자를 비뚜름하게 쓴 스미 갑판장의 누런 이빨이 햇빛을 받아 번쩍거린다. 후크 선장이 뱃머리에 서서 갈고리 손을 들어 껄껄 웃으며 나에게 말한다.

— 의사 양반, 잘 들었소. 내 아들이 약속을 잊지 않고 있었다니, 참 다행이구려.

— 후크 선장, 그러나 이보다 더 기쁜 소식이 있습니다.

— 그래요? 그것이 무엇이오?

— 그것은 당신 아들 피터 팬이 이번 8·15 광복절에 특사로 석방된다는 것입니다. 내 그때 당신 아들 피터 팬과 함께 다시 여기에 오겠습니다. 그리고 더 반가운 것은 당신 아들이 교도소에서 혼자 공부하여 중, 고교 검정고시를 모두 합격하고, 서울에서도 명문으로 꼽히는 J대학의 문예창작과에 특례 입학하였다는 것입니다. 후크 선장, 정말 대견하지 않습니까. 후크 선장, 당신은 이 토끼섬을 자연과 인간이 공존하는 조화로운 행복동산으로 가꾸려고 하였지요. 당신은 이 섬을 이기심에 물든 사람들의 피폐한 영혼을 구원하는 낙원의 치유동산으로 가꾸고자 하였지요. 그러나 당신 아들은 시를 통하여 더 큰 꿈을 가꾸어 가고 있습니다. 아니, 당신 아들은 시를 통하여 이미 그 꿈을 이루었는지도 모릅니다. 그동안 자책의 바다에서 허우적거리고 있던 내 영혼을 당신 아들의 시가 이미 치유했으니까요. 후크 선장, 이제 아무 걱정 말고 영면하시구려. 석방된 이후의 피터 팬의 생활은 내가 돌보겠습니다. 물론 아버지인 당신만큼이야 못하겠지요. 그러나 나도 최선을 다하여 그애의 아버지가 되어 볼 참입니다. 그러니 이제 아무 걱정하지 말고 편안하게 영면하시구려.

— 의사 양반, 내 아들의 시가 당신의 영혼을 구원했다고 하니, 그것만큼 더 반가운 소식이 없을 것 같소. 의사 양반, 이제는 당신도 알겠지요? 내가 말한 존재의 진리라는 것을 말이오. 선도 악도 아닌, 생성도 소멸도 아닌, 시작이자 끝이고 끝이자 곧 시작인, 아니 시작도 끝도 아닌 그런 순환의 섭리 말이오.

— 후크 선장, 내가 그것을 어찌 알겠소. 아마 당신처럼 내가 존재 그 자체가 되지 않는 한 그것은 영원한 수수께끼가 아니겠소. 우리

인생이 그렇듯이 말이오.

— 하하하, 그렇겠지요. 의사 양반, 당신도 이제부터 더 이상 자책하지 마시오. 당신이 그때 한 일은 존재의 진리에 부합하는 행위였소. 내 아들이 한 것처럼 말이오.

후크 선장의 목소리가 메아리처럼 울려 퍼졌다. 메아리의 여운이 낮고 깊게 내 가슴에 스며들었다. 갑자기 나도 모르게 눈시울이 뜨거워지며 눈물이 흘렀다. 후크 선장이 하얀 낮달 같은 목선을 타고 하늘 저 멀리로 흘러가고 있었다.

나는 비석 위에 놓인 종이컵 술잔을 들어 음복으로 한 잔 마셨다. 노을은 이제 적갈색으로 변하여 모래사장에도 내려 앉고 있었다. 모래사장에 캠프파이어 불길이 치솟았다. 불길을 가운데 두고 피터 팬, 웬디, 투틀즈, 슬라이틀리, 존, 마이클, 인디언 공주 타이거 릴리 선생님, 모두 손에 손을 잡고 둥글게 원을 그리고 춤추며 돌고 있다. 촐랑거리는 나나의 그림자도 보인다. 문득 생각이 들었다. 그 여선생은 지금 어디에 있을까? 그때의 아이들은 지금 어떻게 자라나 있을까?

내가 인양할 수 없는 낡은 폐선에 갇혀 자책의 나날을 보내고 있을 동안에, 소년은 비록 어린 나이지만 탄생과 소멸, 생과 죽음이라는 미지의 세계를 항해하며 많은 생각과 고민을 했을 것이다. 후크 선장의 해적선 '졸리 로저호'처럼, 돛이 주렁주렁 달린 '인생호人生號'라는 돛배를 타고 험한 세상의 파도를 헤쳐나가며, 누구보다 더 치열하게 삶의 목적과 가치를 탐구했을 것이다. 소년은 아버지 후크 선장의 시처럼 어두운 세상의 하늘에 아름다운 언어의 비를 내리는 꿈을 꾸었을 것이다. 그 언어비는 소년의 억눌린 가슴에서 세상에 대한 화해와 용서의 비가 되었을 것이다. 그리하여 소년은, 견우와 직녀를 만나게 하기 위해 까마귀와 까치가 은하銀河에 놓는 오작교 烏鵲橋처럼, 단절되어 고립된 사람과 사람과의 영혼을 이어주는 징검 다리를 놓아야겠다고 다짐했을 것이다. 영혼의 징검다리, 이것이 곧 소년의 시집이었다. 이 시집에 수록된 많은 시들이 그것을 말해주고 있었다. 지금 이 순간에도, 소년은 그 언어비를 맞은 사람들이 시詩 라는 소통의 가교에서 만나 눈물젖은 시선으로 서로의 영혼을 바라 볼 수 있게 해달라고 기도하고 있을 것이다. 이미 여러 번 읽어 보았 지만, 나는 소년의 시집을 펴고 「해적놀이」라는 제목의 시를 다시 한 번 읽어 보았다.

　　물빛 해초 사이
　　알에서 갓 깨어난 어린 물고기들
　　투명 햇살 반짝이며
　　헤엄치는 아침
　　소년의 가슴은 푸른 물결로 넘실거렸다

　　아버지 목선 저어 떠나던 달빛 시린 밤
　　바위섬이 된 소년은
　　모래 대포알 두 손에 쥐고
　　등대 없는 겨울 바다
　　요새가 되었다

별이 네버랜드 참호에 버려오고
외눈박이 북풍도 갈퀴 세워 달려올 때면
아버지 후크 선장은
어둠을 뚫고
주렁주렁 돛단배를 몰아 올 게다

목선이 고향이던 아버지
퍼덕이는 바다를 가득 싣고
해적의 깃발 높이
펄럭이더니
아침노을 피는 바위섬 발치
팅크 벨의 금가루
수북이 뿌려 놓고 가셨다

멀리 삐걱이며 검은 깃발 진군해 온다
하얀 해골에서 쏟아지는 웃음이
동백 숲과 바다 사이
무지개 길을 엮어
소년의 어깨 위로 올라앉는다
태양이 버미는 약속의 손가락이
날개만큼 환하다